Suhrkamp BasisBibliothek 19

Marie Luise Kaschnitz hat während ihres ganzen Lebens Erzählungen geschrieben – die erste wurde 1919, die letzte in ihrem Todesjahr 1974 veröffentlicht. Die vorliegende Auswahl der »Suhrkamp BasisBibliothek – Arbeitstexte für Schule und Studium«, die so meisterhafte Erzählungen wie »Das dicke Kind«, »Der Bergrutsch«, »Lange Schatten«, »Schneeschmelze« und »Eisbären« enthält, ermöglicht einen profunden Einblick in die Entwicklung ihres Schreibens und zeigt die verschiedenen Ausprägungen und Erzählformen der Kurzgeschichte bei Marie Luise Kaschnitz.
Ergänzt wird diese Auswahl nicht nur durch autobiographische Skizzen und autopoetologische Aussagen der Autorin, sondern auch durch einen Kommentar, der alle für das Verständnis des Buches erforderlichen Informationen enthält: eine Zeittafel zu Leben und Werk, ausführliche Hinweise zu den Themen, Charakteristika und ästhetischen Voraussetzungen der Kurzgeschichten, Literaturhinweise, die Entstehungs- und Textgeschichte sowie Wort- und Sacherläuterungen. Der Kommentar ist entsprechend den neuen Rechtschreibregeln verfasst.
Asta-Maria Bachmann, geboren 1949, unterrichtete an einem Gymnasium in Osnabrück.
Uwe Schweikert, geboren 1941, arbeitet und lebt nach langjähriger Lektoratstätigkeit als Autor und Kritiker in Stuttgart. Veröffentlichungen u. a. zu Marie Luise Kaschnitz, Hans Henny Jahnn, Jean Paul, Ludwig Tieck und Rahel Varnhagen.

Marie Luise Kaschnitz
Das dicke Kind

und andere Erzählungen

Mit einem Kommentar
von Asta-Maria Bachmann
und Uwe Schweikert

Suhrkamp

5. Auflage 2022

Erste Auflage 2002
Originalausgabe
Suhrkamp BasisBibliothek 19

Satz: pagina GmbH, Tübingen
Druck: CPI books GmbH, Leck
Umschlagfoto: Deutsches Literaturarchiv, Marbach
Umschlaggestaltung: Hermann Michels
Printed in Germany

ISBN 978-3-518-18819-4

Inhalt

Kommentar

Das dicke Kind
und andere Erzählungen

1. *Der Spaziergang*

Als sie zwei Stunden lang gegangen waren, machten sie eine kleine Rast. Peter legte seinen Mantel auf den Wiesenboden, und sie setzten sich darauf, eng nebeneinander, denn das Gras war feucht. Peter holte eine Tüte aus der Tasche, darin war die Überraschung. Mandeln in weiß und rosa Zuckerguß. Christa liebte sie sehr. Sie aßen, die Mandeln zerkrachten zwischen den Zähnen, ohne Pause, bis die Tüte fast leer war. Die für den Weg, sagte Peter und steckte sie weg. Christa legte den Kopf an seine Schulter. Sie saßen nah beim Waldrand, die Wiese war gelb verbrannt, so lang war der Sommer gewesen. Jetzt war die Sonne nicht mehr Glut, nur noch Licht, gelbes Nachmittagslicht über den Bäumen und den ruhigen Hügeln.
Sieh mal, Eichen, sagte Christa. Bist du sicher? fragte Peter. Schäm dich, sagte Christa, gar nichts weißt du. Eichen habe ich so gern. Peter sah zu den drei großen Baumkronen hinüber, die wie große Kugeln über der Wiese hingen, und schwieg. Er saß sehr steif, damit Christa sich an ihn lehnen konnte. Sie machte die Augen zu und wurde gleich ganz schwer. Willst du schlafen? fragte Peter und stützte die Hände fester gegen den Boden. Aber nein, sagte Christa träumerisch, wie denn schlafen. Ihre Haare rochen nach Teerseife*, aber sie kitzelten ihn an der Nase. Er legte den Kopf in den Nacken. Noch kein gelbes Blatt, sagte er, denk mal, Ende September. Ich sehe wenigstens keines. Ich auch nicht, sagte Christa, ohne die Augen zu öffnen. Über Peters Hände krabbelten Insektenbeinchen, er zuckte zusammen. Was hast du denn? fragte Christa freundlich, du bist so nervös. Plötzlich richtete sie sich auf und sah ihn hell an. Spazierengehen ist gut für dich, für deine Nerven. Es ist viel besser für dich als Schwimmen. Jetzt ist es überhaupt aus mit dem Schwimmen. Jetzt gehen wir jeden Sonntag spa-

Früher gebräuchliches Haarwaschmittel

zieren. Ja, sagte Peter. Wenn es dir recht ist, wollen wir jetzt weiter. Er kratzte sich wild an den Händen und wollte aufstehen. Aber Christa hielt ihn mit einer heftigen Umarmung fest. Ich gehe so schrecklich gern mit dir spazieren, sagte sie. Es ist alles tausendmal so schön, wenn ich mit dir gehe. Ja? sagte er gerührt und verlegen. Christa küßte ihn stürmisch. Du, ich glaube, es kommen Leute, sagte Peter und sah sich um. Ach, ganz da hinten, sagte Christa. Sie stand auf und kämmte sich. Peter schüttelte die Mäntel aus. Meine Jacke trage ich selbst, sagte Christa. Gib nur her, sagte Peter. Nein, nein, die trage ich, ich bin auch nicht die Spur müde, wir fangen ja erst an. Sie lief voraus in den Wald hinein, auf einem lichtgefleckten Hohlweg. Im Wald war es schwül und sehr still. Am schönsten ist es, wenn man gar nicht spricht, sagte Christa. Dann ist man so ganz beisammen. Denn man denkt ja auch an dasselbe, nicht wahr? Sicher, sagte Peter.

Woran denkst du? frage Christa nach einer Weile. An gar nichts, sagte Peter. Na hör mal, sagte Christa. Doch, sagte Peter, ich ruhe mich aus. Christa sagte: Ich habe daran gedacht, was du wohl machen würdest, wenn jetzt ein Wildschwein käme. Ob du dich vor mich stellen würdest oder auf einen Baum klettern. Es gibt hier keine Wildschweine mehr, sagte Peter. Das ist doch egal, sagte Christa, ich meine ja nur, wenn. Seit fünfzig Jahren gibt es hier keine Wildschweine mehr. Aber Peter, sagte Christa. Ich meine, wenn ... Also was würdest du tun? Sie sah ihn erwartungsvoll an. Weißt du, ich hab solche Fragen nicht gern, sagte Peter. Ich sehr, sagte Christa, ich denke mir sehr gern so etwas aus. Sie seufzte leise. Gib deine Jacke, sagte Peter. Sie gab sie ihm. Ich bin nicht im geringsten müde, sagte sie, ich fühle mich viel frischer als im Anfang. Dabei bin ich doch das Spazierengehen gar nicht mehr gewohnt. Es ist nur, weil ich mit dir gehe. Ein schöner Weg ist das, nur schade, daß man nirgends einen Ausblick hat. Sie waren immer noch in demselben Buchenwald. Halt mal, sagte Peter und faltete die Karte auseinander. Zeig mal, wo wir jetzt sind, bat Christa. Hier, sagte Peter und stieß seinen großen Finger auf die Karte. Du siehst hier die braunen Flecken. Das sind die Berge, sagte Christa schnell. Nein, sagte Peter, die Höhenunterschiede siehst du an den gewellten Linien. Um diesen Berg gehen wir gerade herum. Ach ja? fragte Christa. Woher weißt du so etwas? Das weiß man doch, sagte Peter gleichmütig und sah sie erfreut an. Vom Krieg* her. Christa fragte: Kann man auch ausrechnen, wie weit es noch ist, und setzte schnell hinzu, so zum Spaß mal? Natürlich, sagte Peter, dafür ist ja unten der Maßstab. Er nahm einen Bleistift und legte ihn über Braun und Grün und die verschlungenen Linien. Noch gute zwei Stunden. Ach nur, sagte Christa wegwerfend.

*Krieg: Der Erste Weltkrieg

Danach wurde sie schweigsam und machte große, lange Schritte. So gehen richtige Bergsteiger, sagte sie, du gehst viel zu schnell. Aus dem Buchenwald kamen sie in ein Gehölz junger Tannen, die so eng standen, daß der lichtlose Boden nur von rötlichen Nadeln bedeckt war. Zwischen den lebendigen Stämmchen standen die abgestorbenen wie graue Gespenster. Peter schlug mit dem Stock gegen das tote Holz, und es zersprang mit einem dürren Knistern.

Hier ist es unheimlich, sagte Christa, wenn ich allein wäre, würde ich mich fürchten.

Peter wußte, daß Christa nicht ängstlich war und daß sie log, um ihn zu erfreuen, er lächelte und legte den Arm um sie. Etwas stieg in Christa auf, das mehr war als Zärtlichkeit, eine kurze, brennende Bewußtheit der Liebe, wie sie sie schon ein paarmal und ohne einen besonderen Anlaß verspürt hatte. Und sie hätte gern vor Freude geweint.

Peter mußte vorangehen, weil der Weg so schmal wurde. Er mündete in einer Schlucht, durch die ein Wasser lief, ein Stück Wald war kahlgehauen, plötzlich war ein großes Stück Himmel über ihnen , und der war blaßblau, klar und fern. Christa sah auf die Uhr. Gehen wir auch richtig? fragte sie. Natürlich, sagte Peter. In einer Viertelstunde müssen wir auf der großen Straße sein. Er nahm den Hut ab, es war kühl geworden, mit einemmal war ein Herbstgeruch in der Luft, und Peter spürte ihn fast mit Freude. Er erinnerte sich, diesen Weg schon früher gegangen zu sein, zur selben Jahreszeit, und allein. Unwillkürlich verfiel er in seine alte Gangart. Renn doch nicht so, sagte Christa. Ich renne doch nicht, sagte er. Aber er ging jetzt ein paar Schritte vor ihr her. Er wußte genau, daß sie an der letzten Kreuzung die Richtung verfehlt hatten und daß dieser Weg zwar zu demselben Ziel führte, aber viel weiter war. Er sagte Christa nichts davon, es erschien ihm ganz unwichtig, sie war still geworden, und er glaubte, daß sie wie er selbst mit jedem Schritt tiefer und ruhiger an das Herz einer lang verschlossenen Heimat dränge und sich vor dem Zurückkommen fürchtete. Am Abend ist es am schönsten, sagte Christa leise. Er freute sich, daß sie dasselbe empfand wie er. Aber dann vergaß er sie wieder über dem großen Erlebnis der langsamen Dämmerung.

Am Abend ist es am schönsten, hatte Christa gesagt, um den kleinen Schmerz zu betäuben, den sie jetzt bei jedem Schritt spürte, weil ihr Halbschuh am Knöchel scheuerte. Wäre Peter nicht so schnell gegangen, so hätte sie nachsehen können, ob eine Falte im Strumpf war. Peter, sagte sie. Ja? Er drehte sich nicht um. Es ist doch eigentlich merkwürdig, sagte Christa, wenn ich nicht spreche, dann spricht niemand von uns. Peter lachte. Komm nur, sagte er, es wird bald dunkel. Der Grund des Waldes verschwamm schon im Grau. Du hast wohl gar nie das Bedürfnis, mit mir zu reden, sagte Christa. Sei nicht blöd, sagte Peter fröhlich, schau lieber auf den Weg. Christa war gestolpert und wäre fast gefallen, der Abstand zwischen ihr und Peter war gewachsen, und sie merkte plötzlich, daß es gar nicht leicht war, Peter wieder einzuholen. Mit jedem Schritt fühlte sie sich plumper und schwerer werden, den Knöchel durchriß der Schmerz, sie sah nicht gut in der Nacht und trat oft fehl. Unbekümmert und behend ging Peter vor ihr her, und es fiel ihm nicht ein, auf sie zu warten. Ich glaube, wir gehen falsch, rief sie. Nein, nein, rief Peter. Aber natürlich dürfen wir nicht so langsam gehen. Wir hätten jemanden fragen sollen, sagte Christa. Warum denn fragen, sagte Peter ärgerlich, ich habe doch die Karte. Wahrscheinlich ist alles nicht wahr, dachte Christa, und er kann gar nicht Karten lesen ...

Sie waren auf einer schmalen Straße, und die Straße stieg und fiel. Eine Weile lang erfüllte der Abendwind den Wald mit einem gleichmäßigen Brausen. Dann wurde es still. Auf den Wiesen lag ein wenig Nebel in Streifen. Auf der Straße gingen sie eine Stunde lang. Christa sah nichts mehr als die Wagenfurchen unter ihren Füßen, und sie hörte nichts als ihrer beider Schritte. Ihre Sohlen brannten, sie war heiß und durstig, vor allem war sie müde, müde. Peter, sagte sie.

Peter ging immer noch vor ihr her. Sie dachte, er ist klein und zu breit in den Hüften. Er ist ein Egoist. Er hat mich nicht lieb. Er dreht sich nicht einmal um. Er fragt nicht, ob ich müde bin. Vielleicht hat er mich überhaupt vergessen.

Mit einemmal hörte sie auf, ihm nachzulaufen, sie ging ganz langsam, und dann war sie allein im Wald. Von dem Weg ging ein schwaches Leuchten aus, es war der Staub, der leuchtete. Sie blieb stehen und hörte Peters Schritte, die sich entfernten. Es ist nicht wahr, dachte sie, daß wir uns liebhaben. Wir hassen uns. Sie dachte plötzlich an ihr gemeinsames Schlafzimmer und wünschte sich, einmal wieder allein zu sein, das Licht zu löschen ohne Gute-Nacht-Sagen und Küsse.

Plötzlich kam die Stimme des Todfeindes durch den Wald und rief Christa. Und mechanisch folgte sie dem Ruf, der

nie etwas anderes als Freude in ihr geweckt hatte. Christa, rief Peter, wir sind da.
Die Straße duckte sich und sprang über einen kleinen Hügel. Unter Peter und Christa lag die große Stadt mit vielen Lichtern, die alle zitterten und einen gelben Schein auf die niederen Wolken warfen. Die Lichter liefen Peter und Christa entgegen, kleine Villen wuchsen rechts und links von der Straße auf, Gärten mit Lebensbäumen, die schwarz und steil im Licht der Fenster standen. Dann waren sie nicht mehr allein, von allen Seiten strömten Menschen in die Stadt zurück, es war wie eine Wallfahrt, eine kleine, helle Glocke läutete, keine Kirchenglocke, sondern die Trambahn* an der Endstation.

Straßenbahn

Wir wollen hier draußen essen, sagte Peter. Später ist die Bahn nicht mehr so voll. Ja, sagte Christa.
Sie saßen am Tisch. Sie lasen in der Speisekarte, jeder für sich. Es stand Brot da, und sie fingen an zu essen. Dann kam der Wein. Trink, sagte Peter, du bist wirklich tüchtig gelaufen. Christa trank einen Schluck. Dann faßte sie unter den Tisch und zog ihre Schuhe aus. Dann trank sie wieder. Ihr Gesicht brannte, und wie in einem Reigen bewegten sich die vielen weißen Tische vor ihren Augen. Peter saß dort, nicht der Todfeind, ach nein Peter, und er sah sie zärtlich an. Habe ich nicht gut geführt, fragte er, war es nicht schön?
Christa spürte, wie sie alles vergaß. Was war denn überhaupt gewesen? Sie hatte Schuhe mit zu hohen Absätzen angehabt.
Jetzt gehen wir jeden Sonntag spazieren, sagte Peter.
Ja, sagte Christa.

2. *Rätsel Mensch*

Die seltsamsten Geständnisse bekommt man immer von Leuten gemacht, die man bis zu diesem Augenblick nie gesehen hat und denen man voraussichtlich nie wieder begegnen wird. Daran ist gewiß nichts Erstaunliches. Durch ein paar Worte, durch einen Blick haben wir zu verstehen gegeben, daß wir Ohren haben zu hören. Aber es kann auch vorkommen, daß es gar nicht unser eigenes Wesen ist, das dem andern die Zunge löst. Es mag sein, daß die äußeren Umstände, eine besondere Spannung zwischen Raum und Zeit, zwischen Himmel und Erde, Luft und Licht jenen wie eine Zitrone auspressen. Sitzt da nicht ein Mensch? Reden wir also, reden wir –

Die neuen Reiseautobusse, die man nach dem Krieg* in Europa in den Verkehr gestellt hat, sind außerordentlich bequem. Die gepolsterte Rückenlehne der Sitze reicht so weit hinauf, daß man den Kopf anlehnen kann. Obwohl diese Sitze paarweise zusammengekoppelt sind, ist man von seinem Nachbarn doch durch eine Art von seitlicher Kopfstütze getrennt und erblickt von ihm nichts anderes als die halb ausgestreckte Gestalt und vielleicht die Hände, die auf dem Schoße ruhen und die sich manchmal zu einer Gebärde erheben. Selbst wenn man miteinander spricht, sieht man sich niemals ins Gesicht –

Der Zweite Weltkrieg

Die Unterhaltung, die ich auf solche Weise bei einer meiner letzten Reisen führte und die nach und nach immer mehr den Charakter eines wunderlichen Geständnisses annahm, kam nur sehr stockend in Gang. Ich saß am Fenster, und da vieles von dem, was dort draußen vorbeiglitt, meine Neugierde erregte, versuchte ich einige Male von meiner Nachbarin über diese Erscheinungen Näheres zu erfahren. Aber die Teilnahme der ein wenig zaghaft Angesprochenen war gering. Sie wußte kaum etwas zu berichten, und nur ein einziges Mal beugte sie sich vor, um die Landschaft in Augenschein zu nehmen. Bei dieser Gelegenheit sah ich, daß sie etwa dreißig Jahre alt sein mochte, daß sie ein schönes, ein wenig müdes Gesicht hatte und daß sie gut und nach der Mode gekleidet war. Kurz darauf sah ich dieses Gesicht noch einmal in dem kleinen Spiegel, den die Fremde aus ihrer Handtasche nahm, um sich zu pudern und das Rot auf ihren Lippen zu erneuern. Aber dann kam der Abend und mit ihm ein Gewitter, dessen überaus schwarze Wolken rasch den ganzen Himmel bedeckten. Ich lehnte mich zurück, überzeugt davon, daß unser träges Gespräch nun völlig einschlafen würde. Aber gerade die Dämmerung und das Gewitter schienen meine Reisegefährtin auf eine seltsame Weise zu beleben. Nun war sie es, die mich auf allerlei Dinge aufmerksam machte, auf einen Blitz, der besonders schön gezackt aus einer Wolke fuhr, auf die ersten Hagelkörner, die mit großer Heftigkeit an die Scheiben schlugen. Als der Regen endlich gleichmäßig niederglitt und die Nacht die Welt draußen vollends verhüllte, begann sie zu sprechen, und ich bemerkte, daß ihre Stimme jetzt einen anderen Klang hatte, einen erregten, ein wenig ungeduldigen Klang.

Jetzt möchten Sie wohl schlafen? fragte meine Nachbarin.

In der Tat waren mir gerade die Augen zugefallen.

Ich bin ein wenig müde, murmelte ich.

Was tun Sie vor dem Einschlafen? fragte die Fremde weiter, und ich begriff, daß diese Frage eine allgemeine war, die sich nicht auf den jetzigen Augenblick bezog.

Ich lese noch ein bißchen, sagte ich einfältig.

Das meine ich nicht, sagte meine Nachbarin streng. Ich spreche von der Zeit nach dem Auslöschen des Lichtes.

Ich denke, sagte ich.

Ach, denken, sagte die Fremde und warf geringschätzig den Kopf zurück. Das ist nichts.

Und wie verbringen *Sie* diese Zeit? fragte ich neugierig.

Als ich ein Kind war, sagte die Fremde schnell, ließ man uns, bis wir einschliefen, die Tür ins Nebenzimmer offenstehen, und es drang ein schwacher Lichtschein zu uns herein. Während die Geschwister brav die Augen zumachten, begann für mich in dieser Sekunde das eigentliche Leben. Ich warf meine Wolldecke zurück und kroch unter das Leintuch, das nun wie ein weites Zelt allerlei geheimnisvoll erleuchtete Räume umschloß. In diesem Feenpalast war ich die Herrin, in dieser Mondlandschaft war ich wie eine Göttin entrückt . . .

Ich erinnere mich, daß ich an dieser Stelle ein paar Worte einwarf, um meine Nachbarin zum Weitersprechen zu bewegen. Aber es war gar nicht nötig, daß ich ihr meine Anteilnahme bezeugte, ja, sie schien über die Unterbrechung sogar ein wenig ärgerlich zu sein.

Als ich größer war, fuhr sie fort, hörte ich auf, unter das Leintuch zu kriechen. Ich lag auf dem Rücken und rieb mir die Augen, um auf dem schwarzen Grunde der Lider rote Sonnen und weiße Teller tanzen zu lassen. Ich dachte mir aus, wie es sein würde, wenn alle Menschen um mich herum auf eine schreckliche Weise plötzlich umkommen müßten und wie ich dann unter vielen rasch herbeigeeilten Wilden der einzige Mensch wäre, der das Gas anzuzünden, das Telefon zu bedienen und das Radio in Gang zu setzen verstünde. Ich zitterte vor Erregung, wenn ich mir vorstellte, wie diese Wilden vor mir niederfallen und mich anbeten würden, wenn ich vor ihren Augen einen jener grauen Stäbe anzündete, die an unseren Christbäumen hängen und die man Wunderkerzen nennt . . .

Bei diesen Worten beugte sich meine Nachbarin ein wenig vor und sah mir ins Gesicht. Das war kindisch, nicht wahr? sagte sie. Aber im Grunde hat sich nichts geändert, gar nichts, bis auf den heutigen Tag.

Wie ist es heute? fragte ich.

Es ist ein Spiel, sagte die Fremde, ein unheimliches und erregendes Spiel. Ich spiele es mir selbst vor, und wie die Kinder darauf achten, daß bei den Geschichten, die man ihnen erzählt, alles sich genau gleichbleibt, achte ich darauf, daß sich alles genau in derselben Reihenfolge und auf dieselbe Weise vollzieht. Ich bin ängstlich bedacht, die Kulissen auf die richtige Weise zusammenzustellen und die vorgeschriebene Handlung nicht durch plötzliche Einfälle ins Wanken zu bringen.

Bei einem dieser Spiele zum Beispiel kommt alles darauf an, daß der Wagen, in dem ich von einem sonntäglichen Ausflug in die Stadt zurückkehre, in einem bestimmten Augenblick eine bestimmte Stelle erreicht. Mein Platz ist einer der hinteren, und zwar der rechte, neben mir sitzt ein Mann, während der Platz am Steuer von einer andern Frau eingenommen wird, die ihrerseits einen Mann neben sich hat. Hinter uns fährt ein zweiter Wagen, in dem noch einige Freunde sitzen. Ich unterhalte mich auf das lebhafteste mit meinem Nachbarn, und an einer gewissen Stelle des Weges legt er seine Hand auf meinen Arm. Ich blicke auf und gerade in den kleinen runden Spiegel vor dem Führersitz, und dieser Spiegel zeigt mir das Gesicht seiner Frau, ein von Eifersucht und Haß verzerrtes Gesicht. Indem nähern wir uns der Biegung des Weges, an der einige besonders dicke und mit komischen Auswüchsen behaftete Bäume stehen. Und nun begibt sich folgendes: Die Lenkerin, die vor Zorn außer sich ist, gerät zu nah an den Straßenrand, so daß von der Krebsbeule des zunächststehenden Baumes der Wagen buchstäblich aufgerissen wird.

Wenn ich an dieser Stelle meines Spieles angelangt bin, mache ich mir immer wieder klar, auf welche Weise das geschieht. Ich sage mir, daß es nicht völlig unwahrscheinlich ist, daß in einem solchen Falle eine einzelne Person herausgeschleudert wird, während dem Fahrzeug nichts oder doch nichts Wesentliches geschieht. Die Person, um die es sich dabei handelt, bin auf alle Fälle ich. Ich lasse dahingestellt, ob die Fahrerin gerade dies beabsichtigt und es auf eine geniale Weise ins Werk gesetzt hat oder ob das Ganze nur ein Zufall war. Jedenfalls fliege ich hoch durch die Luft und weit den steilen Abhang hinunter.

Es ist sehr kennzeichnend für dieses wie für jedes andere meiner Spiele, daß ich mich dabei nicht im geringsten verletze. Es befindet sich gerade dort, wo ich niederstürze, ein Gebüsch mit weichen elastischen Zweigen, die die Gewalt meines Sturzes mildern, und dann komme ich auf etwas Weiches zu liegen, auf einen Heuhaufen oder ein Stück umgebrochenes Land. Während des Sturzes habe ich das Bewußtsein verloren, aber nur auf ganz kurze Zeit. Hinter meinem Gebüsch verborgen, vernehme ich das Knirschen der Bremsen des zweiten Wagens, der an der Unglücksstelle hält. Ich höre auch die Stimmen meiner Freunde, die sich gegenseitig zurufen und mich zu suchen beginnen.

Ich muß gleich sagen, daß dieses Bemühen ein vollständig vergebliches ist. Es ist dunkel, und ich bin sehr viel weiter hinabgestürzt, als irgend jemand vermuten kann. Der Scheinwerfer des heilen Wagens erreicht die Stelle, an der ich liege, nicht. Also beginnen sie nun alle, meinen Namen zu rufen. Sie klettern am Abhang herum, und manchmal kommt einer mir so nahe, daß ich seine schattenhafte Gestalt unterscheiden kann.

Wenn ich recht verstanden habe, warf ich ein, sind Sie bei vollem Bewußtsein. Warum antworten Sie nicht?

Ich kann Ihnen dafür, sagte die Fremde, keine Erklärung geben. Ich liege da, ein wenig zerschlagen, aber nicht unbequem, und durch das Gezweig meines Gebüsches sehe ich die Sterne blinken. Es ist Frühling und eine warme, schöne Nacht. Meine Freunde rufen, und an dem Klang ihrer Stimmen erkenne ich ihre wachsende Besorgnis. Manchmal schweigen sie auch und lauschen, in der Hoffnung, wenigstens ein Röcheln oder Stöhnen zu vernehmen, und dann erhebt sich wieder eine einzelne Stimme, die des Mannes, der neben mir im Wagen saß und von dem ich weiß, daß er mich am meisten liebt. Aber auch dieser Stimme antworte ich nicht. Ich schweige, und es überkommt mich ein Gefühl des Friedens, das sich mit keinem andern vergleichen läßt ...

Und dann? fragte ich gespannt.

Inzwischen, sagte die Fremde, haben sie dort oben beschlossen, Hilfe zu holen. Sie fahren in dem heilen Wagen fort, und es bleiben nur zwei Männer zurück. Diese beiden Männer wandern noch eine Weile umher, aber dann setzen sie sich an den Straßenrand und zünden sich Zigaretten an. Sie sprechen leise miteinander, und obwohl ich so weit entfernt bin, kann ich doch verstehen, daß sie darüber reden, was für ein besonderer Mensch ich gewesen bin. Nach ein paar Minuten stehen sie wieder auf, gehen auf der Straße hin und her. Da ihre Schritte auf dem harten Asphalt ziemlich viel Geräusch verursachen, ist es mir möglich, jetzt, ohne daß sie es gewahr werden, aufzustehen und mich zu entfernen. Ich lasse mich den Abhang hinuntergleiten, bis zur Talsohle, wo ich ein schmales Bächlein überquere. Jenseits des Tales gelange ich auf eine andere Straße, an deren Rand ich mich niederlege, so daß ich von jedem stadtwärts fahrenden Wagen aus gesehen werden muß. Nach einer Weile kommt wirklich ein Wagen, und dieser wird einige Meter von mir entfernt zum Stehen gebracht. Ich werde aufgehoben und gefragt, wie ich heiße und was mir geschehen sei. Ich antworte nicht, und man beschließt, mich in ein Krankenhaus zu bringen. Jemand sucht in meiner Tasche nach meinen Papieren, die ich aber gerade an diesem Tage zu Hause gelassen habe. Indem fahren wir schon und sehr schnell der Stadt und dem Krankenhaus zu. Dort wiederholt sich dasselbe, ich weiß nichts, ich bin ohne Namen, ich bin entrückt. Ich liege in einem weichen Bett und mache die Augen zu. In diesem Augenblick schlafe ich dann wirklich ein . . .

Das ist das Ende? fragte ich enttäuscht.

Nicht ganz, sagte meine Nachbarin. Aber ehe ich Ihnen erzähle, was das Ende ist, müssen Sie erst von den andern Spielen erfahren.

Obwohl ich sehr neugierig war, auch diese andern Geschichten kennenzulernen, war ich doch jetzt eine ganze Weile lang zerstreut. Ich überlegte mir, was es auf sich haben könne mit dieser Entrückung, die so viel Grausamkeit in sich schloß. Ich dachte darüber nach, daß vielleicht nur ein sehr einsamer, sehr liebeleerer Mensch einen so glühenden Wunsch nach Bestätigung empfinden könne, wie er aus diesem Wachtraume sprach. Ich fing an, meine Nachbarin zu bemitleiden, und darüber verpaßte ich einen guten Teil ihrer nächsten Erzählung und fand mich im Folgenden nur mit Mühe zurecht.

Mit diesen Bekannten also, sagte meine Reisegefährtin gerade, sitze ich im Zug. Unter den Mitreisenden befindet sich einer, an dessen Urteil mir besonders viel gelegen ist. Aber während alle andern an meinen Lippen hängen und sich in Liebenswürdigkeiten überbieten, bleibt gerade dieser immer in einiger Entfernung und sieht mich mit kalten, ja geradezu verächtlichen Blicken an. Ich weiß, daß er mich für eine Lügnerin, für eine Verlorene hält. An einer größeren Station gibt es einen längeren Aufenthalt, und ich verlasse den Zug, um mir Bewegung zu machen. Ich frage den Priester (denn ein solcher scheint der mir wenig gewogene Mitreisende zu sein), ob er mit mir gehen will. Aber er zögert, und an seine Stelle drängt sich ein anderer, ein junger Fant*. Wir wandern den langen Bahnsteig hinunter, es ist eine neblige Nacht. Am Ende des Bahnsteigs steht auf einem andern Geleise ein Ferienzug, der aus den Seealpen kommt. Dieser Zug ist voller Kinder, die schlafen. Plötzlich bemerke ich, wie sich das Innere dieses Zuges mit Rauch

Unreifer junger Mensch

erfüllt. Ich sehe ein paar Kinder, die aufspringen und mit ihren schwachen Händchen an den verschlossenen Fenstern rütteln. Ich will meinen Begleiter am Arm packen, aber der ist gegangen, eine Zeitung zu kaufen. Ich rufe um Hilfe, aber niemand kommt, weil niemand hier meine Sprache versteht. Also reiße ich die Türe des Wagens auf und springe hinein. Alles ist voller Rauch, und die Flammen züngeln schon empor. Ich stürze in das erste Abteil und fange an, die schlafenden Kinder herauszutragen. Niemand hilft mir, alle fürchten sich vor dem Rauch und der Glut. Endlich kommen Feuerwehrmänner mit Gasmasken vor dem Gesicht. Als ich zum ich weiß nicht wievielten Male meine Last auf den Bahnsteig gleiten lasse, breche ich zusammen. Einen Augenblick lang bin ich bewußtlos. Aber dann bemerke ich, daß ich nur erschöpft bin und daß mir nichts fehlt und ich nicht einmal Brandwunden davongetragen habe. Ich bleibe trotzdem liegen, mit geschlossenen Augen, wie tot. Ein Menschenauflauf bildet sich um mich herum, und ein Arzt kommt, um mich zu untersuchen. Ich habe die seltene Fähigkeit, meinen Puls unauffindbar zu machen, so daß er den Eindruck haben muß, daß mein Herz nicht mehr schlägt. Ein Murmeln geht durch die Menge, und während ich auf eine Tragbahre gehoben werde, tritt der Priester an mich heran. Die Bahre beginnt sich leise schaukelnd zu bewegen, und durch die Rauchwolken, die über dem Bahnhof liegen, sehe ich die Sterne und den Mond. Der Priester legt seine linke Hand auf meine Brust, während er mit der rechten das Zeichen des Kreuzes beschreibt. In einem Frieden ohnegleichen schlafe ich ein ...

Ist auch dies nicht das Ende? fragte ich, als die Erzählerin schwieg.

Nein, sagte sie. Aber hören Sie zuerst noch eine andere Geschichte. Und ohne ihre Stellung zu verändern, fuhr sie fort:

Bei diesem dritten Vorgang, sagte sie, handelt es sich darum, daß ich mein Gedächtnis verloren habe. Die Begleitumstände sind äußerst verwickelt. Durch eine zeitgemäße Fügung bin ich in Gefangenschaft geraten, aus der heraus ich niemandem Nachricht geben kann. Vor der Befreiung habe ich Mißhandlungen erfahren, an die ich mich nicht zu erinnern vermag. Aber ich habe nicht nur die Erinnerung an diese Mißhandlung, sondern auch jede an mein früheres Leben verloren. Zusammen mit andern Befreiten bin ich in einem Erholungsheim, wo man alles Erdenkliche für uns tut. Die andern Befreiten sind samt und sonders Männer und von verschiedener Nationalität. Dadurch, daß ich viele Sprachen verstehe, kann ich ihre Botschaften nach Hause vermitteln und ihnen auf jede Weise nützlich sein. Der einzige jedoch, dessen Neigung ich erwidere, ist ein junger Arzt, der nicht zu ihnen, sondern zum Personal der Anstalt gehört. Während ich beginne, meinem Gefühl für ihn nachzugeben, kehrt mir die Erinnerung an mein früheres Leben und an meine eigentliche Liebe zurück. Ich erfahre den Namen der Stadt, in deren Nähe sich das Erholungsheim befindet, und dieser Name verbindet sich mir mit einer Telefonnummer, die ich beim gemeinsamen Mittagessen auf die Papierserviette schreibe. Der Arzt, der neben mir sitzt, wirft einen Blick auf die Zahl und prägt sie sich ein. An einem der folgenden Tage, die ich in einem qualvollen Zustand halber Erinnerung [verbringe,] läßt er sich mit dem Inhaber dieses Telefonanschlusses verbinden, der ein alter Freund von mir ist. Er fragt ihn, ob es in seinem Bekanntenkreis eine Person gäbe, die in den vergangenen Wirren verschwunden sei und von der niemand eine Nachricht erhalten habe. Als der Freund diese Frage bejaht, fordert er ihn auf, herauszukommen und zunächst aus der Entfernung festzustellen, ob ich die Vermutete sei.

Durch einen seltsamen Zufall bin ich in genau demselben Augenblick wie der Arzt auf den Gedanken gekommen, mich in die Telefonzelle zu begeben und die Nummer zu wählen, mit der sich für mich noch kein Name verbinden will. Ich finde den Anschluß besetzt, aber infolge einer technischen Störung kann ich von dem Gespräch, das von einer Nebenstelle aus geführt wird, jedes Wort verstehen. Ich erkenne die Stimme des Freundes, und nun fällt mir mit einemmal auch alles andere wieder ein. Ich weiß jetzt, daß es Menschen gibt, die mich lieben und auf mich warten. Ich zweifle auch nicht daran, daß mein Nachhausekommen jetzt in die Wege geleitet wird. Trotzdem tue ich nichts, um es zu beschleunigen. Im Gegenteil, ich zögere es hinaus . . .

Sie fliehen, sagte ich schnell.

Ja, sagte die Fremde. Ich fliehe. Ich verstecke mich. Ich gehe die Treppe hinunter, wobei ich es so einrichte, daß ich von niemandem gesehen werde, und gelange in das Kellergeschoß, wo sich die Baderäume befinden. Da ich lange genug hier bin, um die Gepflogenheiten der Anstalt zu kennen, weiß ich, daß zu dieser Nachmittagsstunde die Badeabteilung geschlossen und die Bademeisterin damit beschäftigt ist, die Wannen sauber zu machen. Ich finde sie in einer der Kabinen und sage ihr, daß ich gekommen bin, um etwas Vergessenes zu holen. Bei dem Rauschen des Wassers kann sie nicht feststellen, daß ich mich danach, anstatt die Badeabteilung zu verlassen, in einer der zur Massage bestimmten Kabinen auf das Ruhebett setze. Kurz darauf hat sie ihre Arbeit beendet und geht und schlägt die Türe hinter sich zu. Ich bleibe eine Weile sitzen, aber dann gehe ich zu den kleinen Fenstern, die sich auf der Höhe der Erdoberfläche befinden, und schaue vorsichtig bald auf dieser, bald auf jener Seite hinaus. Ich bemerke, daß bald eine gewisse Unruhe im Hause entsteht, und höre, wie man meinen Namen ruft, aber natürlich nicht meinen richtigen, sondern einen, den man mir hier gegeben hat und der mich jetzt seltsam fremd anmutet. Es wird sowohl im Garten wie auch am nahen Waldrand nach mir gesucht. Plötzlich vernehme ich auch meinen richtigen Namen. Ich eile in die Kabine zurück und lege mich auf das Ruhebett, wobei ich mich mit der ausgebreiteten Wolldecke vollständig verhülle. Es wird rasch dunkel, und da die Geräusche des Hauses nur wie von fern hier herunterdringen, meine ich, im Schoß der Erde wie im Grabe zu ruhen. Endlich höre ich auf der Treppe die ängstliche Stimme der Bademeisterin und männliche Schritte, die rasch näherkommen. Die Türe springt auf, und es wird strahlend hell . . .

Ist das das Ende? fragte ich, als die Erzählerin schwieg.

Nein, sagte sie, auch dieses Spiel geht noch weiter. Auch in diesem Spiel steht hinter dem Gefunden- und Geborgenwerden noch ein anderes, so wie sich hinter den handelnden Personen noch eine andere, bedeutendere Gestalt verbirgt. Eine, die nicht wie die andern beständig hinters Licht geführt wird und die sich auch gar nicht hinters Licht führen läßt. Eine, die nicht von mir geängstigt und nicht hineinbezogen wird in meine Grausamkeit und meine eitle Lust. Eine um derentwillen ich schön sein möchte, begehrt und erhöht.

Wer könnte das sein? fragte ich überrascht.

Es ist der Geliebte, sagte meine Nachbarin ruhig. Er ist es, der am Ende aller Spiele erscheint und der mich in seine Arme nimmt und küßt . . .

Während die Fremde noch sprach, flammte das Licht im Wagen auf. Die Fahrgäste begannen ihre Sachen zusammenzusuchen. Auch meine Nachbarin stand jetzt auf und zog in dem engen Gängchen zwischen den Sitzen ihren Mantel an. Wir fuhren durch die schmalen Gassen einer kleinen Stadt und hielten auf einem schönen freien Platz, der hell erleuchtet war und auf dem sich allerlei müßige Leute wie zur Ankunft eines Schiffes eingefunden hatten. In dem Trubel, der beim Herausschaffen der Gepäckstücke entstand, verlor ich die Fremde, die mir zum Abschied nur kurz zugenickt hatte, aus den Augen. Aber dann ergab es sich, daß sie an der Seite meines Fensters ausstieg, und obwohl ich mich meiner Neugierde schämte, konnte ich es doch nicht unterlassen, sie zu beobachten und festzustellen, ob und von wem sie abgeholt werden würde.

Gewiß, dachte ich, bleibt sie ganz allein. Alle diese Gestalten gehören in das Reich ihrer Phantasie und dienen nur dazu, ihrem Leben einen Inhalt und ihrer Person einen Nimbus* zu verleihen.

Heiligenschein

Aber während ich diesen Gedanken nachhing, sah ich die Fremde, schon auf dem Trittbrett, von allen Seiten lebhaft angerufen und von einer Schar von Kindern umringt, von denen jedes zuerst begrüßt und in die Arme geschlossen sein wollte. Über die Größeren hinweg ließ sie sich das Kleinste reichen, und während sie es an die Brust drückte, neigte sie ihr strahlendes Gesicht einem Manne zu, der sie küßte und zugleich nach ihrem Handkoffer griff.

3. Das dicke Kind

Es war Ende Januar, bald nach den Weihnachtsferien, als das dicke Kind zu mir kam. Ich hatte in diesem Winter angefangen, an die Kinder aus der Nachbarschaft Bücher auszuleihen, die sie an einem bestimmten Wochentag holen und zurückbringen sollten. Natürlich kannte ich die meisten dieser Kinder, aber es kamen auch manchmal Fremde, die nicht in unserer Straße wohnten. Und wenn auch die Mehrzahl von ihnen gerade nur so lange Zeit blieb, wie der Umtausch in Anspruch nahm, so gab es doch einige, die sich hinsetzten und gleich auf der Stelle zu lesen begannen. Dann saß ich an meinem Schreibtisch und arbeitete, und die Kinder saßen an dem kleinen Tisch bei der Bücherwand, und ihre Gegenwart war mir angenehm und störte mich nicht. Das dicke Kind kam an einem Freitag oder Samstag, jedenfalls nicht an dem zum Ausleihen bestimmten Tag. Ich hatte vor auszugehen und war im Begriff, einen kleinen Imbiß, den ich mir gerichtet hatte, ins Zimmer zu tragen. Kurz vorher hatte ich einen Besuch gehabt, und dieser mußte wohl vergessen haben, die Eingangstüre zu schließen. So kam es, daß das dicke Kind ganz plötzlich vor mir stand, gerade als ich das Tablett auf den Schreibtisch niedergesetzt hatte und mich umwandte, um noch etwas in der Küche zu holen. Es war ein Mädchen von vielleicht zwölf Jahren, das einen altmodischen Lodenmantel und schwarze, gestrickte Gamaschen* anhatte und an einem Riemen ein paar Schlittschuhe trug, und es kam mir bekannt, aber doch nicht richtig bekannt vor, und weil es so leise hereingekommen war, hatte es mich erschreckt.

Gamaschen: Beinkleidung

Kenne ich dich? fragte ich überrascht.

Das dicke Kind sagte nichts. Es stand nur da und legte die Hände über seinem runden Bauch zusammen und sah mich mit seinen wasserhellen Augen an.

Möchtest du ein Buch? fragte ich.

Das dicke Kind gab wieder keine Antwort. Aber darüber wunderte ich mich nicht allzu sehr. Ich war es gewohnt, daß die Kinder schüchtern waren und daß man ihnen helfen mußte. Also zog ich ein paar Bücher heraus und legte sie vor das fremde Mädchen hin. Dann machte ich mich daran, eine der Karten auszufüllen, auf welchen die entliehenen Bücher aufgezeichnet wurden.

Wie heißt du denn? fragte ich.

Sie nennen mich die Dicke, sagte das Kind.

Soll ich dich auch so nennen? fragte ich.

Es ist mir egal, sagte das Kind. Es erwiderte mein Lächeln nicht, und ich glaube mich jetzt zu erinnern, daß sein Gesicht sich in diesem Augenblick schmerzlich verzog. Aber ich achtete darauf nicht.

Wann bist du geboren? fragte ich weiter.

⌜Im Wassermann⌝, sagte das Kind ruhig.

Diese Antwort belustigte mich, und ich trug sie auf der Karte ein, spaßeshalber gewissermaßen, und dann wandte ich mich wieder den Büchern zu.

Möchtest du etwas Bestimmtes? fragte ich.

Aber dann sah ich, daß das fremde Kind gar nicht die Bücher ins Auge faßte, sondern seine Blicke auf dem Tablett ruhen ließ, auf dem mein Tee und meine belegten Brote standen.

Vielleicht möchtest du etwas essen, sagte ich schnell.

Das Kind nickte, und in seiner Zustimmung lag etwas wie ein gekränktes Erstaunen darüber, daß ich erst jetzt auf diesen Gedanken kam. Es machte sich daran, die Brote eins nach dem andern zu verzehren, und es tat das auf eine besondere Weise, über die ich mir erst später Rechenschaft gab. Dann saß es wieder da und ließ seine trägen, kalten Blicke im Zimmer herumwandern, und es lag etwas in seinem Wesen, das mich mit Ärger und Abneigung erfüllte. Ja gewiß, ich habe dieses Kind von Anfang an gehaßt. Alles an ihm hat mich abgestoßen, seine trägen Glieder, sein hübsches, fettes Gesicht, seine Art zu sprechen, die zugleich schläfrig und anmaßend war. Und obwohl ich mich entschlossen hatte, ihm zuliebe meinen Spaziergang aufzugeben, behandelte ich es doch keineswegs freundlich, sondern grausam und kalt.

Oder soll man es etwa freundlich nennen, daß ich mich nun an den Schreibtisch setzte und meine Arbeit vornahm und über meine Schulter weg sagte: Lies jetzt, obwohl ich doch ganz genau wußte, daß das fremde Kind gar nicht lesen wollte? Und dann saß ich da und wollte schreiben und brachte nichts zustande, weil ich ein sonderbares Gefühl der Peinigung hatte, so, wie wenn man etwas erraten soll und errät es nicht, und ehe man es nicht erraten hat, kann nichts mehr so werden, wie es vorher war. Und eine Weile lang hielt ich das aus, aber nicht sehr lange, und dann wandte ich mich um und begann eine Unterhaltung, und es fielen mir nur die törichtsten Fragen ein.

Hast du noch Geschwister? fragte ich.

Ja, sagte das Kind.

Gehst du gern in die Schule? fragte ich.

Ja, sagte das Kind.

Was magst du denn am liebsten?

Wie bitte? fragte das Kind.

Welches Fach? sagte ich verzweifelt.

Ich weiß nicht, sagte das Kind.

Vielleicht Deutsch? fragte ich.

Ich weiß nicht, sagte das Kind.

Ich drehte meinen Bleistift zwischen den Fingern, und es wuchs etwas in mir auf, ein Grauen, das mit der Erscheinung des Kindes in gar keinem Verhältnis stand.

Hast du Freundinnen? fragte ich zitternd.

O ja, sagte das Mädchen.

Eine hast du doch sicher am liebsten? fragte ich.

Ich weiß nicht, sagte das Kind, und wie es dasaß in seinem

haarigen Lodenmantel, glich es einer fetten Raupe, und wie eine Raupe hatte es auch gegessen, und wie eine Raupe witterte es jetzt wieder herum.

Jetzt bekommst du nichts mehr, dachte ich, von einer sonderbaren Rachsucht erfüllt. Aber dann ging ich doch hinaus und holte Brot und Wurst, und das Kind starrte darauf mit seinem dumpfen Gesicht, und dann fing es an zu essen, wie eine Raupe frißt, langsam und stetig, wie aus einem inneren Zwang heraus, und ich betrachtete es feindlich und stumm. Denn nun war es schon soweit, daß alles an diesem Kind mich aufzuregen und zu ärgern begann. Was für ein albernes, weißes Kleid, was für ein lächerlicher Stehkragen, dachte ich, als das Kind nach dem Essen seinen Mantel aufknöpfte. Ich setzte mich wieder an meine Arbeit, aber dann hörte ich das Kind hinter mir schmatzen, und dieses Geräusch glich dem trägen Schmatzen eines schwarzen Weihers* irgendwo im Walde, es brachte mir alles wässerig Dumpfe, alles Schwere und Trübe der Menschennatur zum Bewußtsein und verstimmte mich sehr. Was willst du von mir? dachte ich, geh fort, geh fort. Und ich hatte Lust, das Kind mit meinen Händen aus dem Zimmer zu stoßen, wie man ein lästiges Tier vertreibt. Aber dann stieß ich es nicht aus dem Zimmer, sondern sprach nur wieder mit ihm, und wieder auf dieselbe grausame Art.

Teich, kleiner See

Gehst du jetzt aufs Eis? fragte ich.

Ja, sagte das dicke Kind.

Kannst du gut Schlittschuhlaufen? fragte ich und deutete auf die Schlittschuhe, die das Kind noch immer am Arm hängen hatte.

Meine Schwester kann gut, sagte das Kind, und wieder erschien auf seinem Gesicht ein Ausdruck von Schmerz und Trauer, und wieder beachtete ich ihn nicht.

Wie sieht deine Schwester aus? fragte ich. Gleicht sie dir?

Ach nein, sagte das dicke Kind. ⌜Meine Schwester⌝ ist ganz dünn und hat schwarzes, lockiges Haar. Im Sommer, wenn wir auf dem Land sind, steht sie nachts auf, wenn ein Gewitter kommt, und sitzt oben auf der obersten Galerie auf dem Geländer und singt.

Und du? fragte ich.

Ich bleibe im Bett, sagte das Kind. Ich habe Angst.

Deine Schwester hat keine Angst, nicht wahr? sagte ich.

Nein, sagte das Kind. Sie hat niemals Angst. Sie springt auch vom obersten Sprungbrett. Sie macht einen Kopfsprung, und dann schwimmt sie weit hinaus . . .

Was singt deine Schwester denn? fragte ich neugierig.

Sie singt, was sie will, sagte das dicke Kind traurig. Sie macht Gedichte.

Und du? fragte ich.

Ich tue nichts, sagte das Kind. Und dann stand es auf und sagte: Ich muß jetzt gehen. Ich streckte meine Hand aus, und es legte seine dicken Finger hinein, und ich weiß nicht genau, was ich dabei empfand, etwas wie eine Aufforderung, ihm zu folgen, einen unhörbaren, dringlichen Ruf. Komm einmal wieder, sagte ich, aber es war mir nicht ernst damit, und das Kind sagte nichts und sah mich mit seinen kühlen Augen an. Und dann war es fort, und ich hätte eigentlich Erleichterung spüren müssen. Aber kaum, daß ich die Wohnungstür ins Schloß fallen hörte, lief ich auch schon auf den Korridor hinaus und zog meinen Mantel an. Ich rannte ganz schnell die Treppe hinunter und erreichte die Straße in dem Augenblick, in dem das Kind um die nächste Ecke verschwand.

Ich muß doch sehen, wie diese Raupe Schlittschuh läuft, dachte ich. Ich muß doch sehen, wie sich dieser Fettkloß auf dem Eise bewegt. Und ich beschleunigte meine Schritte, um das Kind nicht aus den Augen zu verlieren.

Es war am frühen Nachmittag gewesen, als das dicke Kind zu mir ins Zimmer trat, und jetzt brach die Dämmerung herein. Obwohl ich in dieser Stadt* einige Jahre meiner Kindheit verbracht hatte, kannte ich mich doch nicht mehr

Potsdam, wo die Eltern von 1902 bis 1913 wohnten

gut aus, und während ich mich bemühte, dem Kinde zu folgen, wußte ich bald nicht mehr, welchen Weg wir gingen, und die Straßen und Plätze, die vor mir auftauchten, waren mir völlig fremd. Ich bemerkte auch plötzlich eine Veränderung in der Luft. Es war sehr kalt gewesen, aber nun war ohne Zweifel Tauwetter eingetreten, und mit so großer Gewalt, daß der Schnee schon von den Dächern tropfte und am Himmel große Föhnwolken ihres Weges zogen. Wir kamen vor die Stadt hinaus, dorthin, wo die Häuser von großen Gärten umgeben sind, und dann waren gar keine Häuser mehr da, und dann verschwand plötzlich das Kind und tauchte eine Böschung hinab. Und wenn ich erwartet hatte, nun einen Eislaufplatz vor mir zu sehen, helle Buden und Bogenlampen und eine glitzernde Fläche voll Geschrei und Musik, so bot sich mir jetzt ein ganz anderer Anblick. Denn dort unten lag der See*, von dem ich geglaubt hatte, daß seine Ufer mittlerweile alle bebaut worden wären: er lag ganz einsam da, von schwarzen Wäldern umgeben, und sah genau wie in meiner Kindheit aus.

Der Jungfernsee nördlich von Potsdam

Dieses unerwartete Bild erregte mich so sehr, daß ich das fremde Kind beinahe aus den Augen verlor. Aber dann sah ich es wieder, es hockte am Ufer und versuchte, ein Bein über das andere zu legen und mit der einen Hand den Schlittschuh am Fuß festzuhalten, während es mit der andern den Schlüssel herumdrehte. Der Schlüssel fiel ein paarmal herunter, und dann ließ sich das dicke Kind auf alle Viere fallen und rutschte auf dem Eis herum und suchte und sah wie eine seltsame Kröte aus. Überdem wurde es immer dunkler, der Dampfersteg, der nur ein paar Meter von dem Kind entfernt in den See vorstieß, stand tiefschwarz über der weiten Fläche, die silbrig glänzte, aber nicht überall gleich, sondern ein wenig dunkler hier und dort, und in diesen trüben Flecken kündigte sich das Tauwetter an. Mach doch schnell, rief ich ungeduldig, und die Dicke beeilte sich nun wirklich, aber nicht auf mein Drän-

gen hin, sondern weil draußen vor dem Ende des langen Dampfersteges jemand winkte und Komm, Dicke, schrie, jemand, der dort seine Kreise zog, eine leichte, helle Gestalt. Es fiel mir ein, daß dies die Schwester sein müsse, ⌜die Tänzerin⌝, die Gewittersängerin, das Kind nach meinem Herzen, und ich war gleich überzeugt, daß nichts anderes mich hierhergelockt hatte als der Wunsch, dieses anmutige Wesen zu sehen. Zugleich aber wurde ich mir auch der Gefahr bewußt, in der die Kinder schwebten. Denn nun begann mit einemmal dieses seltsame Stöhnen, diese tiefen Seufzer, die der See auszustoßen scheint, ehe die Eisdecke bricht. Diese Seufzer liefen in der Tiefe hin wie eine schaurige Klage, und ich hörte sie, und die Kinder hörten sie nicht.
Nein gewiß, sie hörten sie nicht. Denn sonst hätte sich die Dicke, dieses ängstliche Geschöpf, nicht auf den Weg gemacht, sie wäre nicht mit ihren kratzigen, unbeholfenen Stößen immer weiter hinausgestrebt, und die Schwester draußen hätte nicht gewinkt und gelacht und sich wie eine Ballerina auf der Spitze ihres Schlittschuhs gedreht, um dann wieder ihre schönen Achter zu ziehen, und die Dicke hätte die schwarzen Stellen vermieden, vor denen sie jetzt zurückschreckte, um sie dann doch zu überqueren, und die Schwester hätte sich nicht plötzlich hoch aufgerichtet und wäre nicht davon geglitten, fort, fort, einer der kleinen einsamen Buchten zu.
Ich konnte das alles genau sehen, weil ich mich daran gemacht hatte, auf dem Dampfersteg hinauszuwandern, immer weiter, Schritt für Schritt. Trotzdem die Bohlen vereist waren, kam ich doch schneller vorwärts, als das dicke Kind dort unten, und wenn ich mich umwandte, konnte ich sein Gesicht sehen, das einen dumpfen und zugleich sehnsüchtigen Ausdruck hatte. Ich konnte auch die Risse sehen, die jetzt überall aufbrachen und aus denen, wie Schaum vor die Lippen des Rasenden, ein wenig schäumendes Wasser

trat. Und dann sah ich natürlich auch, wie unter dem dikken Kinde das Eis zerbrach. Denn das geschah an der Stelle, an der die Schwester vordem getanzt hatte und nur wenige Armlängen vor dem Ende des Stegs.

Ich muß gleich sagen, daß dieses Einbrechen kein lebensgefährliches war. Der See gefriert in ein paar Schichten, und die zweite lag nur einen Meter unter der ersten und war noch ganz fest. Alles, was geschah, war, daß die Dicke einen Meter tief im Wasser stand, im eisigen Wasser freilich und umgeben von bröckelnden Schollen, aber wenn sie nur ein paar Schritte durch das Wasser watete, konnte sie den Steg erreichen und sich dort hinaufziehen, und ich konnte ihr dabei behilflich sein. Aber ich dachte trotzdem gleich, sie wird es nicht schaffen, und es sah auch so aus, als ob sie es nicht schaffen würde, wie sie da stand, zu Tode erschrocken, und nur ein paar unbeholfene Bewegungen machte, und das Wasser strömte um sie herum, und das Eis unter ihren Händen zerbrach. Der Wassermann, dachte ich, jetzt zieht er sie hinunter, und ich spürte gar nichts dabei, nicht das geringste Erbarmen, und rührte mich nicht.

Aber nun hob die Dicke plötzlich den Kopf, und weil es jetzt vollends Nacht geworden und der Mond hinter den Wolken erschienen war, konnte ich deutlich sehen, daß etwas in ihrem Gesicht sich verändert hatte. Es waren dieselben Züge und doch nicht dieselben, aufgerissen waren sie von Willen und Leidenschaft, als ob sie nun, im Angesicht des Todes, alles Leben tränken, alles glühende Leben der Welt. Ja, das glaubte ich wohl, daß der Tod nahe und dies das letzte sei, und beugte mich über das Geländer und blickte in das weiße Antlitz unter mir, und wie ein Spiegelbild sah es mir entgegen aus der schwarzen Flut. Da aber hatte das dicke Kind den Pfahl erreicht. Es streckte die Hände aus und begann sich heraufzuziehen, ganz geschickt hielt es sich an den Nägeln und Haken, die aus dem Holze ragten. Sein Körper war zu schwer, und seine Finger bluteten, und es fiel wieder zurück, aber nur, um wieder von neuem zu beginnen. Und das war ein langer Kampf, ein schreckliches Ringen um Befreiung und Verwandlung, wie das Aufbrechen einer Schale oder eines Gespinstes, dem ich da zusah, und jetzt hätte ich dem Kinde wohl helfen mögen, aber ich wußte, ich brauchte ihm nicht mehr zu helfen – ich hatte es erkannt . . .

An meinen Heimweg an diesem Abend erinnere ich mich nicht. Ich weiß nur, daß ich auf unserer Treppe einer Nachbarin erzählte, daß es noch jetzt ein Stück Seeufer gäbe mit Wiesen und schwarzen Wäldern, aber sie erwiderte mir, nein, das gäbe es nicht. Und daß ich dann die Papiere auf meinem Schreibtisch durcheinandergewühlt fand und irgendwo dazwischen ⌜ein altes Bildchen⌝, das mich selbst darstellte, in einem weißen Wollkleid mit Stehkragen, mit hellen, wäßrigen Augen und sehr dick.

4. *Nesemann*

Das ist schon lange her, dieser Kindertag, von dem ich erzählen möchte, dieser Vorfrühlingstag, der im Garten begann mit dem gelben, unheimlich stechenden Feuer der Märzsonne und der mit einem andern Feuer endete, spät am Abend, fast in der Nacht.

Ja, es ist lange her, daß wir in der kleinen Stadt wohnten und in dem Gärtchen spielten, das man uns Kindern ganz überlassen hatte, weil es so winzig und schäbig war und weil außer zwei kleinen Birkenbäumen und ein paar Stachelbeerbüschen nicht das geringste in ihm wuchs. Es ist so lange her, daß ich fast alles aus jener Zeit vergessen habe. Aber diesen Tag werde ich wohl immer im Gedächtnis behalten, ob ich will oder nicht.

Wenn ich mich an ihn erinnere, sehe ich den Garten vor mir und das helle Grün der Birkenzweige und das große, schön geschwungene M aus Brunnenkresse auf meinem eigenen Beet. Ich sehe meine Schwester Bea, die auf der Schaukel sitzt und liest und sich ein wenig hin- und herstößt und mit ihren Absätzen die Erde aufhackt. Ich sehe meinen kleinen Bruder, der im Sandkasten hockt und mit einem zerbrochenen Hufeisen herumstochert in dem schmutzigen gelben Sand. Und dann geht es klipp klapp von der Stalltüre her, und der Bursche Nesemann führt das dicke Pferdchen heraus. An dem dicken Pferdchen hängt das Wägelchen, das Wännchen, das nur zwei große Räder hat, und in das Wännchen steigt meine Mutter und hebt das Peitschchen und kitzelt mit der feinen weißen Quaste* das Pony am Hals.

Troddel

Dürfen wir mitfahren? rufen Bea und ich wie aus einem Munde, aber wir wissen schon, wir dürfen nicht und fragen nur, um uns nichts zu vergeben, um unserm wilden Anspruch an das Leben Genüge zu tun. Und natürlich bekommen wir gar keine Antwort und auch keinen Gruß, nur dem kleinen Bruder winkt die Mutter noch zärtlich zu und ist schon verschwunden, so lieblich in ihrem großen weißen Hut, und bloß der Nesemann steht noch da, riesengroß und schwarz, mit seinem finsteren, verschlossenen Gesicht.

Danach ist alles anders als zuvor. Meine Gedanken, die dem Ponywagen nachgelaufen sind bis zur nächsten oder übernächsten Straßenecke, trotten auf dem heißen Pflaster zurück wie Hunde, die nicht wissen wohin. Bea setzt die Schaukel in Bewegung, hoch hinauf fliegt sie, und das heisere Schluchzen, mit dem sich die eisernen Ringe in den Haken bewegen, beginnt den Garten mit schrecklicher Eindringlichkeit zu erfüllen. Und nun läßt Bea sich plötzlich in die Kniekehlen gleiten und schwingt, den Kopf nach unten, so daß ihre langen Haare über den Sand schleifen, und obwohl ich das schon oft gesehen habe, wird mir heute bei diesem Anblick schlecht. Ich lege mich vor meinem Beet auf den Bauch und lecke mit der Zunge über die Kresse hin, und dann reiße ich ganze Büschel aus und stopfe sie mir in den Mund, und es brennt alles wie Feuer, die runden grünen Blättchen und die weißen Würzelchen, und die gelben Sandkörner knirschen mir zwischen den Zähnen. Und die Tränen kommen mir in die Augen und bleiben in den Wimpern hängen, so daß ich nun in die Sonne schaue wie durch ein schönes rotgoldenes Gespinst. Aufhören, denke ich, aufhören und meine den Sonnenkeil, der sich mir in die Stirn bohrt, und meine die krächzende Schaukel und die langen Haare meiner Schwester, die über den Boden schleifen, hin und her, und die Schaufel, mit der der Riese Nesemann zwei Schritte von mir entfernt die Erde unter den Stachelbeerbüschen zerstößt, die Schaufel, die funkelnagelneu ist, meerblauer Stahl, und die unaufhörlich auf- und abfährt, und funkelt und blitzt ...

Was ist denn los? fragt mürrisch der Riese, dessen Gesicht blauschwarz in den Baumkronen steht.
Nichts ist los, sagt Bea und springt von der Schaukel und läuft auf die Straße hinaus.
Nichts ist los, sage ich, es ist heiß. Ich stehe wieder auf und backe dem kleinen Bruder drei schöne weiße Kuchen, und dann mache ich mich daran, kleine Streifchen Rinde von den Birkenstämmchen abzuziehen, eines nach dem andern, glatte schöne Schlangenhäutchen, die sich um den Finger wickeln, weiß und zart. Dabei vergeht die Zeit und vergeht auch nicht, weil nichts geschieht, nur daß nach einer Weile der Nesemann seine Arbeit beendet hat und nun wieder unbeweglich dasteht, auf die Schaufel gestützt, die großen roten Hände am weißen Griff.
Grab uns eine Grube, sage ich.
Was für eine Grube? fragt der Nesemann.
Einfach eine Grube, sage ich.
Der Riese sieht mich von oben an und sagt nichts. Aber nach einer Weile setzt er den Fuß auf das meerblaue Spatenblatt und tritt es tief in die Erde hinein. Und ich nehme die Hände von dem Birkenbäumchen und komme herüber und sehe zu, wie die groben Schollen von der Schaufel herausgehoben und umgedreht werden und sich auftürmen zu einem geraden, festen Wall. Und das Loch wird immer tiefer und der Wall immer höher auf allen Seiten, und etwas fremdes Kühles weht aus der Erde herauf. Schön rechtwinklig ist die Grube, und der Riese steht darin und ist nur bis zu den Knien und dann bis zu den Hüften zu sehen. Bea ist zurückgekommen, und der kleine Bruder ist aus seinem Sandkasten herausgeklettert, und wir stehen alle da und lachen, und Nesemann lacht auch, ganz verwandelt ist er, weil er heute nicht in der dunklen Kammer steht und Kleider bürstet und Messer putzt, sondern Erde unter den Füßen hat und einen Spaten in der Hand. Weiß Gott, woran er denkt, an einen Torfstich, an ein rotes Haus zwischen Ho-

lunderbüschen, an eine Heimat, die niemand kennt. Er gräbt und klopft und gräbt und klopft und stampft unten die Erde glatt, und dann hebt er uns alle drei, auch den kleinen Bruder, in das Loch und steht selber draußen und schaut sich seine saubere Arbeit an. Und ich bin jetzt ganz wach und fange an zu befehlen, ich kann das so gut wie meine Mutter, und meine helle Stimme klingt wie die Stimme meiner Mutter, und der Riese zuckt zusammen, wenn er sie hört.

Jetzt noch ein Bänkchen, rufe ich. Jetzt noch etwas oben darüber, ein Dach ...

Und Nesemann bringt Latten aus dem Stall und legt sie über die Grube, schön gerade nebeneinander, da liegt das Licht wie ein Gitter auf dem Höhlengrund, und dieses Gitter wird immer enger, und die Kühle wird immer tiefer, ein Haus in der Erde, eine Schatzkammer, die sich schon anfüllt mit weißen Kieseln und seltsamen Dingen, wo es still ist, ganz still.

Still soll es bleiben, keiner soll kommen, der Bub soll den Mund halten, der jetzt anfängt zu plärren und dessen kleines Gesicht so weiß wird in dem grünlichen Licht.

Sei still, Wiwi, flüstere ich. Ich mache dir ein Bettchen, du sollst schlafen, sei still.

Aber dem Buben ist es unheimlich dort unten, und er ist gewohnt, seinen Willen zu bekommen. Also fängt er jetzt an, mit den Beinen zu stoßen, er tritt gegen die Erdwand mit seinen kleinen, festen Schuhen, und die Erdwand dröhnt, und es fällt ein bißchen feuchte Erde herab. Und Bea will die stampfenden Füßchen festhalten, aber sie lassen sich nicht festhalten, und es kommt immer mehr Erde, die uns allen auf die nackten Arme fällt und in den offenen Mund.

Das ist nicht schlimm, niemand soll kommen, der Bub soll still sein, ganz still. Aber er ist nicht still, er bäumt sich und brüllt wie verrückt, und ich muß eine Menge Erde aus-

spucken, und es rutscht immer mehr Erde von der Wand. Und draußen geht es klipp klapp von den Ponyhufen, und die Mutter schreit Wiwi, und noch einmal, Wiwi, mit einem ganz verzweifelten Ton. Und dann reißt eine große rote Hand die Sparren auseinander, und wir Kinder werden hinausgehoben in das heiße, grelle Licht.
Ach, und die vielen Leute, die jetzt am Zaun stehen, um den Ponywagen herum.
Was ist los, fragt sie, was ist denn das? Das sieht ja aus wie ein Grab.
Und Nesemann soll erklären, aber das tut er nicht, er ist stumm wie immer und sagt kein Wort und nimmt das dicke Pony am Kopfstück und führt es in den Stall. Und dann soll ich erklären, was geschehen ist, und ich sage, ich weiß es nicht, und die Leute fragen: Hat er euch da hineingesteckt? und ich sage: Ja. Denn wenn ich schon mein Haus nicht haben kann, mein kühles Erdhaus, so will ich wenigstens das haben, das Wichtigsein und das Gefühl, das jetzt in mir aufsteigt, so fremd und süß, dieses dunkle Gefühl von Verhängnis und Schuld.
Denn jetzt treibt alles rasch dem Ende zu. Die Mutter kniet vor dem Bübchen, das noch immer hustet und die Augen verdreht und sich furchtbar anstellt, und das Bübchen hat ihr den weißen Hut zerknittert und den Spitzenkragen angespieen, aber sie kümmert sich nicht darum. Sie steht auf und geht umher und sieht alle Leute mit empörten und ratlosen Blicken an.
Ein Grab, warum hat er ein Grab gegraben, aus welchen Gründen gräbt man ein Grab? Und sie fügt hinzu: Wenn nur mein Mann zu Hause wäre, was soll ich jetzt tun? Schicken Sie ihn zum Teufel, sagt eine Stimme, und ich verstehe, daß von Nesemann die Rede ist, und ich weiß, daß ich jetzt etwas sagen müßte, aber ich sage nichts. Später werde ich ins Haus gebracht und muß meine Schularbeiten machen, und der Nachmittag ist sehr lang. Einmal,

gegen Abend, schleiche ich mich ans Fenster im Schlafzimmer, wo man auf den Garten und den Stall sehen kann, und da sehe ich, wie unten im Gärtchen der Nesemann die Grube zuschaufelt, ganz langsam und bedächtig, und dämmrig wird es schon, und wie ein riesiger Schattenmann bewegt er sich zwischen den Birkenbäumchen und der Stallwand hin und her. Etwas wie Trauer umgibt ihn, aber das weiß ich erst jetzt, in der Erinnerung, damals hat sich nur mein Herz zusammengekrampft, und ich wollte nicht wissen, warum. Am Abend kommt meine Mutter ins Kinderzimmer und fragt: Was macht ihr? aber nicht unfreundlich, und dann nimmt sie Bea und mich mit in ihr Zimmer, wo sie vor ihrem großen, sauberen Ausgabenbuch sitzt und mit ihrer schönen Pensionatsschrift schlanke, gerade Zahlen untereinanderschreibt.

Auf dem Schreibtisch steht das Schlüsselkörbchen, das eigentlich gar kein Körbchen ist, sondern ein kippliges kleines Ding aus Brokat, und neben dem Schreibtisch steht die große Petroleumlampe, deren Fuß aus Alabaster* besteht.

Marmorähnliche Gipsart

Ja, da sitzen wir, Bea und ich, auf dem Teppich, und um uns herum sind Stöße von Rechnungen, die wir nach den Buchstaben ordnen müssen und in die wir dann runde Löcher hineinknipsen dürfen. Das Licht der Lampe fällt auf den Teppich und auf das seltsame Muster an seinem Rande, auf diese Gestalt, die ein Männchen, aber zugleich auch ein Riese ist, der einmal mit dem Kopf nach außen und einmal mit dem Kopf nach innen steht und zu dessen Schultern immer zwei Tiere aufsteigen, Fabeltiere, ihm untertan. Da sitzen wir und betrachten den Riesen und die Fabeltiere und zupfen ein wenig Wolle aus dem Teppich, und es wäre ganz gemütlich, wenn die Mutter nicht so unruhig wäre und immer wieder horchte, ob der Vater noch nicht zurückkommt, und aufspränge und zum Fenster liefe oder an die Türe, obwohl doch alles still ist und man gar nichts hört, nicht einmal das Fegen und Quietschen der Messerputzmaschine nebenan.

Wo ist der Nesemann? frage ich plötzlich, und der Locher fällt mir aus der Hand, und die weißen Papierblättchen fliegen wie Schneeflocken überall im Zimmer herum. Ihr seid zu nichts zu gebrauchen, sagt meine Mutter ärgerlich, und dann fordert sie mich auf, das Kassettchen zu holen, das für den Fall eines Einbruchs immer ganz hinten unter dem Sofa steht, und ich freue mich darüber, weil das Kassettchen so schön mit einem glatten, festen Sprung aufgeht und weil es innen feuerrot angestrichen ist. Ich springe auf und will zum Sofa hinüberlaufen und stoße an etwas, ja, jetzt fällt etwas um, das einen riesigen feurigen Schein macht mitten im Zimmer, und dann weht es wie feurige Lappen, und man muß husten. Und meine Mutter steht plötzlich in der Türe und schreit . . .

Nesemann, schreit meine Mutter, und schon kommt auch der Nesemann zur Türe herein, und trotz aller Aufregung sehe ich sofort, daß er nicht mehr seine Dienerjacke, sondern einen komischen Anzug mit zu kurzen Ärmeln trägt. Und dann steht er mitten im Zimmer und packt alles, die feurigen Fetzen und die Lampe mit dem flammenden Schirm, alles mit seinen bloßen Händen, und fährt durch die Fensterscheibe mit seinen bloßen Händen und wirft das Feuer auf die Straße hinaus . . .

Wenn ich soweit gekommen bin in meiner Erinnerung, stelle ich manchmal Betrachtungen an über die Grausamkeit der Kinder im allgemeinen oder über meinen eigenen Verrat. Aber es kommt auch vor, daß ich über diese Dinge kein bißchen nachdenke, sondern in eine Art von Träumerei verfalle. Dann will mir dieser versunkene Tag vorkommen wie die Verkörperung einer dämonischen Jahres- und Lebenszeit und der Bursche* Nesemann wie die Gestalt auf dem Teppich, wie ein finsterer und rettender Gott.

Hier: Offiziersbursche

5. Der Bergrutsch

Es gibt uns, die wir leben.

Es gibt uns, die wir tot sind und auch leben, aber auf eine andere Weise, wie Pflanzen vielleicht oder wie Muscheln, die sich ein wenig öffnen und das Meerwasser in sich hineinlassen, oder wie die bunte Alge in der winzigen Lagune im Fels.

Erinnerst du dich?

Am Abend gegen 7 Uhr hatte der junge Herr Giorgio den Vertrag gebracht. Der Vertrag war auf Stempelpapier geschrieben, das man in den Tabakläden kaufen kann und das durchtränkt ist mit dem Geruch des Espressos, der kalten Asche und der Unzufriedenheit der jungen Männer, die von den Fremden verdorben werden.

Wir gingen mit dem jungen Herrn Giorgio durch die Halle des Hotels, in dem wir wohnten, und setzten uns an einen der kleinen Tische, die dort an den offenen Fenstern stehen. Der junge Herr Giorgio nahm mit einer anmutigen Gebärde seine Füllfeder aus der Westentasche, öffnete sie und streckte sie dir hin. Draußen auf der Terrasse klapperte das Gestänge der Markisen im warmen Wind. Es hatte den ganzen Tag geregnet, auf den Blechtischen standen die Lachen, und zu Füßen des steilen Macchiagartens* lag wie eine Schüssel, die zum Überlaufen voll ist, das kobaltblaue abendliche Meer.

Es ist alles bereit, sagte der junge Herr Giorgio. Sie können morgen früh einziehen. Ich werde Giuseppina hinüberschicken, um neun Uhr, um zehn Uhr, wann Sie wollen.

Um neun Uhr, sagte ich schnell.

Und dann blickten wir hinunter auf den großen weißen Bogen, auf dem alles aufgezeichnet stand, die Miete für das neue Haus und die Pacht für den Turm, der eigentlich nur eine Ruine war und den man für 99 Jahre zu übernehmen

Immergrüner Buschwald des Mittelmeerraums

hatte, nicht kürzer und nicht länger; aber das war nur eine Formsache, und die Miete war lächerlich gering. Das Haus kostete auch so gut wie nichts, weil es so weit draußen lag, und eigentlich war es ganz überflüssig, daß wir den Vertrag noch einmal lasen, weil wir ihn selbst aufgesetzt hatten und es gar nichts mehr zu bedenken gab.

Ja, du hättest die Feder nehmen und unterschreiben können. Aber das tatest du nicht. Warum eigentlich nicht, da wir uns doch auf diesen Augenblick schon so lange gefreut hatten, warum eigentlich nicht? Weil jetzt da unten auf der schwappenden Schüssel die »Regina Elena« ihren kläglichen kleinen Sirenenlaut von sich gab und weil wir alle drei zusehen mußten, wie sie sich bemühte zu landen, aber sie kam nicht in den Hafen hinein, so stark war die Dünung*; sie mußte weiterfahren mit ihren Passagieren und ihrer Post, durch Ströme von Tintenblau und Spiegelbilder der Wolken, die rosig, wie Fangarme des Oktopus*, nach ihr griffen ... Sie werden nicht Hunger leiden morgen, sagt der junge Herr Giorgio schnell. Meine Mutter wird einen Fisch schicken, Cefalo*, und Essig und Öl.

Durch Wind hervorgerufener Seegang

Tintenfisch

Fischart

Seine Blicke hatten etwas Beschwörendes, aber er behielt die Würde, mit der man im Süden Geschäfte macht, – bitte, nach Ihrem Gefallen, Sie mieten, Sie mieten nicht, wir bekommen das Geld, wir bekommen es nicht. Das Weiße in seinen schönen Tieraugen glänzte im Lampenlicht, aber du schraubtest die Feder zu und reichtest sie ihm herüber und sagtest: Wir kommen in einer halben Stunde, nach dem Abendessen, und bringen die Unterschrift und das Geld. Die »Regina Elena« stieß noch einmal ihren klagenden Ruf aus und verschwand hinter dem Felsenvorsprung; in der Halle schlug der Kellner auf das Gong, einmal, zweimal, und Giorgio ging mit seinen wiegenden Schritten zur Tür hinaus.

Und dann saßen wir beim Abendessen an einem kleinen Tisch, der zwischen lauter anderen kleinen Tischen stand.

Fast alle Gäste waren Ausländer, Vergnügungsreisende, Zugvögel, deren Schwingen nicht aufhören zu zittern und fortzubegehren, weiter oder nach Hause. Ich fahre morgen, rief der Schwede vom Nachbartisch herüber, ja, ich muß heim. Ich kann Sie mitnehmen, wenn Sie wollen, ich habe Platz im Wagen, um 10 Uhr fahre ich ab. Und jetzt hättest du sagen sollen: Nein, danke, wir reisen nicht, wir bleiben, wir haben ein Haus gemietet, wir bleiben ein Jahr oder länger, vielleicht unser Leben lang. Aber du nicktest nur und lächeltest und sagtest nichts. Du sprachst nicht von dem Haus und nicht von dem Turm und den 99 Jahren, dieser magischen Zahl, die uns entzückt und mit einem seltsamen Schauder erfüllt hatte, und nicht von den Feuerzeichen, die zur Zeit der Sarazenen* von Turm zu Turm gegeben worden waren, die ganze Küste entlang. Du tatest gerade, als gehörten wir noch zu ihnen, den Flüchtigen, die ihre Fahrkarten schon in der Tasche haben. Und dabei war doch alles schon verändert, mit dem Stempelbogen in deiner Hand; der schwere, süße Frühlingsgeruch in der herbstlichen Luft und der donnernde Hall der Wagenräder unter der Felswand, und das alles gehörte uns, und wir gehörten ihm, es war wie eine schwere Hand, die sich auf uns legte, die uns zurechtlegte nebeneinander, schön dicht in die blühende Macchia hinein.

* Im Mittelalter Bezeichnung für Araber und Muslims

Natürlich gab es Wein zu diesem Abendessen, er gehörte ja zum Gedeck. Es war der rote Wein der Abhänge draußen, und wir tranken ihn nicht, ohne daß sich unsere Blicke einmal suchten, und wir gingen nicht auf die nächtliche Straße hinaus, ohne daß du deinen Arm um mich legtest. Und das alles wäre heute nicht anders, und es wäre doch anders, weil die Zukunft leichter wiegt als die Vergangenheit und die Träume leichter als die Erfahrung, weil das ungelebte Leben leicht ist – so leicht.

Wir gingen auf der Felsenstraße wie jeden Abend, und das ungelebte Leben erfüllte uns wie der rote kräftige Wein.

Wir sprachen davon, was alles nötig wäre, um die Wohnung einzurichten und was das Allerdringendste wäre, Pfannen und Schüssel und Kochlöffel und eine Schaufel, damit wir die Beete unter den Citronenlauben umgraben und zu Weihnachten Salat haben konnten, festen, grünen Salat. Und ein Tisch sollte bestellt werden für dich zum Schreiben, mit einer großen, festen Platte aus Olivenholz, und als wir darüber sprachen, hörten wir schon die Säge kreischen und durch das Holz ziehen und rochen schon den feuchten, harten Salat. Wie wir so auf der Straße dahingingen, traten wir zu jedem Ding in eine neue Beziehung, und ich erinnere mich, daß wir zum erstenmal versuchten, die Sternbilder zu erkennen, die über dem Meere und dem Scheitel des Gebirges standen. Wir kamen dann an die Stelle, wo vor vielen Jahren der Bergrutsch niedergegangen war, und wie jedesmal an diesem Ort, sprachen wir davon, wie seltsam es sei, daß gerade die Kirche verschüttet worden war, und genau in dem Augenblick, in dem das Tedeum* gesungen und die Schellen gerührt worden waren, und wie die Gläubigen in aller Seligkeit dahingefahren sein mußten, hinab in das Meer, in den Tod. Und schon waren wir dort vorbei und bei den großen Margeritenbüschen, die auf der Mauer blühen, und da fanden wir, daß wir auch solche Margeriten haben müßten, rosarote und weiße, die wie Sterne leuchten in der Nacht.

Lobgesang Gottes in der kath. Liturgie

Wir gingen auf den Ort zu und durch den ersten langen Tunnel, und als wir herauskamen aus dem staubigen Zugwind, regnete es wieder, und das Meer unter der Maccaronifabrik rauschte wie toll. Wir gingen am Hafen vorbei, es war niemand auf der Mole, aber drin auf dem Markt wurde die Straße zum Sonntag gefegt, und vor der Bar standen die jungen Leute, den Hut im Genick und die Hände in den Taschen, und auch Giorgio stand dort, und wir hätten uns zu ihm an den Tisch setzen und den Vertrag unterschreiben und ihm das Geld geben können, aber wir taten es nicht.

Wir gingen weiter auf der Uferstraße, an dem runden Turm vorbei und um die Felsenecke und durch den Nachbarort Atrani*, diese weiße Burg im schwarzen Stein. Und dann um den nächsten Felsvorsprung und an vielen Häusern vorbei und an dem kleinen Hafen, wo die Netze zum Trocknen hängen, und daneben hängen die feinen Nudeln, auch zum Trocknen, und leuchten schön golden im Lampenlicht. Und dann stieg die Straße wieder an, und die Ölbäume am Abhang knarrten im Westwind, das Gebirge hing drohend über uns, die weißen Schaumkronen sprangen, die Sterne glitzerten wäßrig, und der falsche Frühlingsgeruch drang immer reiner und stärker zu uns her.

Küstenort im Golf von Salerno, bei Amalfi

Obwohl der Mond nicht zu sehen war, war es doch nicht dunkel, und wir erkannten schon von weitem die Mauer und das Gittertor, das zu unserem Hause gehörte, aber das Haus selber konnten wir nicht sehen, es lag weit unten am Abhang in den Citronengärten, von den Kronen der Nespoli* versteckt. Wir standen eine Weile oben an der Mauer und schauten in die üppige Wildnis hinab und zu dem Turm hinüber, der schwarz über den glitzernden Wellen hing. Wir konnten es nicht lassen, über die Mauer zu klettern und auf der kleinen, verfallenen Treppe hinabzusteigen und die Hände nach den Citronen auszustrecken, die noch unreif waren, aber doch schon ein wenig dufteten, rein und bitterlich süß. Und dann kamen wir zu dem Haus, und natürlich war einer der Fensterläden offen, so daß wir ganz gemütlich hineingehen konnten. Wir fanden auch eine Kerze, die wir anzündeten, und der runde Schein der Flamme fiel an die gemalte Decke, und weil meine Hand, die die Kerze hielt, ein wenig zitterte, sah es so aus, als begännen die kleinen rosa Wolken da oben dahinzusegeln und als träten die lustigen, dickbauchigen Schiffe ihre Reise an. Und dann steckte ich die Kerze in ein Glas, und wir machten die Fenstertüren auf und standen auf der Schwelle, und unsere Schatten lagen auf den Fliesen der Terrasse riesengroß, Mann und Frau.

Orangenbäume

Später setzten wir uns auf das Bett und sprachen davon, was wir morgen einkaufen wollten und was wir essen würden und was wir am nächsten Tag tun würden und am übernächsten Tag. Wir sprachen auch von den Gängen, die wir zu machen hätten, immer wieder, zum Dampfer und auf die Post, und von der Gartenarbeit und davon, daß wir ein Boot bauen lassen wollten, um zum Fischen hinauszufahren, und wie dann die Acetylenlampe* unseres Bootes eines der Lichter sein würde, die des Nachts in der Bucht von Paestum* stehen wie ein goldener Kranz. Wie lange Zeit über solchen Gesprächen hinging, weiß ich nicht, ich weiß nur, daß jede Minute aufstieg und sich neigte wie ein voller schwerer Tag. Und die ganze Zeit war ein Rauschen in unseren Ohren vom Meer und von den Bäumen und von den vielen kleinen Rinnsalen, die den Abhang hinunterflossen, aber es regnete nicht. Vielleicht war gerade heute die Zeit der Äquinoktialstürme* vorbei, und es würde morgen die Sonne scheinen, und wir würden in der Sonne auf unserem Felsen liegen, drunten in der kleinen Bucht.

Gaslampe

Bedeutende griech. Ausgrabungsstätte (Tempel) an der Südküste des Golfs von Salerno

Stürme, die zur Zeit der Tag- und Nachtgleiche auftreten

Dort hinab stiegen wir jetzt. Wir wollten eigentlich zum Turm hinüber, aber der Weg dorthin war zu dunkel und zu schlüpfrig, wir fanden ihn nicht. Auch die Treppe war glatt und feucht. Du gabst mir die Hand, und wir ertasteten Stufe um Stufe, und die Büsche schlossen sich hinter uns, und obwohl oben auf der Straße die Scheinwerfer der großen Autobusse und draußen auf dem Meere die Lichter der Afrikadampfer hinglitten, waren wir doch mit jedem Schritt mehr entrückt von allen nennbaren Orten und wie in einem furchtbar namenlosen Land. Denn dort drunten in der winzigen Bucht war ja nichts mehr als der Salzgeruch und der fliegende Schaum und das Tosen, ein Hexenkessel voll brodelnder Gischt. Und natürlich schrieen wir uns zu, wie schön das sei, und sahen uns lachend an, aber war nicht trotzdem etwas wie eine Angst in uns, eine Ahnung des

Unheils? Aber das ist leicht zu sagen, später, wenn alles vorbei ist und man alles weiß.

Wir stiegen dann die Stufen wieder hinauf, die 205 Stufen vom Meeresspiegel bis auf die Straße, und als wir an dem Haus vorbeikamen, tratest du noch auf die Terrasse und machtest von außen den Laden wieder zu. Da war es mir, als lägen wir dort drin auf dem Bett und du schlössest die Türe über uns wie ein Grab, und ich sagte: Ach nein, tu das nicht. Aber der Wind war so stark, ich sprach und konnte mich selbst nicht verstehen. Und dann kamen wir auf die Straße, und es fiel uns zum erstenmal auf, wie steil gerade dort der Felsen überhing. Es war alles voll seltsamer Geräusche, von den Kieseln, die am Strande zurückgerissen wurden, von den Ölbaumzweigen, die im Winde seufzten, von den Wagenrädern, deren Rollen im Schatten der Felswände wie Donner klang. Und als wir durch den Ort gingen und an die Stelle kamen, wo wir zu Giorgios Haus einbiegen mußten, verhieltst du ein wenig den Schritt, nur gerade soviel, daß es an mir gewesen wäre, die Wendung zu machen, und ich weiß nicht, warum ich es nicht tat. Ich ging weiter geradeaus, und erst nach einer kleinen Weile fragte ich, ob wir nicht schon vorüber seien, und du sagtest: Es ist vielleicht schon zu spät, sie schlafen schon. Und ich dachte: Er hat Angst vor der Entscheidung, und du dachtest dasselbe von mir. Aber es war etwas ganz anderes, eine Bestimmung, die außerhalb unseres Willens lag.

Denn als wir dann ins Hotel zurückkamen, sagte der Portier: Che cattivo tempo!* und dann gab er dir das Telegramm. Ach, um nichts Besonderes handelte es sich, nur um etwas, das du in Rom zu erledigen hattest. Und du fandest, ich könnte mitfahren, und wir könnten das Anerbieten des schwedischen Herrn annehmen, und in ein paar Tagen wären wir wieder zurück. Wir gingen ganz vergnügt in unser Zimmer hinauf, wo die Koffer schon gepackt standen, nur daß wir an diesem Abend nicht mehr über das

(ital.) Welch schlechtes Wetter!

Haus sprachen, nicht ein einziges Wort. Am nächsten Morgen regnete es nicht mehr. Wir fuhren sehr schnell auf der Straße, die wir immer nur zu Fuß begangen hatten, und es war die andere Richtung, an dem Haus kamen wir nicht vorbei. Es kam mir aber doch alles sehr seltsam vor und fast wie eine Flucht, und um Mittag empfand ich geradezu etwas wie einen Riß, ein Fortgerissenwerden, und ich dachte, daß wir vielleicht doppelt da seien, hier im Auto und dort hinter den Bergen in dem paradiesischen, wilden Garten und dem verlassenen Haus. Und Giorgios Mutter sah ich jetzt dort hinabkommen mit Essig und Öl und Fischen, und obwohl sie eine alte Frau war, sprang sie doch mit dem leichten Schritt der Mädchen über die Stufen und machte die Türe auf und stand vor uns in dem schimmernden grüngoldenen Licht. Aber das war natürlich gar nicht wahr. Giorgios Mutter ist in Wirklichkeit niemals die Treppe hinuntergegangen, um uns den Fisch zu bringen. Denn um diese Zeit war alles schon geschehen.

Ja, gegen Mittag ist es geschehen, gerade als in der Nähe von Caserta* der schwedische Herr seinen Wagen an den Straßenrand lenkte und anhielt und wir unsere Frühstückspakete untersuchten. Um diese Zeit hat sich dort hinten im Rücken der Monti Lattari* unter der Einwirkung der Sonnenstrahlen und nach geheimnisvollen physikalischen Gesetzen wieder ein Stückchen des Gebirges gelöst und ist ins Rutschen gekommen, und auf seinem Wege hat er alles mitgerissen, was da war, Nespoli und Pinien und Citronenlauben und das Haus mit der gemalten Decke und den Herd und den Hahnenfederfächer und hat das alles mit einem ungeheuren Getöse hinabgetragen ins Meer. Und es war dann nichts mehr zu sehen, als eine furchtbare Wunde in dem blühenden Leib der Erde, eine breite Bahn der Vernichtung, die oberhalb der Straße anfing und sich hinunterzog bis zur Bucht. Und am Abend sind gewiß alle herbeigewandert und haben die Wunde angesehen, und der

Caserta: Ital. Stadt am Nordrand Kampaniens

Monti Lattari: Gebirgszug zwischen Positano und Salerno

junge Herr Giorgio hat unter ihnen gestanden und seine Hände anmutig bewegt und von den Fremden erzählt, die so klug sind und alles vorauswissen; aber was nützt das ihm und der Mutter, ihnen geht es jetzt noch schlechter als zuvor. Und zur selben Zeit saßen die beiden Fremden im Caféhaus in Rom und starrten auf die fetten Schlagzeilen im Messagero* und sahen sich in die Augen, du und ich, und in unseren Augen stand die Frage: Gerettet – wofür? Und dann haben wir getrunken und gelacht, und an die Küste zurückgekehrt sind wir nicht mehr, aber aus keinem besonderen Grunde, nur weil das Leben es anders mit uns vorhatte und uns umhertreiben wollte, noch lange Zeit.

Ital. Tageszeitung

Ja, eine lange Zeit ist seitdem vergangen, aber es steht das alles deutlich vor mir und wird deutlicher mit jedem Tag. Und ich weiß: es gibt uns, die wir leben, die wir viele Orte gesehen haben, gute und böse, und viele Menschen gekannt haben, gute und böse, und viele Worte gewechselt haben, gute und böse, und wie es endet, wissen wir nicht.

Und es gibt uns, die wir an einem Mittag im Oktober vor vielen Jahren hinabgefahren sind in der Seligkeit und die dennoch an manchen Abenden, wenn die Spiegelbilder der schmalen Wolken wie Arme des Oktopus auf der tintenblauen Flut liegen, vor der Feuerstelle des alten Hauses sitzen und den Hahnenfederfächer bewegen.

Die des Abends herausfahren aus der kleinen Bucht und mit der grellen Lampe ihres Bootes die Fische locken.

Die auf der Felsenstraße dahingehen unter den feuchten Sternen, groß und flüchtig und ewig, weil das ungelebte Leben leicht wiegt, so leicht. –

6. Lange Schatten

Langweilig, alles langweilig, die Hotelhalle, der Speisesaal, der Strand, wo die Eltern in der Sonne liegen, einschlafen, den Mund offenstehen lassen, aufwachen, gähnen, ins Wasser gehen, eine Viertelstunde vormittags, eine Viertelstunde nachmittags, immer zusammen. Man sieht sie von hinten, Vater hat zu dünne Beine, Mutter zu dicke, mit Krampfadern, im Wasser werden sie dann munter und spritzen kindisch herum. Rosie geht niemals zusammen mit den Eltern schwimmen, sie muß währenddessen auf die Schwestern achtgeben, die noch klein sind, aber nicht mehr süß, sondern alberne Gänse, die einem das Buch voll Sand schütten oder eine Qualle auf den nackten Rücken legen. Eine Familie zu haben ist entsetzlich, auch andere Leute leiden unter ihren Familien, Rosie sieht das ganz deutlich, zum Beispiel der braune Mann mit dem Goldkettchen, den sie den Schah* nennt, statt bei den Seinen unterm Sonnenschirm, hockt er an der Bar oder fährt mit dem Motorboot, wilde Schwünge, rasend schnell und immer allein. Eine Familie ist eine Plage, warum kann man nicht erwachsen auf die Welt kommen und gleich seiner Wege gehen. Ich gehe meiner Wege, sagt Rosie eines Tages nach dem Mittagessen und setzt vorsichtshalber hinzu, in den Ort, Postkarten kaufen, Ansichtskarten, die an die Schulfreundinnen geschrieben werden sollen, als ob sie daran dächte, diesen dummen Gören aus ihrer Klasse Kärtchen zu schicken, Gruß vom blauen Mittelmeer, wie geht es dir, mir geht es gut. Wir kommen mit, schreien die kleinen Schwestern, aber gottlob nein, sie dürfen nicht, sie müssen zum Nachmittagsschlafen ins Bett. Also nur die Fahrstraße hinauf bis zum Marktplatz und gleich wieder zurück, sagt der Vater, und mit niemandem sprechen, und geht der Mutter und den kleinen Schwestern nach mit seinem armen, krummen

* Schah: Titel des pers. Kaisers

Bürorücken, er war heute mit dem Boot auf dem Wasser, aber ein Seefahrer wird er nie. Nur die Fahrstraße hinauf, oben sieht man, mit Mauern und Türmen an den Berg geklebt, den Ort liegen, aber die Eltern waren noch nie dort, der Weg war ihnen zu lang, zu heiß, was er auch ist, kein Schatten weit und breit. Rosie braucht keinen Schatten, wozu auch, ihr ist überall wohl, wohl in ihrer sonnenölglänzenden Haut, vorausgesetzt, daß niemand an ihr herumerzieht und niemand sie etwas fragt. Wenn man allein ist, wird alles groß und merkwürdig und beginnt einem allein zu gehören, meine Straße, meine schwarze räudige Katze, mein toter Vogel, eklig, von Ameisen zerfressen, aber unbedingt in die Hand zu nehmen, mein. Meine langen Beine in verschossenen Leinenhosen, meine weißen Sandalen, einen Fuß vor den andern, niemand ist auf der Straße, die Sonne brennt. Dort, wo die Straße den Hügel erreicht, fängt sie an, eine Schlangenlinie zu beschreiben, blaue Schlange im goldenen Reblaub, und in den Feldern zirpen die Grillen wie toll. Rosie benützt den Abkürzungsweg durch die Gärten, eine alte Frau kommt ihr entgegen, eine Mumie, um Gottes willen, was da noch so herumläuft und gehört doch längst ins Grab. Ein junger Mann überholt Rosie und bleibt stehen, und Rosie macht ein strenges Gesicht. Die jungen Männer hier sind zudringliche Taugenichtse, dazu braucht man keine Eltern, um das zu wissen, wozu überhaupt braucht man Eltern, der Teufel, den sie an die Wand malen, hat schon längst ein anderes Gesicht. Nein, danke, sagt Rosie höflich, ich brauche keine Begleitung, und geht an dem jungen Mann vorbei, wie sie es den Mädchen hier abgeguckt hat, steiles Rückgrat, Wirbel über Wirbel, das Kinn angezogen, die Augen finster niedergeschlagen, und er murmelt nur noch einiges Schmeichelhafte, das in Rosies Ohren grenzenlos albern klingt. Weingärten, Kaskaden* von rosa Geranienblüten, Nußbäume, Akazien*, Gemüsebeete, weiße Häuser, rosa

Künstlicher, stufenförmiger Wasserfall

Zierbaum

Häuser, Schweiß in den Handflächen, Schweiß auf dem Gesicht. Endlich ist die Höhe erreicht, die Stadt auch, das Schiff Rosie bekommt Wind unter die Leinwand und segelt glücklich durch Schattenstraßen, an Obstständen und flachen Blechkästen voll farbiger, glitzernder, rundäugiger Fische hin. Mein Markt, meine Stadt, mein Laden mit Herden von Gummitieren und einem Firmament von Strohhüten, auch mit Ständern voll Ansichtskarten, von denen Rosie, der Form halber, drei schreiendblaue Meeresausblicke wählt. Weiter auf dem Platz, keine Ah- und Oh-Gedanken angesichts des Kastells und der Kirchenfassaden, aber interessierte Blicke auf die bescheidenen Auslagen, auch in die Schlafzimmer zu ebener Erde, wo über gußeisernen, vielfach verschnörkelten Ehebettstellen süßliche Madonnenbilder hängen. Auf der Straße ist zu dieser frühen Nachmittagsstunde fast niemand mehr, ein struppiger, kleiner Hund von unbestimmbarer Rasse kläfft zu einem Fenster hinauf, wo ein Junge steht und ihm Grimassen schneidet. Rosie findet in ihrer Hosentasche ein halbes Brötchen vom zweiten Frühstück. Fang, Scherenschleifer, sagt sie und hält es dem Hund hin, und der Hund tanzt lustig wie ein dressiertes Äffchen um sie herum. Rosie wirft ihm das Brötchen zu und jagt es ihm gleich wieder ab, das häßliche, auf zwei Beinen hüpfende Geschöpf macht sie lachen, am Ende hockt sie im Rinnstein und krault ihm den schmutzig-weißen Bauch. Ehi, ruft der Junge vom Fenster herunter, und Rosie ruft Ehi zurück, ihre Stimmen hallen, einen Augenblick lang ist es, als seien sie beide die einzigen, die wach sind in der heißen, dösenden Stadt. Daß der Hund ihr, als sie weitergeht, nachläuft, gefällt dem Mädchen, nichts gefragt werden, aber Gesellschaft haben, sprechen können, komm mein Hündchen, jetzt gehen wir zum Tor hinaus. Das Tor ist ein anderes als das, durch welches Rosie in die Stadt gekommen ist, und die Straße führt keinesfalls zum Strand hinunter, sondern bergauf, durchquert einen

Steineichenwald und zieht dann, mit vollem Blick auf das Meer, hochoben den fruchtbaren Hang entlang. Hier hinauf und weiter zum Leuchtturm haben die Eltern einen gemeinsamen Spaziergang geplant; daß sie jetzt hinter der Bergnase in ihrem verdunkelten Zimmer auf den Betten liegen, ist beruhigend, Rosie ist in einem anderen Land, mein Ölwald, mein Orangenbaum, mein Meer, mein Hündchen, bring mir den Stein zurück. Der Hund apportiert und bellt auf dem dunkelblauen, schmelzenden Asphaltband, jetzt läuft er ein Stück stadtwärts, da kommt jemand um die Felsenecke, ein Junge, der Junge, der am Fenster gestanden und Grimassen geschnitten hat, ein stämmiges, braunverbranntes Kind. Dein Hund? fragt Rosie, und der Junge nickt, kommt näher und fängt an, ihr die Gegend zu erklären. Rosie, die von einem Aufenthalt im Tessin her ein wenig Italienisch versteht, ist zuerst erfreut, dann enttäuscht, da sie sich schon hat denken können, daß das Meer das Meer, der Berg der Berg und die Inseln die Inseln sind. Sie geht schneller, aber der vierschrötige* Junge bleibt ihr auf den Fersen und redet weiter auf sie ein, alles, auf das er mit seinen kurzen braunen Fingern zeigt, verliert seinen Zauber, was übrigbleibt, ist eine Ansichtskarte wie die von Rosie erstandenen, knallblau und giftgrün. Er soll nach Hause gehen, denkt sie, mitsamt seinem Hund, auch an dem hat sie plötzlich keine Freude mehr. Als sie in einiger Entfernung zur Linken einen Pfad von der Straße abzweigen und zwischen Felsen und Macchia steil bergab führen sieht, bleibt sie stehen, holt aus ihrer Tasche die paar Münzen, die von ihrem Einkauf übriggeblieben sind, bedankt sich und schickt den Jungen zurück, vergißt ihn auch sogleich und genießt das Abenteuer, den Felsenpfad, der sich bald im Dickicht verliert. Die Eltern und Geschwister hat Rosie erst recht vergessen, auch sich selbst als Person, mit Namen und Alter, die Schülerin Rosie Walter, Obersekunda*, könnte mehr leisten; nichts mehr davon, eine

Grob, unsensibel

Veraltete Bezeichnung für die 11. Gymnasialklasse

schweifende Seele, auf trotzige Art verliebt in die Sonne, die Salzluft, das Tun- und Lassenkönnen, ein erwachsener Mensch wie der Schah, der leider nie spazierengeht, sonst könnte man ihm hier begegnen und mit ihm zusammen, ohne dummes Gegacker, nach fern vorüberziehenden Dampfern Ausschau halten. Der Pfad wird zur Treppe, die sich um den Felsen windet, auf eine Stufe setzt sich Rosie, befühlt den rissigen Stein mit allen zehn Fingern, riecht an der Minze, die sie mit den Handflächen zerreibt. Die Sonne glüht, das Meer blitzt und blendet. Pan* sitzt auf dem Ginsterhügel, aber Rosies Schulbildung ist lückenhaft, von dem weiß sie nichts. Pan schleicht der Nymphe* nach, aber Rosie sieht nur den Jungen, den zwölfjährigen, da ist er weiß Gott schon wieder, sie ärgert sich sehr. Die Felsentreppe herunter kommt er lautlos auf staubgrauen Füßen, jetzt ohne sein Hündchen, gesprungen.

Der Hirtengott der griech. Sage

In der griech. Sage weibliche Naturgottheit

Was willst du? sagt Rosie, geh heim, und will ihren Weg fortsetzen, der gerade jetzt ein Stück weit ganz ohne Geländer an der Felswand hinführt, drunten liegt der Abgrund und das Meer. Der Junge fängt gar nicht wieder an mit seinem Ecco il mare, ecco l'isola*, aber er läßt sich auch nicht nach Hause schicken, er folgt ihr und gibt jetzt einen seltsamen, fast flehenden Laut von sich, der etwas Unmenschliches hat und der Rosie erschreckt. Was hat er, was will er? denkt sie, sie ist nicht von gestern, aber das kann doch wohl nicht sein, er ist höchstens zwölf Jahre alt, ein Kind. Es kann doch sein, der Junge hat zuviel gehört von den älteren Freunden, den großen Brüdern, ein Gespräch ist da im Ort, ein ewiges halblautes Gespräch von den fremden Mädchen, die so liebessüchtig und willfährig sind und die allein durch die Weingärten und die Ölwälder schweifen, kein Ehemann, kein Bruder zieht den Revolver, und das Zauberwort amore amore schon lockt ihre Tränen, ihre Küsse hervor. Herbstgespräche sind das, Wintergespräche, im kalten, traurigen Café oder am nassen, grau-

(ital.) Dort ist das Meer, dort die Insel

en, überaus einsamen Strand, Gespräche, bei denen die Glut des Sommers wieder entzündet wird. Warte nur, Kleiner, in zwei Jahren, in drei Jahren kommt auch für dich eine, über den Marktplatz geht sie, du stehst am Fenster, und sie lächelt dir zu. Dann lauf nur hinterher, Kleiner, genier dich nicht, pack sie, was sagst du, sie will nicht, aber sie tut doch nur so, sie will.

Nicht daß der Junge, der Herr des äffigen Hündchens, sich in diesem Augenblick an solche Ratschläge erinnert hätte, an den großen Liebes- und Sommergesang des Winters, und die zwei, drei Jahre sind auch noch keineswegs herum. Er ist noch immer der Peppino, die Rotznase, dem seine Mutter eins hinter die Ohren gibt, wenn er aus dem Marmeladeneimer nascht. Er kann nicht wie die Großen herrisch auftreten, lustig winken und schreien, ah, bella, jetzt wo er bei dem Mädchen, dem ersten, das ihm zugelächelt und seinen Hund an sich gelockt hat, sein Glück machen will. Sein Glück, er weiß nicht, was das ist, ein Gerede und Geraune der Großen, oder weiß er es doch plötzlich, als Rosie vor ihm zurückweicht, seine Hand wegstößt und sich, ganz weiß im Gesicht, an die Felswand drückt? Er weiß es, und weil er nicht fordern kann, fängt er an zu bitten und zu betteln, in der den Fremden verständlichen Sprache, die nur aus Nennformen besteht. Zu mir kommen, bitte, mich umarmen, bitte, küssen bitte, lieben bitte, alles ganz rasch hervorgestoßen mit zitternder Stimme und Lippen, über die der Speichel rinnt. Als Rosie zuerst noch, aber schon ängstlich, lacht und sagt: Unsinn, was fällt dir ein, wie alt bist du denn überhaupt? weicht er zurück, fährt aber gleich sozusagen vor ihren Augen aus seiner Kinderhaut, bekommt zornige Stirnfalten und einen wilden, gierigen Blick. Er soll mich nicht anrühren, er soll mir nichts tun, denkt Rosie und sieht sich, aber vergebens, nach Hilfe um, die Straße liegt hoch oben, hinter den Felsen, auf dem Zickzackpfad ihr zu Füßen ist kein Mensch zu sehen, und drunten am Meer erstickt das Geräusch der Brandung gewiß jeden Schrei. Drunten am Meer, da nehmen die Eltern jetzt ihr zweites Bad, wo nur Rosie bleibt, sie wollte doch nur Ansichtskarten für ihre Schulfreundinnen kaufen. Ach, das Klassenzimmer, so gemütlich dunkel im November, das hast du hübsch gemalt, Rosie, diesen Eichelhäherflügel, der kommt in den Wechselrahmen, wir stellen ihn aus. Rosie Walter und dahinter ein Kreuz, eure liebe Mitschülerin, gestorben am blauen Mittelmeer, man sagt besser nicht, wie. Unsinn, denkt Rosie und versucht noch einmal mit unbeholfenen Worten, dem Jungen gut zuzureden, es hätten aber auch beholfenere in diesem Augenblick nichts mehr vermocht. Der kleine Pan, flehend, stammelnd, glühend, will seine Nymphe haben, er reißt sich das Hemd ab, auch die Hose, er steht plötzlich nackt in der grellheißen Steinmulde vor dem gelben Strauch und schweigt erschrocken, und ganz still ist es mit einemmal, und von drunten hört man das geschwätzige, gefühllose Meer.

Rosie starrt den nackten Jungen an und vergißt ihre Angst, so schön erscheint er ihr plötzlich mit seinen braunen Gliedern, seinem Badehosengürtel von weißer Haut, seiner Blütenkrone um das schweißnasse schwarze Haar. Nur daß er jetzt aus seinem goldenen Heiligenschein tritt und auf sie zukommt und die langen weißen Zähne fletscht, da ist er der Wolf aus dem Märchen, ein wildes Tier. Gegen Tiere kann man sich wehren, Rosies eigener schmalbrüstiger Vater hat das einmal getan, aber Rosie war noch klein damals, sie hat es vergessen, aber jetzt fällt es ihr wieder ein. Nein, Kind, keinen Stein, Hunden muß man nur ganz fest in die Augen sehen, so, laß ihn herankommen, ganz starr ins Auge, siehst du, er zittert, er drückt sich an den Boden, er läuft fort. Der Junge ist ein streunender Hund, er stinkt, er hat Aas gefressen, vielleicht hat er die Tollwut, ganz still jetzt, Vater, ich kann es auch. Rosie, die zusammengesunken wie ein Häufchen Unglück an der

Felswand kauert, richtet sich auf, wächst, wächst aus ihren Kinderschultern und sieht dem Jungen zornig und starr in die Augen, viele Sekunden lang, ohne ein einziges Mal zu blinzeln und ohne ein Glied zu bewegen. Es ist noch immer furchtbar still und riecht nun plötzlich betäubend aus Millionen von unscheinbaren, honigsüßen, kräuterbitteren Macchiastauden, und in der Stille und dem Duft fällt doch der Junge wirklich in sich zusammen, wie eine Puppe, aus der das Sägemehl rinnt. Man begreift es nicht, man denkt nur, entsetzlich muß Rosies Blick gewesen sein, etwas von einer Urkraft muß in ihm gelegen haben, Urkraft der Abwehr, so wie in dem Flehen und Stammeln und in der letzten wilden Geste des Knaben die Urkraft des Begehrens lag. Alles neu, alles erst erwacht an diesem heißen, strahlenden Nachmittag, lauter neue Erfahrungen, Lebensliebe, Begehren und Scham, diese Kinder, Frühlings Erwachen*, aber ohne Liebe, nur Sehnsucht und Angst. Beschämt zieht sich der Junge unter Rosies Basiliskenblick* zurück, Schritt für Schritt, wimmernd wie ein kranker Säugling, und auch Rosie schämt sich, eben der Wirkung dieses Blickes, den etwa vor einem Spiegel später zu wiederholen sie nie den Mut finden wird. Am Ende sitzt der Junge, der sich, seine Kleider in der Hand, rasch umgedreht hat und die Felsenstiege lautlos hinaufgelaufen ist, nur das Hündchen ist plötzlich wieder da und bellt unbekümmert und frech, der Junge sitzt auf dem Mäuerchen, knöpft sich das Hemd zu und murmelt vor sich hin, zornig und tränenblind. Rosie läuft den Zickzackweg hinab und will erleichtert sein, noch einmal davongekommen, nein, diese Väter, was man von den Vätern doch lernen kann, und ist im Grunde doch nichts als traurig, stolpert zwischen Wolfsmilchstauden und weißen Dornenbüschen, tränenblind. Eure Mitschülerin Rosie, ich höre, du warst sogar in Italien, ja danke, es war sehr schön. Schön und entsetzlich war es, und am Ufer angekommen, wäscht sich Rosie das Gesicht und den Hals mit

Titel eines (Pubertäts-) Dramas von Frank Wedekind (1891)

Böser, stechender Blick

Meerwasser, denkt, erzählen, auf keinen Fall, kein Wort, und schlendert dann, während oben auf der Straße der Junge langsam nach Hause trottet, am Saum der Wellen zum Badestrand, zu den Eltern hin. Und so viel Zeit ist über all dem vergangen, daß die Sonne bereits schräg über dem Berge steht und daß sowohl Rosie wie der Junge im Gehen lange Schatten werfen, lange, weit voneinander entfernte Schatten, über die Kronen der jungen Pinien* am Abhang, über das schon blassere Meer.

* Kiefer des Mittelmeerraums

*7. Die übermäßige Liebe zu Trois Sapins**

(franz.) Drei Tannen

Vor wenigen Jahren wurde vor einem elsässischen Gerichtshof ein Fall verhandelt, der allgemeine Anteilnahme erregte. Es war da nämlich ein Mann wegen Brandstiftung angeklagt und für ihn vom Staatsanwalt eine ziemlich hohe Strafe beantragt worden. Der Mann, der noch jung, kaum mehr als dreißig Jahre alt war, hatte einen Verteidiger abgelehnt und selbst eine lange Verteidigungsrede gehalten. Er hatte dabei keinen Versuch gemacht, seine Schuld zu leugnen oder etwa andere des Vergehens zu bezichtigen. Es war ihm die Strafwürdigkeit seiner Handlung durchaus bewußt, nur daß sich bei seinen Worten seine Schuld in eine ganz andere und viel allgemeinere zu verwandeln schien. So wurde er am Ende zwar nicht freigeprochen, aber die nachdenkliche Stimmung, die er mit seiner Rede im ganzen Saal hervorrief, wirkte sich doch auf die Festsetzung des Strafmaßes günstig aus. Man erkannte, daß der Brandstiftung, der ein altes Landhaus zum Opfer gefallen war, kein Wunsch nach Bereicherung, kein Versicherungsbetrug, überhaupt keine selbstsüchtigen Motive zugrunde gelegen hatten, daß vielmehr ein leidenschaftlicher Wahn den Angeklagten zu seiner zerstörerischen Tat bewegt hatte. Solchen Wahn als ein krankhaftes Verhalten anzusehen lag nahe und wäre gewiß auch versucht worden, hätte der Angeklagte dem nicht von Anfang an aufs energischste widersprochen. Alles Klärende und zugleich Verwirrende ging aus der Erzählung des Mannes hervor, der sich auf die Aufforderung des Hohen Gerichts sogleich erhob und, ohne Geschriebenes hervorzuziehen, eine halbe Stunde lang sprach, wobei er teils mit freimütiger Miene die Gerichtsbeamten, die Geschworenen oder das Publikum, teils aber auch mit fast blödem, nach innen gezogenem Gesicht gar niemanden anschaute. Die einzige Vergünstigung, die

er sich erbeten hatte, war eine Schultafel, auf die er gleich zu Anfang einiges zeichnete, eine Art von Landkarte mit Wellenlinien, Strichen, Vierecken und Kreisen, auf die er dann im Laufe seiner Erzählung öfters wies. Einigen unter den Geschworenen und Zuhörern fiel dabei auf, daß seine zeichnenden, wischenden und deutenden Hände sehr kräftig waren, auch sonnengebräunt, wie bei jemandem, der zwar vielleicht kein Landarbeiter ist, aber doch lange Zeit hindurch Landarbeit verrichtet hat. Zu solcher Körperbeschaffenheit paßte die ruhige und gewählte Art, mit der der Angeklagte sich ausdrückte, schlecht, so daß die Zuhörer nicht wußten, mit wem sie es zu tun hatten, und den Ausführungen des Angeklagten zunächst mit einigem Mißtrauen, auch mit leisem Getuschel und Geflüster, folgten. Dieser aber, kaum daß seine einfache Zeichnung fertiggestellt war, ließ sich nicht mehr beirren, und nicht nur die Geschworenen, sondern auch die Richter hatten den merkwürdigen und etwas demütigenden Eindruck, daß der Angeklagte sein Zeugnis nicht eigentlich vor ihnen ablegte, sondern vor einer Person, die gar nicht anwesend und mit allen hier Gegenwärtigen vielleicht gar nicht in einem Atem zu nennen war.
Dies, begann der Angeklagte, indem er auf ein von ihm gezeichnetes kleines Rechteck auf der Schultafel wies, ist das Landhaus Trois Sapins. Es gehört oder gehörte doch bis vor kurzem dem Baron d'Agoult, und die hier angedeuteten Weingärten und Wiesen gehörten ebenfalls ihm. Er hat seinen kleinen Besitz vor einigen Monaten verkauft, so daß, wie Sie gehört haben, der Geschädigte nicht er selbst, sondern der Käufer, eine Baugenossenschaft, ist.
Bei diesen Worten des Angeklagten wandte sich das allgemeine Interesse einigen Herren zu, die schon vorher als Zeugen vernommen worden waren und die offensichtlich die Baugenossenschaft vertraten. Von dem genannten Baron hatte man erfahren, daß er zwar zur Verhandlung ge-

laden, aber nicht erschienen war. Der Angeklagte bezeichnete ihn, nachdem er einmal seinen Namen genannte hatte, im folgenden mit Monsieur, und jedesmal, wenn er die Rede auf ihn brachte, nahm sein Gesicht einen sonderbar traurigen und sehnsüchtigen Ausdruck an. Ich muß, fuhr er jetzt fort, von diesem Dorf und diesem Haus einiges sagen. Ich muß Sie daran erinnern, daß es Orte gibt, an die man sein Herz hängt, auch wenn man nicht dort geboren ist und wenn man dort eigentlich gar nichts zu suchen hat. Man empfindet für sie eine heftige und leidenschaftliche Liebe, und man stellt fest, daß es einem nicht allein so geht. Man versucht sich klarzumachen, was der Grund einer so übertriebenen, ja fast krankhaften Neigung ist, und ich habe mir das in bezug auf den Ort Trois Sapins oft klarzumachen versucht. Ich habe eine Weile lang geglaubt, daß ich nur in die Landschaft verliebt sei, die dort einen so sonderbar wechselnden Charakter hat, die sich verändert, wie der Wind weht, die einmal lieblich und zart ist und einmal wild und unheimlich, die bald zu der sanften Stromebene und bald zu den rauhen Bergwäldern mit ihrer Einsamkeit und ihren Wolfsrudeln zu gehören scheint. Dann wieder habe ich gemeint, daß der eigentliche Anziehungspunkt das Haus sei, ein halb verfallenes Haus, mit dem seltsamen Geruch der alten Treppe, mit den Ahnenbildern, den zerschlissenen Seidenmöbeln und draußen den drei Tannen, die die Krönung eines alten Calvarienberges* sind. Aber schließlich bin ich darauf gekommen, daß man solche Dinge nicht erklären kann.

Golgatha – Hier: Nachbildung der Kreuzigungsstätte an einem Wallfahrtsort

Nach diesen Worten wandte sich der Angeklagte noch einmal der Schultafel zu. Dies, sagte er und deutete mit dem Finger auf ein langes Rechteck, ist der Stall, in dem Monsieurs Vater sein Pferd untergebracht hatte. Als ich nach Trois Sapins kam, war dieses Pferd bereits tot. Es war sehr alt gewesen, als Monsieurs Vater auf ihm durch die Wälder am Fuß des Ballon d'Alsace* ritt, aber auf den abgelegenen

Höchster Berg der Vogesen

Höfen dort oben gab es noch einige alte Leute, die sich an den einsamen Reiter erinnerten.
In diesem Augenblick machte der Richter eine Bewegung der Ungeduld. Zur Sache, sagte er streng. Aber der Angeklagte ließ sich nicht aus der Ruhe bringen.
Monsieurs Eltern, sagte er, gehören zur Sache. Als ich nach Trois Sapins kam, waren sie, obschon sie längst auf dem kleinen Friedhof lagen, doch nicht im eigentlichen Sinne tot. Sie lebten und waren eine große Last für Monsieur, so wie alles, sein Haus und sein Gut und seine Angestellten, eine große Last für ihn war. Denn er konnte es keinem recht machen, Monsieur, nicht den Lebenden und nicht den Toten. Alle flickten ihm am Zeug, und erst als alles vorüber war, merkten sie vielleicht, daß er auch jemand gewesen war und daß sie ihn liebgehabt hatten.
Was soll das heißen: als alles vorüber war, fragte der Richter.
Als Monsieur es satt hatte, antwortete der Angeklagte. Ich war, fuhr er fort, damals schon nicht mehr in Trois Sapins. Aber ich hörte davon, daß er das Haus und das Gut verkauft hatte, und es ging mir wie ein Messer durch die Brust. Ich entsann mich des Tages, als ich zum erstenmal nach Trois Sapins gekommen war, ein entlassener Soldat, und Monsieur um Essen und Arbeit gebeten hatte, lauter Dinge, die mit meinem Beruf nichts zu tun hatten, Erde karren, Kartoffeln ausmachen, Äpfel pflücken und auf Horden legen, einen Stall für die Schweine mauern. Wer vom Land ist, weiß, was es da alles zu tun gibt und daß die Arbeit nicht abreißt, das ganze Jahr nicht, und Monsieur wußte, daß ich studiert hatte und Lehrer werden wollte, und manchmal meinte er, das sei doch alles nichts für mich und ich verlöre meine Zeit. Aber dann erklärte ich ihm, warum mir diese Arbeit im Augenblick sinnvoller vorkäme als alles andere; und weil ich geschickte Hände hatte und er mich brauchen konnte, sagte er nichts mehr. Er hatte mich

auch gern und forderte mich ein paarmal auf, mit am Tisch zu essen und zur Familie zu gehören. Ich hätte mich aber dann abends umziehen müssen und fein essen und fein reden, und das alles hatte ich beim Militär verlernt und wollte es nicht mehr. Ich aß also in der Küche wie die andern Männer, und am Abend saß ich in meinem Zimmer, ließ das Radio spielen und schaute auf die drei Tannen und auf das Tal hinaus. Manchmal dachte ich dabei an Monsieur und was in ihm vorgehen mochte, wenn er so über die Wiesen und über die Äcker ging und ein schwermütiges Gesicht machte, und einmal kam ich auch auf den Gedanken, ob nicht Monsieur, dem alles hier gehörte, vielleicht der einzige sei, der sich fortsehnte, weiß Gott wohin, in die fremden Länder oder aufs Meer. Aber dann wieder glaubte ich, daß er einfach Sorgen hatte. Man kam ja nach dem Krieg hier nicht so leicht auf einen grünen Zweig, wie zum Beispiel in Deutschland drüben, wo schon so bald jedes Bauernhaus aufgestockt und hübsch angestrichen wurde und wo schon viele neue landwirtschaftliche Maschinen, schön rot und blitzblau bemalt, sich auf den Äckern bewegten. Und während ich meinen Feierabend hielt und in die Sommernacht hinausschaute, saß Monsieur an seinem Schreibtisch und rechnete . . .

Sie werden sich vielleicht wundern, warum Monsieur, der doch unverheiratet und allein war, so viel rechnete und sich Sorgen machte. Aber er war eben nicht allein. Er hatte drei Schwestern, die alle drei sehr hübsch und alle drei in Paris verheiratet waren, Madame Berthe, Madame Flore und Madame Julie, die sie alle Chérie nannten. Von diesen Schwestern kam bald die eine, bald die andere zu Besuch, und sobald sie da waren, zogen sie ihre Stöckelschuhe und ihre feinen Kostüme aus, holten ihre Windjacken aus dem Schrank und liefen in den Wald und über die Wiesen und ließen ihre Haare offen hängen. Und weil ihre Haare rötlich und ihre Bewegungen heftig waren, kamen sie mir im-

Heftiger Wind – sinnbildlich auf Frauen übertragen

mer vor wie ⸢Windsbräute⸣*, die man niemals ganz ergründen und niemals festhalten kann. Sie hatten auch eine sonderbare Vorliebe dafür, in ihren alten, ausgedienten Kinderstühlchen zu sitzen und in ihren schmalen Mädchenbetten zu schlafen, und ich glaube, daß sie im Grunde gar nicht erwachsen sein wollten, sondern ewig Kinder und zu Haus. Wie die Kinder benahmen sie sich auch und verlangten Geld von Monsieur, wie Kinder von den Eltern Geld für Bonbons verlangen, ohne überhaupt zu wissen, was Geld ist und woher es kommt. Und Monsieur zahlte ihnen ihre Dauerwellen und ihre Arztrechnungen, und er freute sich auch, wenn sie kamen, aber es ärgerte ihn, daß sie ihm in alles dreinredeten und immer ein großes Geschrei machten, sobald sie irgendeine Veränderung entdeckten. Warum ist die gelbe Heckenrose eingegangen, riefen sie zornig, und wo sind die Goldfische hingekommen, und wer hat diese häßlichen Hühnerbaracken auf die Wiese gestellt? Und Monsieur tat mir dann jedesmal sehr leid, weil es schließlich zuviel verlangt war, daß er immer nur sein eigener Vater sein sollte und sonst nichts. Ich versuchte, das den Damen auch klarzumachen, besonders Madame Chérie, die ich am liebsten hatte, obwohl sie am allerkindischsten war. Aber Madame Chérie hatte nicht das geringste Verständnis dafür. Wie der Papa, sagte sie zornig, da könnte er froh sein, und dann fing sie an, von ihrem Vater zu erzählen, all die alten Geschichten, die ich bereits auswendig konnte . . .

Hier machte der Angeklagte eine Pause und lächelte vor sich hin, und es schien, als habe er völlig den Faden verloren. Er nahm sich aber zusammen und erklärte, die jungen Damen hätten alle großes Vertrauen zu ihm gehabt. Sobald eine von ihnen da war, sagte er, wurde ich bei meiner Arbeit gestört und aufgefordert, hier- oder dorthin mitzukommen und mein Urteil abzugeben. Sie nannten mich mit dem Vornamen und sagten oft, wie gut es wäre, daß ich da sei und daß ich nie wieder fortgehen dürfe. Ich hatte aber zuletzt doch vor fortzugehen, ich hatte Aussicht auf ein Stipendium und wollte mein Studium fortsetzen, nur daß ich es von Monat zu Monat verschob und auch nichts davon sagte, damit ich nicht gezwungen wäre, zu meinem Entschluß zu stehen. Das war im vergangenen Sommer, der so schön und so heiß war und in dem das Heu gut hereinkam, nur daß es nicht viel Heu war, weil es vorher sehr trocken gewesen war und das Gras nicht hatte wachsen können. Madame Chérie war im Juli zu Besuch da, sie beschäftigte sich im Blumengarten mit Unkrautjäten, wozu sonst niemand Zeit hatte, und Monsieur ging manchmal in den Garten hinunter und unterhielt sich mit ihr. Ich erinnere mich sehr gut an den Nachmittag, an dem ich die beiden dort unten stehen und reden sah. Ich ging gerade am Haus vorüber und hörte das Telefon läuten, und weil niemand hinging, sprang ich die Stufen hinauf in die Halle und nahm den Hörer ab. Es war ein Herr von der Bank, der mit Monsieur sprechen wollte, und ich ging in den Garten hinunter, um es Monsieur zu sagen, und dann blieb ich noch einen Augenblick bei Madame Chérie, die sich wieder hingehockt hatte, um das leichte, windige Unkraut aus der Erde zu ziehen. Bleiben Sie, leisten Sie mir Gesellschaft, sagte Madame Chérie, und dann warf sie plötzlich den Kopf zurück und sagte, es ist zu schön hier; und daß alles einmal ein Ende hat, kann einem das ganze Vergnügen verderben.

Ich wunderte mich, daß Madame Chérie so etwas sagte und daß ihr dabei die Tränen in den Augen standen, weil Madame Chérie sehr glücklich verheiratet war und zwei kleine reizende Kinder und ein hübsches Zuhause in Paris hatte, und es fiel mir auch ein, daß Monsieurs Schwestern ihre Männer und ihre Kinder nur ganz selten nach Trois Sapins mitbrachten und wie sonderbar und unnatürlich das war. Madame Chérie versteckte ihr nasses Gesicht unter dem blühenden Phlox, und als Monsieur zurückkam, lachte sie wieder und warf ihre langen, lockigen Haare ins Genick. Ich bemerkte aber doch, daß sie ihrem Bruder rasch und aufmerksam ins Gesicht sah, und ich tat das auch und fand es verändert, von einem furchtbaren Ernst erfüllt. Ganz gewiß hatte Madame Chérie jetzt die Absicht, Monsieur zu fragen, wer angerufen habe und warum, aber sie wartete damit noch einen Augenblick, und in diesem Augenblick fing das Telefon im Haus wieder zu läuten an. Weil wir alle drei ganz still waren, hörten wir es sehr deutlich, und diesmal wartete Monsieur nicht, ob jemand anderes den Hörer abnehmen würde, sondern drehte sich auf dem Absatz um und ging mit großen Schritten durch den Garten und die Treppe hinauf. Er kam sehr lange nicht wieder, und als er endlich wieder aus dem Haus trat, rief er nur, seine Schwester solle mit dem Essen nicht auf ihn warten, er müsse in die Stadt.

Viel später erst habe ich mir zusammengereimt, was das für Anrufe waren und daß in dem Augenblick, in dem Monsieur in die Garage hinüberging, über Trois Sapins bereits entschieden war. Damals, das heißt an jenem Abend und in den folgenden Tagen und Wochen, war Monsieur nicht viel anzumerken, er konnte sich gut zusammennehmen, wenn er fand, daß es notwendig war. Es fiel mir nur auf, daß er sich mehr als sonst um seine Schwester kümmerte, daß er oft mit ihr in den Wald ging und auch verschiedene kleine Fahrten in die Umgebung mit ihr machte, was er sonst nie getan hatte, weil das Benzin so teuer war. Madame Chérie erfuhr aber von ihm nichts, und als ich sie Ende August an die Bahn brachte, sagte sie, es würde nicht lange dauern, bis sie wiederkäme, zu Weihnachten spätestens sei sie wieder da. Und dann sagte sie noch, daß es diesmal so schön gewesen sei wie schon lange, ja eigentlich seit ihren Kindertagen nicht. Ich hob ihr den Koffer in den Zug und stand draußen und winkte, und dann fuhr ich nach Hause und sagte Monsieur, daß ich zum Wintersemester nach Straßburg wolle, und Monsieur blickte mich einen Augenblick fast erschrocken an, aber dann sagte er, er dürfe mich nicht zurückhalten, und sah mit einem Male ganz erleichtert aus.

Ich reiste also im Herbst wirklich ab. Es war mir sehr übel zumute an diesem Tag, und schon viele Tage vorher, und als ich mich von Monsieur verabschiedete, fragte ich ihn, ob ich zu Weihnachten herauskommen dürfe, und ich fragte das erst ganz zuletzt, weil ich dachte, Monsieur würde noch selbst auf den Gedanken kommen, mich einzuladen. Monsieur sah mich nicht an und sagte nur rasch: Natürlich, das ist doch selbstverständlich, aber so wie jemand, der gar nicht daran glaubt, daß es dieses Weihnachten überhaupt geben wird, oder der mit seinen Gedanken ganz woanders ist. Ich war aber trotzdem froh, daß ich gefragt hatte, und in den ersten Wochen in der Stadt stellte ich mir oft vor, wie es Weihnachten sein würde. Ich erinnerte mich an die vier oder fünf Christfeste*, die ich in Trois Sapins erlebt hatte, und jedesmal hatte der Föhnwind auf dem Waldrand wie auf einer mächtigen Orgel gespielt, und jedesmal war es sehr warm gewesen, fünfzehn oder sechzehn Grad über Null, und es hatten die Veilchen geblüht.

(veraltet für:) Weihnachten

Aber dann sah ich eines Tages in der Zeitung ein Bild von Trois Sapins. Ich ärgerte mich gleich, weil es ein schlechtes, graues Bild war, das überhaupt nichts wiedergab von dem seidenen Glanze des Himmels, von dem bizarren Wuchs der alten Tannen und von der Schönheit, mit der die doppelte Freitreppe sich auf die Höhe der Eingangstür schwingt. Ich las aber doch, was unter der Photographie gedruckt war, und ich mußte es ein paarmal lesen, weil ich es zuerst gar nicht verstand. Es war da die Rede von einer Baugenossenschaft, die hier und dort im Land und eben auch in Trois Sapins viele Grundstücke aufgekauft hatte, auf denen sie einen bestimmten Typ von billigen Siedlungshäusern in großer Zahl zu errichten gedachte. Sie hatte, so hieß es in dem Bericht, von dem Besitzer der Ländereien von Trois Sapins auch das alte Gutshaus übernommen, es sollte dort ein Fremdenheim mit Gasthausbetrieb entstehen.

Ich ließ damals das Zeitungsblatt fallen und rannte vom Mittagessen fort, und das war der Augenblick, von dem ich vorhin gesprochen habe, der Augenblick, in dem mir alles Vergangene, die unglaublichsten Dinge ins Gedächtnis zurückkamen, und am liebsten hätte ich alles stehen- und liegenlassen und mich gleich in den Zug gesetzt. Ich fuhr aber dann doch erst eine Woche später, am 20. Dezember, und inzwischen hatte ich mir schon manches überlegt, auch daß das Ganze eine Verwechslung sein könnte und daß in der Zeitung oft die tollsten Unwahrheiten stehen. Auf dem Weg vom Bahnhof nach Trois Sapins, der ungefähr drei Viertelstunden lang ist und auf dem man an vielen Häusern vorbeikommt, gab ich acht, mich mit niemanden in ein Gespräch einzulassen, ich winkte nur und lachte und ging schon weiter, ich tat, als sei ich nie fort gewesen und nur auf einem Spaziergang unterwegs. Es war schon spät am Nachmittag, der warme, weiche Sturm orgelte auf dem Waldrand, es dunkelte rasch. In dem alten Gutshaus, das man schon von ziemlich weit weg sehen kann, war kein Licht angezündet, auch im Stall nicht, und ich dachte gleich, die Zeitung hat doch recht gehabt, es ist niemand mehr da. Das Vieh und die Pferde sind nicht mehr im Stall, und in der Küche wird nicht mehr gekocht. Es war wie ein schrecklicher Angsttraum, das Haus auf der Hügelwelle so hinsegeln zu sehen wie das Schiff des ⌜Fliegenden Holländers⌝, mit lauter Toten an Bord.

Bei alledem konnte ich doch nicht umhin zu bemerken, daß in dem langgezogenen Dorf sich bereits einiges verändert hatte, daß Baugruben ausgehoben und Straßen abgesteckt worden waren. Ich glaubte auch in der Dämmerung ein riesiges Gerüst wie von einem Fabrikneubau zu erkennen, an dem hoch oben einige Laternen wie betrunkene Sterne schwankten, und meinte trotz der späten Stunde den Lärm von Mörtelmischmaschinen zu hören. Die Leute, die ich traf, hatten gespannte, erwartungsvolle Gesichter, so als bräche nun eine bessere, neue Zeit an, und einen Augenblick lang schämte ich mich und dachte, daß einer sich versündigt, der nicht an die Zukunft glaubt. Aber so war es ja nicht, nur im Haus sollte alles bleiben, wie es früher gewesen war, und das wollte ich nicht für mich, sondern für Madame Berthe und Madame Flore und Madame Chérie, die sonst nie mehr in ihren alten Jacken im Wind über die Wiesen laufen und die ihrem Bruder nie verzeihen würden. Denn ihnen konnte gewiß niemand je klarmachen, was ich mir auf diesem abendlichen Weg zusammenreimte, daß nämlich die Bank Monsieur den Kredit gekündigt hatte, und zwar an jenem Tage, als Madame Chérie unter den Stauden im Garten das Unkraut ausriß, und daß kurz darauf die Baugenossenschaft angerufen und ihm den Vorschlag gemacht hatte, auf den er dann in seiner Verzweiflung (oder weil er fortstrebte, schon lange) eingegangen war. Sie würden von dem allem nur verstehen, daß sie nicht mehr nach Trois Sapins kommen konnten und daß sie auf eine furchtbare Weise plötzlich gezwungen wurden, erwachsen zu werden.

Nach diesen Worten wandte sich der Angeklagte, den die ganze Zeit niemand unterbrochen hatte, wieder der Schultafel und seiner Zeichnung zu. Er verfolgte mit dem Finger eine Kreidelinie und zeigte, wo er um die Scheune herumgegangen war und wo er einen offenbar von den Möbelpackern zurückgelassenen Haufen von Stroh und Holzwolle hatte liegen sehen. Ich bin, sagte er, schon in diesem Augenblick auf den Gedanken gekommen, das alte Haus von Trois Sapins anzuzünden und ihm damit ein Ende zu bereiten, das ein wirkliches Ende war. Ich bin aber noch

weitergegangen, weil ich mitten auf dem Hof einen Wagen habe stehen sehen und weil ich gleich gewußt habe, daß es Monsieurs Wagen war. Und dann sah ich auch Monsieur, der, mit einem Stemmeisen in der Hand, auf eine Leiter zuging, die er an die Hausmauer gelehnt hatte, und ich begriff, daß er sich daranmachte, das kleine steinerne Wappen zu entfernen, das über der Tür angebracht war. Die Haustür stand weit offen, und auch alle Fenster standen offen und schlugen im Wind hin und her. Das gab einen solchen Lärm, daß Monsieur meine Schritte nicht hören konnte, und erst, als ich dicht hinter ihm war und guten Abend sagte, drehte er sich nach mir um und sah mich erschrocken an.
Lassen Sie mich das machen, sagte ich, so wie ich es hundertmal gesagt hatte, wenn Monsieur irgendeine Arbeit in Angriff nahm, für die er nicht taugte und die ihn ganz unverhältnismäßig viel Zeit und Kraft gekostet hätte. Monsieur mochte in diesem Augenblick auch daran denken, er gab mir das Stemmeisen und lächelte, und ich fand, daß er bleich aussah, aber jung, und ich überlegte mir, was er nun wohl anfangen würde, und ob es jetzt für ihn etwas geben könnte wie die Erfüllung eines alten Traums. Ich fragte ihn aber nicht danach, sondern forderte ihn auf wegzufahren, was er doch offensichtlich vorhatte, denn die Standlichter seines Wagens brannten, der Motor lief leise, und das Gepäck war verstaut. Ja, sagte er, ich wäre dir sehr dankbar, und setzte sich schon ans Steuer, rasch, wie auf der Flucht. Es schien ihn nicht im geringsten zu wundern, daß ich da war, und ich wunderte mich auch nicht, daß ich ihn getroffen hatte, ich sah nur, daß er es hier nicht mehr aushalten konnte, keine Sekunde mehr. Er gab mir die Hand und zog dann die Wagentür zu, und als der Wagen im Hof wendete, fiel das Licht der Scheinwerfer nacheinander noch einmal auf die Rosenbeete, auf die doppelt geschwungene Steintreppe, auf die verrückten Tannen und

auf das runde Becken des Springbrunnens und verschwand dann hinter dem Tor. Ich wartete noch eine Weile, so lange, wie ein Autofahrer braucht, um den Hügel herunterzufahren und darum herum und den Hügel und das Haus im Rücken zu haben und nichts mehr zu sehen. Dann legte ich das Stemmeisen weg und holte das Stroh und die Holzwolle und ging hinüber in die Garage, die leer war, wo aber ein Fäßchen Benzin, noch halb gefüllt, stand. Ich bewegte mich ganz ruhig und langsam, wie im Traum, und ich dachte an kaum etwas, nur daran, daß Madame Chérie gewiß nie verstehen würde, warum ich jetzt Feuer an das alte Haus legte und für wen ich das tat, weil mich das alles doch nichts anging, und vielleicht kann eine Frau so etwas auch gar nicht verstehen. Ich fand es aber ganz in der Ordnung, das heißt in einer bestimmten, geheimen Ordnung, daß die Holzwolle, an die ich mein Feuerzeug hielt, gleich brannte und daß dann der Sturm die Flammen sehr rasch durch die leeren Zimmer trug und sie bald das ganze Gebäude erfüllten. Und selbst als die Leute von allen Seiten herbeiliefen und schrien und die Dorffeuerwehr den Hügel herauffuhr, war ich noch überzeugt davon, daß alles besser sein würde, wenn Trois Sapins völlig vom Erdboden verschwände. Daß es dann weiterleben könnte, wie es gewesen war, und für alle Zeit.

8. Schneeschmelze

Die Wohnung lag im zweiten Stockwerk eines großen, hellen Mietshauses, auch die Zimmer waren hell und freundlich, blauer Linoleumbelag, mit weißen Spritzern, Nußbaumschrank mit Vitrine, Sessel mit Schaumgummipolster, tomatenroter Bezug. Die Kücheneinrichtung noch altmodisch, aber frisch gestrichen, schneeweiß und gemütlich, mit Sitzbank und großem Tisch. Draußen war Tauwetter, der Schnee schmolz, tropfte von der Dachrinne, rutschte in dicken Paketen von der Schräge und stäubte am Fenster vorbei. In der Küche stand die Frau, als der Mann von der Arbeit heimkehrte. Es dämmerte schon, es war beinahe sechs Uhr. Sie hörte, wie er die Wohnungstür von außen mit seinem Schlüssel öffnete und sie dann von innen wieder abschloß, auf die Toilette ging, zurückkam, die Tür hinter ihrem Rücken öffnete und guten Abend sagte. Da erst nahm sie die Hände aus der Seifenbrühe, in der lange Strümpfe sich wie Aale wanden, spritzte die Tropfen von den Fingern, drehte sich um und nickte ihm zu.

Hast du die Tür abgeschlossen? fragte sie.

Ja, sagte der Mann.

Zweimal? fragte die Frau.

Ja, sagte der Mann.

Die Frau ging zum Fenster und ließ den Laden herunter.

Mach noch kein Licht, sagte sie, es ist ein Spalt im Laden, wenn du ein Stück Pappe davornageln könntest, wäre es gut.

Du bist zu ängstlich, sagte der Mann.

Er ging hinaus und kam mit Handwerkszeug und einem Stück grober Pappe zurück. Auf die eine Seite der Pappe war ein Bild geklebt, ein Neger mit einem roten Halstuch und blitzenden Zähnen, und der Mann nagelte die Pappe so an, daß man den Neger von innen sah. Er verrichtete seine Arbeit in dem bißchen Licht, das vom Korridor in die Küche fiel, und kaum daß er fertig war, ging die Frau hinaus, drehte draußen das Licht aus und schloß die Tür. In der Neonröhre über dem Herd zuckte und flimmerte es, plötzlich war der Raum strahlend hell, und der Mann ging an den Ausguß, wusch sich die Hände unter dem Wasserhahn und setzte sich an den Tisch.

Jetzt will ich essen, sagte er.

Ja, sagte die Frau.

Sie nahm aus dem Kühlschrank eine Platte mit Wurst, Schinken und Salzgurken und stellte eine Schüssel voll Kartoffelsalat dazu. Das Brot stand in einem hübschen geflochtenen Körbchen schon auf dem Tisch, auf einer Wachstuchdecke, die wie Leinen aussah und die ein Muster von kleinen, lustig bewimpelten Schiffen zeigte.

Hast du eine Zeitung? fragte die Frau.

Ja, sagte der Mann. Er ging wieder in den Flur hinaus, kam zurück und legte die Zeitung auf den Tisch.

Du mußt die Tür zumachen, sagte die Frau. Das Licht fällt durch die Glastür auf die Treppe, jeder kann sehen, daß wir zu Hause sind. Was steht in der Zeitung? fragte sie.

Es steht etwas drin von der Rückseite des Mondes, sagte der Mann, der die Tür zugemacht und sich wieder hingesetzt hatte und der nun anfing, Kartoffelsalat und Wurst zu essen. Auch über China etwas und über Algier.

Das will ich nicht wissen, sagte die Frau. Ich will wissen, ob die Polizei etwas tut.

Ja, sagte der Mann. Sie haben eine Liste angelegt.

Eine Liste, sagte die Frau höhnisch. Hast du Polizisten auf der Straße gesehen?

Nein, sagte der Mann.

Auch nicht vor dem Roten Bock an der Ecke?

Nein, sagte der Mann.

Die Frau hatte sich an den Tisch gesetzt, sie aß jetzt auch, aber wenig, und die ganze Zeit über horchte sie angestrengt auf jedes Geräusch, das von der Straße herdrang.

Ich begreife dich nicht, sagte der Mann, ich wüßte nicht, wer uns etwas tun sollte, und warum.
Ich weiß schon, wer, sagte die Frau.
Außer *ihm* wüßte ich niemanden, sagte der Mann, und *er* ist tot.
Ich bin ganz sicher, sagte die Frau.
Sie stand auf und räumte das Geschirr zusammen und fing auch gleich an, es abzuwaschen, wobei sie sich bemühte, sowenig Lärm wie möglich zu machen. Der Mann steckte sich eine Zigarette an und starrte auf die erste Seite der Zeitung, aber man konnte ihm anmerken, daß er nicht richtig las.
Wir haben ihm nur Gutes getan, sagte er.
Das will nichts heißen, sagte die Frau.
Sie nahm die Strümpfe aus der Schüssel, spülte sie aus und hängte sie an hübschen blauen Plastikklammern über der Heizung auf.
Weißt du, wie sie es machen? fragte sie.
Der Mann sagte: Nein, ich will's auch nicht wissen, ich fürchte mich nicht vor diesen Rotzkerlen. Ich will die Nachrichten hören.
Sie klingeln, sagte die Frau, aber nur wenn sie wissen, daß jemand zu Hause ist. Wenn niemand aufmacht, drücken sie die Glastüre ein, sie kommen ins Zimmer, mit dem Revolver in der Hand.
Hör auf, sagte der Mann, Hellmuth ist tot.
Die Frau nahm das Handtuch von einem Plastikhaken an der Wand und trocknete sich die Hände ab.
Ich muß dir etwas erzählen, sagte sie, ich habe es bisher nicht tun wollen, aber jetzt muß ich es tun. Damals, als ich von der Polizei abgeholt wurde . . .
Der Mann legte die Zeitung auf den Tisch und sah seine Frau erschrocken an. Ja? fragte er.
Sie haben mich in die Totenkammer geführt, sagte die Frau, und der Polizist hat angefangen, einen abzudecken, aber langsam, von den Füßen an.

Sind das die Schuhe Ihres Sohnes? hat er gefragt, und ich habe gesagt: Ja, es sind seine Schuhe.

Ist es auch sein Anzug? hat der Polizist weiter gefragt, und ich habe gesagt: Ja, es ist sein Anzug.

Ich weiß, sagte der Mann.

Ist es auch sein Gesicht? hat der Polizist am Ende gefragt und hat das Leinentuch ganz zurückgeschlagen, aber nur einen Augenblick, weil das Gesicht ganz zerstört war und weil er dachte, ich würde in Ohnmacht fallen oder schreien.

Ja, habe ich gesagt, es ist auch sein Gesicht.

Ich weiß, sagte der Mann.

Die Frau kam zum Tisch, setzte sich ihrem Mann gegenüber und stützte den Kopf auf die Hand.

Ich habe ihn nicht erkannt, sagte sie.

Er kann es aber gewesen sein, sagte der Mann.

Er muß es nicht gewesen sein, sagte die Frau. Ich bin nach Hause gegangen und habe dir gesagt, er war es, und du warst froh.

Wir waren beide froh, sagte der Mann.

Weil er nicht unser Sohn war, sagte die Frau.

Weil er war, wie er war, sagte der Mann.

Er starrte seiner Frau ins Gesicht, ein ewig junges, rundes, von Kräuselhaaren umgebenes, das sich urplötzlich verwandeln konnte in das einer ganz alten Frau.

Du siehst müde aus, sagte er, du bist nervös, wir sollten schlafen gehen.

Es hat keinen Zweck, sagte die Frau, wir können schon lange nicht mehr schlafen, wie tun nur so und machen ganz leise die Augen auf, und dann kommt der Morgen, und unsere leisen Augen sehen sich an.

Wahrscheinlich, sagte der Mann, sollte niemand ein Kind annehmen. Wir haben einen Fehler gemacht, aber jetzt ist es gut.

Ich habe den Toten nicht erkannt, sagte die Frau.

Er kann trotzdem tot sein, sagte der Mann, oder außer Landes, in Amerika, in Australien, weit weg.
In diesem Augenblick rutschte wieder ein großes Stück Schnee vom Dach und fiel auf das Straßenpflaster mit einem weichen, dumpfen Laut.
Erinnerst du dich an das Weihnachten mit dem vielen Schnee? sagte die Frau.
Ja, antwortete der Mann, Hellmuth war damals sieben Jahre alt. Wir haben ihm einen Rodelschlitten gekauft. Er hat noch viele andere Geschenke bekommen.
Aber nicht, was er wollte, sagte die Frau. Er hat alle Geschenke durcheinandergeworfen und gesucht und gesucht.
Schließlich hat er sich beruhigt und mit dem Baukasten gespielt. Er hat ein Haus gebaut, das weder Fenster noch Türen hatte, und eine hohe Mauer darum.
Im Frühjahr darauf hat er das Kaninchen erwürgt, sagte die Frau.
Sprechen wir von etwas anderem, sagte der Mann. Gib mir den Besen, damit ich den Stiel festmache.
Das macht zuviel Lärm, sagte die Frau. Weißt du, wie sie sich nennen?
Nein, sagte der Mann. Ich will es auch nicht wissen, ich will ins Bett gehen oder etwas tun.
Sie nennen sich die Richter, sagte die Frau.
Sie erstarrte und horchte, jemand kam die Treppe herauf, blieb einen Augenblick stehen und ging weiter, langsam, alle Stufen, bis zum obersten Stock.
Du machst mich verrückt, sagte der Mann.
Als er neun Jahre alt war, sagte die Frau, hat er mich zum erstenmal geschlagen. Erinnerst du dich?
Ich erinnere mich, sagte der Mann. Sie hatten ihn von der Schule gejagt, und du hast ihm Vorwürfe gemacht. Damals kam er in die Erziehungsanstalt.
In den Ferien war er bei uns, sagte die Frau.

In den Ferien war er bei uns, wiederholte der Mann. Ich ging einmal am Sonntag mit ihm zu den Teichen im Wald. Wir sahen einen Feuersalamander. Auf dem Heimweg schob er seine Hand in meine Hand.
Am Tag darauf, sagte die Frau, schlug er dem Sohn des Bürgermeisters ein Auge aus.
Er wußte nicht, daß es der Sohn des Bürgermeisters war, sagte der Mann.
Es war sehr unangenehm, sagte die Frau. Du hättest um ein Haar deine Stellung verloren.
Wir waren froh, als die Ferien vorbei waren, sagte der Mann. Er stand auf, holte eine Flasche Bier aus dem Kühlschrank und stellte ein Glas auf den Tisch. Willst du auch? fragte er.
Nein, danke, sagte die Frau. Er hat uns nicht liebgehabt.
Er hat niemanden liebgehabt, sagte der Mann, aber er hat einmal Schutz bei uns gesucht.
Er war aus der Anstalt ausgerückt, sagte die Frau. Er wußte nicht, wohin.
Der Direktor hat uns angerufen, sagte der Mann. Der Direktor war ein freundlicher, lustiger Herr. Wenn der Hellmuth zu Ihnen kommt, hat er gesagt, dann machen Sie ihm nicht auf. Er hat kein Geld und kann sich nichts zu essen kaufen. Wenn der Vogel Hunger hat, kommt er in den Käfig zurück.
Hat er das gesagt? fragte die Frau.
Ja, sagte der Mann. Er hat auch wissen wollen, ob der Hellmuth Freunde hat in der Stadt.
Er hatte aber keine, sagte die Frau.
Das war zur Zeit der Schneeschmelze, sagte der Mann. Der Schnee rutschte vom Dach und fiel in Klumpen auf den Balkon.
Wie heute, sagte die Frau.
Alles wie heute, sagte der Mann.
Alles wie heute, wiederholte die Frau, das Fenster verdun-

kelt, leise gesprochen, nicht zu Hause gespielt. Das Kind ist die Treppe heraufgekommen und hat geklingelt und geklopft.

Ein Kind war der Hellmuth nicht mehr, sagte der Mann. Er war fünfzehn Jahre alt, und wir mußten tun, was der Direktor sagte.

Wir hatten Angst, sagte die Frau.

Der Mann schenkte sich das zweite Glas Bier ein. Die Straßengeräusche waren beinahe verstummt, man hörte den Föhn, der in mächtigen Stößen aus dem Gebirge kam. Er hat es gemerkt, sagte die Frau. Er war schon fünfzehn Jahre alt, aber er hat auf der Treppe geweint.

Das ist jetzt alles vorbei, sagte der Mann und fuhr mit der Spitze seines Mittelfingers auf dem Wachstuch herum, immer zwischen den kleinen Schiffen, ohne eines zu berühren.

Auf der Polizei, sagte die Frau, war eine Zigeunerin, deren Kind dalag, überfahren, tot. Die Zigeunerin hat gebrüllt wie ein Tier.

Die Stimme des Blutes, sagte der Mann spöttisch und machte ein unglückliches Gesicht.

Er hat doch einmal einen Freund gehabt, sagte die Frau. Es war ein kleiner, schwacher Junge. Es war der, den sie auf dem Schulhof an einen Pfahl gebunden haben. Sie haben das Gras um seine Füße angezündet, und weil es sehr heiß war, hat das Gras gebrannt.

Da siehst du es wieder, sagte der Mann.

Nein, sagte die Frau, Hellmuth war es nicht, und er war auch nicht dabei. Das Kind hat sich losreißen können, aber es ist später gestorben. Alle Jungen sind zu seiner Beerdigung gegangen und haben Blumen gestreut.

Der Hellmuth auch? fragte der Mann.

Der Hellmuth nicht, antwortete die Frau.

Er hatte kein Herz, sagte der Mann und fing an, sein leeres Bierglas zwischen den Händen zu rollen.

Vielleicht doch, sagte die Frau.
Es ist so hell hier, sagte der Mann plötzlich. Er starrte auf die Neonröhre über dem Herd, und dann legte er seine Hand über die Augen und rieb mit den Fingern auf den geschlossenen Lidern herum.
Wo ist das Bild? fragte er.
Ich habe es in den Schrank gelegt, sagte die Frau.
Wann? fragte der Mann.
Schon lange, antwortete die Frau.
Wann genau? fragte der Mann wieder.
Gestern, antwortete die Frau.
Also hast du ihn gestern gesehen? sagte der Mann.
Ja, sagte die Frau rasch, wie erlöst. Er stand an der Ecke, beim Roten Bock.
Allein? fragte der Mann.
Nein, sagte die Frau, mit ein paar Burschen, die ich nicht kannte. Sie standen zusammen, die Hände in den Hosentaschen, und sprachen nichts.
Dann hörten sie etwas, was ich auch hörte, einen langen, scharfen Pfiff, und plötzlich waren sie alle verschwunden, wie vom Erdboden verschluckt.
Hat er dich gesehen? fragte der Mann.
Nein, antwortete die Frau. Ich stieg aus der Elektrischen, und er drehte mir den Rücken zu.
Vielleicht war er es nicht, sagte der Mann.
Ich bin nicht ganz sicher, sagte die Frau.
Der Mann stand auf, reckte sich, gähnte und stieß ein paarmal mit dem Fuß gegen das Stuhlbein.
Das ist es, warum man keine Kinder annehmen soll. Man weiß nicht, was in ihnen steckt.
Man weiß von keinem Menschen, was in ihm steckt, sagte die Frau.
Sie zog die Tischschublade ein Stück heraus, fuhr mit der Hand darin herum und legte eine Rolle schwarzen Faden und eine Nähnadel auf den Tisch.

Zieh deine Jacke aus, sagte sie. Der obere Knopf ist lose.
Während der Mann seine Jacke auszog, beobachtete er, wie sie versuchte, die Nadel einzufädeln. Es war sehr hell in der Küche, und die Nadel hatte ein großes Öhr. Aber ihre Hände zitterten, und es gelang ihr nicht. Er legte die Jacke auf den Tisch, und die Frau saß da und versuchte immer weiter, die Nadel einzufädeln, und es gelang ihr nicht.
Lies mir etwas vor, bat die Frau, als sie bemerkte, daß er sie nicht aus den Augen ließ.
Aus der Zeitung? fragte der Mann.
Nein, sagte die Frau. Aus einem Buch.
Der Mann ging in das Wohnzimmer hinüber und kam gleich mit einem Buch zurück. Während er es auf den Tisch legte und in seinen Taschen nach der Brille suchte, hörten sie beide vor dem Fenster die Katze schreien.
Da kommt sie endlich heim, die Herumtreiberin, sagte der Mann, stand auf und versuchte den Rolladen ein Stück heraufzuziehen, aber weil er die Pappe dagegengenagelt hatte, bewegte sich der Laden nicht.
Du mußt die Pappe wieder abmachen, sagte die Frau.
Der Mann holte eine Zange und zog die Nägel aus der Pappe. Er zog den Laden herauf, und die Katze sprang mit einem Satz vom Fensterbrett und huschte wie ein kohlschwarzer Schatten in der Küche umher.
Soll ich die Pappe wieder annageln? fragte der Mann, und die Frau schüttelte den Kopf. Lies jetzt bitte, sagte sie.
Der Mann nahm die Pappe mit dem Neger und stellte sie gegen den Kühlschrank, und der Neger grinste ihn von unten an. Dann setzte er sich hin und zog seine Brille aus dem Futteral.
Miez, sagte er, und die Katze sprang ihm auf den Schoß und schnurrte, und er fuhr ihr mit der Hand über den Rükken und sah plötzlich ganz zufrieden aus.
Lies bitte, sagte die Frau.

Von Anfang an? fragte der Mann.

Nein, sagte die Frau, irgendwo. Schlag das Buch in der Mitte auf und lies irgendwo.

Das hat doch keinen Sinn, sagte der Mann.

Das hat doch einen Sinn, sagte die Frau. Ich will wissen, ob wir schuldig sind.

Der Mann setzte die Brille auf und schlug viele Seiten des Buches um. Es war irgendeines, das er im Dunkeln gegriffen hatte, viele Bücher besaßen sie nicht. Ich aber, las er langsam und schwerfällig, erblickte ihn jetzt fast mit Entsetzen, denn seine regelmäßigen, aber starken Züge, die schwarzen, in die Stirne fallenden Locken, die großen Augen, die mit kalten Flammen leuchteten, alles sah ich später lange noch, einem gemalten Bilde gleich, vor mir. Er las noch ein paar Worte weiter, und dann ließ er das Buch auf den Tisch sinken und sagte: Daraus erfahren wir nichts.

Nein, sagte die Frau und hielt wieder die Nadel mit der linken Hand gegen das Licht und fuhr mit dem schwarzen Fadenende in ihrer Rechten an dem Nadelöhr vorbei.

Warum willst du es durchaus wissen? fragte der Mann, jeder Mensch ist schuldig und nicht schuldig, darüber nachzudenken hat keinen Zweck.

Wenn wir schuldig sind, sagte die Frau, müssen wir jetzt den Laden aufziehen, damit jeder von weitem sieht, daß wir zu Hause sind. Wir müssen auch das Licht im Vorplatz brennen lassen und die Wohnungstür aufmachen, damit jeder ungehindert eintreten kann.

Der Mann machte eine Bewegung des Unmuts, und die Katze sprang von seinem Schoß und glitt in die Ecke neben den Mülleimer, wo ein Schüsselchen mit Milch für sie stand. Die Frau versuchte nicht mehr zu fädeln, sie hatte den Kopf auf den Tisch, auf die Jacke ihres Mannes gelegt, und es war jetzt so still, daß sie beide hören konnten, wie die Katze in ihrer Ecke leckte und trank.

Möchtest du das? fragte der Mann.

Ja, sagte die Frau.
Auch die Wohnungstür? fragte der Mann.
Ja, bitte, sagte die Frau.
Du bist doch gar nicht sicher, daß er es war, an der Ecke beim Roten Bock, wandte der Mann noch ein. Aber er stand dabei schon auf und zog den Rolladen hoch, ganz bis oben hin, und dabei bemerkte er, daß alle anderen Läden heruntergelassen waren und daß nun der Schein des Neonlichtes wie das weiße Feuer eines Leuchtturms hinausstrahlte in die Nacht.
Es ist doch möglich, sagte er, daß es der Hellmuth war, der damals bei der Messerstecherei umgekommen ist und dem man das Gesicht zertreten hat.
Ja, das ist möglich, sagte die Frau.
Ja, und? fragte der Mann.
Das tut nichts zur Sache, sagte die Frau.
Der Mann ging auf den Vorplatz und drehte dort das Licht an, und dann schloß er die Wohnungstür auf. Als er zurückkam, hob die Frau ihr Gesicht aus dem kratzigen Jakkenstoff, sie hatte das Fischgrätenmuster auf der Backe und lächelte ihn an.
Jetzt kann jeder herein, sagte er unzufrieden.
Ja, sagte die Frau, und lächelte noch liebevoller.
Jetzt, sagte der Mann, braucht sich niemand mehr die Mühe zu machen, die Glastür einzuschlagen. Jetzt können sie plötzlich in der Küche stehen, mit dem Revolver in der Hand.
Ja, sagte die Frau.
Und was tun *wir* jetzt? fragte der Mann.
Wir warten, sagte die Frau.
Sie streckte die Hand aus und zog den Mann neben sich auf die Bank. Der Mann setzte sich und zog seinen Rock an, und die Katze sprang ihm auf den Schoß.
Jetzt kannst du auch das Radio andrehen, sagte die Frau.
Der Mann hob die Hand zum Büfett und drückte eine Ta-

ste herunter, und an dem Apparat leuchtete das grüne Auge, und die Ortsnamen wurden hell. Es kam eine Musik, die sehr fremdartig und eigentlich gar nicht wie Musik klang, und an jedem andern Abend hätte der Mann jetzt sofort den Knopf nach rechts oder nach links gedreht, aber heute war es ihm nicht gleichgültig, er rührte sich nicht. Auch die Frau rührte sich nicht, sie hatte ihren Kopf an des Mannes Schulter gelegt und machte die Augen zu. Auch der Mann machte die Augen zu, weil ihn das Licht blendete und weil er sehr müde war. Verrückt, dachte er, da sitzen wir im Leuchtturm und warten auf die Totschläger, und dabei war es vielleicht gar nicht der Junge, vielleicht ist der Junge tot. Er merkte schon, daß seine Frau am Einschlafen war und nahm sich vor, sobald sie schlief, aufzustehen und den Laden herunterzulassen und die Tür zu verschließen. Sie hatte aber schon lange, viele Jahre nicht, so an seiner Schulter geschlafen, sie tat es auf dieselbe Art und Weise wie früher und war überhaupt dieselbe wie früher, nur das Gesicht ein bißchen zerknittert, aber das Gesicht und den weißen Haaransatz sah er jetzt nicht, und weil alles so war wie früher, tat es ihm leid, seine Schulter wegzuziehen, es war auch möglich, daß sie dabei aufwachte und alles von neuem begann. Von neuem, dachte er, von vorne, wir wollten doch ein Kind haben, immer habe ich mir ein Kind gewünscht, und wir bekommen keines, da, Schwester, das Lockenköpfchen in der dritten Reihe, und kommt nicht jemand die Treppe herauf, ein Junge? Nicht aufmachen, sagt der Direktor, also still, ganz still. Still, ganz still, wir haben ihn nicht liebgehabt, aus dem Lockenköpfchen ist ein wildes Tier geworden, hereinspaziert, meine Herren, alle Türen sind offen, schießen Sie, meine Frau will es nicht anders, und es tut nicht weh.

Es tut nicht weh, sagte er, halb im Schlaf schon, unwillkürlich laut, und die Frau schlug die Augen auf und lächelte, und dann schliefen sie beide und merkten nicht, wie später die Katze von seinem Schoße sprang und durch das angelehnte Fenster hinausschlüpfte, wie der Schnee vom Dach rutschte und der warme Wind das Fenster bewegte und wie endlich die Morgendämmerung kam. Sie schliefen, gegeneinandergelehnt, tief und ruhig, und niemand kam, sie zu töten, es kam überhaupt niemand, die ganze Nacht.

9. *Ein Tamburin, ein Pferd*

Ein Haus am Waldrand, eine Art Villa, nicht großartig und auch nicht ärmlich, ein Stockwerk und ein paar Mansardenzimmer*, mit schiefen Wänden, in einem der Mansardenzimmerchen schläft das Kind, und ein Hampelmann hängt über seinem Bett. Er hängt frei, hat ein Schnürchen zwischen den Beinen, an dem zieht das Kind vor dem Schlafen, ein wenig Licht fällt da noch ins Zimmer, und der Hampelmann zieht die Beine in den geringelten Höschen, so hoch er kann. Das Kind ist elf Jahre alt, eine zufriedene Waise, die gern in die Schule geht, gern der Pflegemutter im Hause hilft, gern mit dem Pflegevater an der Strecke entlanggeht, wo der alte Eisenbahner jede Minute Verspätung registriert. Die meiste Zeit ist Krieg, Truppentransporte und Gefangenentransporte rollen durch das Birkenwäldchen und, auf einem niederen Damm, durch das Moor. So nah der Grenze liegt das Städtchen nicht, daß die Einwohner evakuiert* werden, es wird dort auch nicht geschossen, nur eines Tages kommen die fremden Soldaten und quartieren sich überall ein.

Dachgeschosszimmer

Bewohner aus einem Gebiet aussiedeln

Schon ein paar Tage vorher hat das Kind die Pflegeeltern aufgeregt flüstern hören: Wir sind alt, und das Kind ist ein Kind, wir geben ihnen alles, was wir haben, es kann uns nichts geschehen. Das Kind weiß nicht, was ihm geschehen soll, Soldaten haben zu essen und geben zu essen, einer hat ihm sogar einmal Schokolade geschenkt. Als eines Nachts das Gepolter an der Tür unten losgeht, erschrickt das Kind, aber nicht allzusehr. Zieh dich an, ruft der Pflegevater, und gleich darauf, wir kommen, ja wir kommen, und schon hört man auf der Treppe seinen leichten Schritt. Ein paar Minuten später stehen alle im Hausflur, die Pflegeeltern, das Kind und die fremden Soldaten, die, wie sich herausstellt, gar kein Quartier verlangen und auch nicht plündern wollen, sondern jemanden suchen, der sich, wie sie meinen, hier verborgen hält. Aber das Kind weiß genau, es ist niemand im Hause, und wie die Pflegeeltern den Kopf schütteln, schüttelt auch das Kind den Kopf. Die Soldaten machen böse Gesichter, einer packt den Pflegevater bei der Schulter und dreht ihn um, er stößt ihm seinen Revolver in den Rücken und zwingt ihn, vor ihm her durch alle Zimmer zu gehen, auch in die Küche und in die Speisekammer, schließlich steigen sie auch die Treppe hinauf. Neben dem Zimmer des Kindes liegt noch ein anderes, ebenso kleines, mit ebenso schiefen Wänden, das einmal als Fremdenzimmer gedient hat, aber jetzt kommt schon lange kein Besuch mehr, dann als Vorratskammer, aber es gibt nichts mehr aufzuheben, nur Gerümpel steht da noch herum. Die Pflegemutter hat den Schlüssel vor kurzem einmal abgezogen: Tu ihn ins Tamburin, Kind, und das Kind, das den Schlüssel zunächst in sein Schürzentäschchen gesteckt hat, glaubt, daß es das auch wirklich getan hat, denn in dem kleinen, runden Kalbfell mit seinem hohen, von Glöckchen besetzten Rahmen, dem Zigeunerinstrument aus der Kostümkiste, werden bei den Pflegeeltern die Schlüssel verwahrt. Vor der Kammer stehen sie jetzt wieder, in der Nacht, dort soll der Gesuchte sich verbergen, die Soldaten rütteln an der Türklinke, und die Pflegemutter schickt das Kind nach dem Tamburin, das im Geschirrschrank in der Küche seinen bestimmten Platz hat und dort auch gleich zu finden ist. Das Kind trägt das Ding, so schnell es kann, die Treppe herauf, es hat das Gefühl, daß das vertraute Klappern und Klingeln heute nicht am Platze sei, und darum wickelt es seine Schürze um die Glöckchen und hält die tanzenden Schlüssel fest. Überall brennt das elektrische Licht, aber vor dem Treppenfenster liegen Gärten, Wiese und Waldrand in gespenstischer Dämmerung, und erst jetzt spürt das Kind ein Unbehagen, eine leise Angst, es könne das alles schlecht ausgehen und niemals wieder so werden wie es früher war. Der Pflegevater nimmt dem Kind das Tamburin ab, seine Hände zittern so sehr, daß die Schlüssel auf dem Kalbfell einen kleinen Trommelwirbel ausführen, ein Geräusch, das die Soldaten in Wut und Schrecken versetzt. Jetzt haben plötzlich alle vier ihre Revolver in der Hand, und alle sprechen durcheinander, in einer Sprache, die das Kind nicht versteht. Endlich schreit der einzige, der etwas Deutsch kann: Aufmachen, da hat der Pflegevater schon ins Tamburin gegriffen und einen Schlüssel herausgezogen, aber es ist der richtige nicht. Auch der zweite, den er den Soldaten hinhält, paßt nicht ins Schloß der Kammer, auch der dritte nicht und der vierte nicht. Er muß aber doch da sein, sagt die Pflegemutter ein paarmal hintereinander und fängt schon zu weinen an. Sie hat vergessen, daß sie dem Kind den Schlüssel zum Verwahren gegeben hat, und auch das Kind hat es vergessen, es fällt ihm erst viel später wieder ein. Den Soldaten ist anzumerken, daß sie die ganze umständliche Sucherei für eine List halten, zornig wühlen sie jetzt selbst im Tamburin, in dem sich fast nur noch ganz kleine Schlüssel wie für Koffer oder Vorhängeschlösser befinden. Und dann hört das Kind, das am Boden hockt, um die von den Soldaten zornig weggeworfenen Schlüssel aufzulesen, es zweimal scharf knallen, und meint, daß jemand von draußen, aus der unheimlich veränderten Alltagslandschaft, in die Fenster schießt. Es fällt etwas schwer zu ihm herunter, ein Körper, der zwischen den Beinen der Soldaten verkrümmt steckenbleibt, und ein Kopf, der tiefer rutscht und gerade neben seine Hand zu liegen kommt. Es dauert eine Weile, bis das Kind das Lüsterjäckchen* und die rosige, von weißen Löckchen umgebene Glatze des Pflegevaters erkennt. Die Mutter ist aufs Gesicht gestürzt, ihr gebrechlicher Körper wird von den Männern beiseite geschoben, und das Kind, das niemand beachtet, rutscht auf dem Bauch die Treppe hinab. Wie es aus dem Haus gekommen ist, weiß es später nicht mehr zu sagen, nur daß sich in

Glänzende Wolljacke

seiner Erinnerung drei Dinge verbinden, das eisige Fegen des hohen nassen Grases an seinen Waden, die schweren Schläge, mit denen oben die Soldaten die Tür der Kammer aufbrechen und das Klingeln des Tamburins, das das Kind jetzt wieder in der Hand hält, ohne zu wissen wieso und warum. Es ist inzwischen noch kaum heller geworden, und im Wald ist es noch dunkler als draußen, zu dunkel in jedem Fall für ein so kleines Mädchen, das von etwas fortstrebt, aber nicht weiß wohin. Sich zu verstecken wäre gut, aber das Kind bleibt doch lieber auf dem breiten weißen Sandweg, läuft und läuft ohne Besinnung und ohne sich recht klarzumachen, was geschehen ist. Nichts von Trauer über den Tod der doch geliebten Pflegeeltern, kein Gefühl von Allein-auf-der-Welt. Nur kalt, kalt, und war da nicht einmal eine Holzfällerhütte, und war da nicht einmal ein Holzstoß, hinter dem man hätte Schutz suchen können vor dem eisigen Wind. Kein Holzstoß ist da, keine Hütte, aber hinter einer Wegbiegung ein Chaisenwägelchen* mit einem Pferd und keinem Kutscher, das Pferd ist halb abgeschirrt, läßt den Kopf trübsinnig hängen und döst vor sich hin. Das Kind überlegt nicht lang, es sieht das dicke Spritzleder* zurückgeschlagen, es klettert in das Wägelchen und rutscht ganz hinunter und zieht sich die schwarze glänzende Decke über den Kopf. Von dem Augenblick an ist alles gut, das wilde Rauschen der Fichtenwipfel ein Schlaflied, der blutrote Streifen zwischen den Stämmen ein freundliches Licht. Kaum, daß es im Wagen hockt, schläft das Kind schon ein und hat angenehme Träume, Schaukelträume, auf einer Schaukel, deren Seile weiß Gott wo befestigt sind, fliegt es über dem maigrünen Birkenwäldchen hin. Plötzlich dann wird die Schaukel angehalten, jemand reißt an den Seilen, es wird wieder dunkel, und eine Schnauze fährt dem Kind ins Gesicht. Es reißt erschrocken die Augen auf, aber dadurch wird nichts besser, die Schnauze ist ein Pferdemaul, aber kein weiches, rundes, wie es der Schecke vom Löwen-

Halbverdeckter Wagen

Das Vorderleder einer Kalesche, mit dem man seine Füße schützt wirt hat, sondern eines mit langen gelben Zähnen, und wilde, glühende Augen stehen dem Pferd ganz außen am Kopf. Das Kind weiß nicht mehr, wie es unter die schwarze Wachstuchdecke gekommen ist, und der Gedanke, daß das halb abgeschirrte Tier sich umgedreht hat, um bei ihm Schutz und Wärme zu finden, kommt ihm nicht.

Weil es unter den noch immer nachtschwarzen Bäumen mit dem Pferd allein ist, wird ihm dieses einzige Lebewesen zum Schrecken aller Schrecken. Sein Anblick ist schlimmer als der Anblick der toten Pflegeeltern, eine viel ältere Erfahrung und darum ganz anders schlimm. Das Kind schlüpft an dem Pferdekopf vorbei und springt aus dem Wagen, es läuft weg, wieder barfuß auf den naßkalten Feldwegen, das Tamburin hat es zurückgelassen, jetzt hat wohl das Pferd mit dem Maul gegen die kleine Trommel gestoßen, was anders hätte im Wald so dumpf und merkwürdig tönen können, aber vielleicht ist es auch der Herzschlag des Kindes, das rennt und rennt und dem jeder Atemzug rauh und schmerzhaft durch die Kehle fährt. Endlich fällt es hin und schreit, weil es jetzt hinter sich auch den Hufschlag des Pferdes und das Räderrollen des Wägelchens vernimmt. Aber nichts kommt, kein Wagen, kein Pferd, dagegen ist hinter den Bäumen die Sonne aufgegangen, und nach einer Weile ruft jemand das Kind, eine Frau aus dem Ort. Die Frau ist zum Reisigsammeln unterwegs, sie weiß schon alles und nimmt das Kind mit sich nach Hause; später ist es in ein Waisenhaus gekommen. Es hat niemals nach seinen Pflegeeltern gefragt, obwohl diese doch gut zu ihm gewesen sind und es sie gern gehabt hat. Um das Haus, in dem es gewohnt hat, hat es immer einen großen Bogen gemacht. Je mehr Zeit vergeht, um so sicherer ist es, daß es den Schlüssel, den ihm die Pflegemutter in die Hand gegeben hat, nicht in das Tamburin gelegt, sondern irgendwo verloren hat und daß es dadurch eigentlich schuld an dem Tode seiner Pflegeeltern war. Es hat darüber aber keine Gewissensbisse empfunden. Durch alles, was ihm später, das heißt, ehe die guten Zeiten gekommen sind, noch zugestoßen ist, ist es mit einer Art von kaltem Mut hindurchgegangen wie jemand, der schon bei den Toten war und der durch ein Wunder wieder auf die Erde zurückgekehrt ist. Es hat später geheiratet und selbst Kinder bekommen, es führt jetzt ein Leben, wie alle es führen, mit den Sorgen und Freuden, wie alle sie haben. Vor Pferden allerdings empfindet diese junge Frau ein ganz unmäßiges Grauen, und ich möchte das Entsetzen in ihren Augen nicht sehen, wenn sie einmal, was aber kaum zu erwarten ist, die Glöckchen eines Tamburins hört.

10. Lupinen

Wir wagen es, hatten sie gesagt, und hatten alles genau besprochen, sogar den Weg aufgezeichnet, an den langen Abenden, in den Nächten, als sie auf das Klingelzeichen warteten, manchmal wurde auch gar nicht geklingelt, sondern mit dem Gewehrkolben gegen die Türe geschlagen: Aufmachen, Judenpack, fort mit euch in den Zug. Die Züge gingen von einem bestimmten Bahnhof ab und fuhren eine bestimmte Strecke, wer in der Stadt und ihrer Umgebung Bescheid wußte, kannte die Kurven, die Unterführungen, die freistehenden Häuser, auf deren Brandmauern riesige Flaschen gemalt waren, die Wäldchen aus struppigem Gebüsch. An einer gewissen Stelle fuhren alle Züge langsam, waren da schon langsam gefahren, als die Schwestern noch Kinder gewesen waren, damals ging es am Wochenende aufs Land zu Verwandten, Johannisbeeren pflükken, Stachelbeeren pflücken, und längs des Bahndamms hatten Lupinen geblüht. Abspringen hätte man können und neben dem Zug herlaufen, und die um sechs Jahre ältere Fanny hatte es sogar einmal gewagt und war mit einem Arm voll ausgeraufter Lupinen wieder auf die Plattform gesprungen, natürlich die Eltern waren damals nicht dabei. Der ängstlichen Barbara hatte das Herz im Hals geschlagen, übrigens auch jedes spätere Mal noch, wenn sie im großen Bogen auf dem Lupinendamm fuhren. Aber dann im Jahre 1943, als die Schwestern Nacht für Nacht auf den Abtransport warteten, war doch sie es gewesen, die den Vorschlag gemacht hatte: Abspringen, fünfzig Meter hinter dem kleinen Tunnel, da sind Schrebergärten und Bretterhütten, da ist das Erlengehölz, da ist ein Hohlweg zurück in die Stadt. Und dann war auch sie es gewesen, die wirklich die Tür aufgerissen hatte und herausgesprungen war, während Fanny einfach sitzen blieb, stumpfsinnig und gleichgültig, so als gäbe es kein Entrinnen, als sei ihr das bestimmt, ⌜das Lager in Polen, die Gaskammer, der namenlose Tod⌝.

Wir erzählen von Barbara, die davongekommen war, die sich den Abhang hatte hinunterrollen lassen, ein Geschrei gab es da oben, auch ein paar Schüsse, aber danach nichts weiter, sie würde schon aufgegriffen und dem nächsten Transport zugeteilt werden, ihretwegen hielt man den Zug nicht an. Barbara hatte sich in den Schrebergärten versteckt gehalten, bis es dunkel war und war dann ruhig nach Hause gegangen. So hatten sie es ausgemacht, kein Klingeln an der Haustür, sondern Steinchen ans Fenster geworfen, und erst eine ganze Weile später sollte der Schwager herunterkommen und sie einlassen, Barbara, seine Schwägerin, und Fanny, seine Frau. Nur daß es nun eben nur eine war und die falsche, wie Barbara sich sagte, als sie die Steine ans Fenster geworfen hatte, und ein Schatten bewegte sich hinter den Scheiben und später kam jemand auf Strümpfen die Treppe herab. Das war jetzt schon über ein Jahr her, das Warten im feuchten Westwind, das Gesicht im Geißblatt, und die Schwester indessen fahrend, fahrend, und der Garten der Kindheit mit dem Johannisbeer- und Stachelbeersträuchern schon längst versunken und dahin. Der Schwager hatte die Türe vorsichtig aufgemacht, und das Mädchen war an ihm vorbei ins Haus geschlüpft. Nur du, hatte der Mann gesagt, und Barbara hatte geantwortet: Nur ich. Der Schwager hatte den ganzen Abend kein Wort mehr gesprochen, war am Tisch gesessen, den Kopf in den Händen, und erst am nächsten Morgen hatte er seine Anweisungen gegeben: all das schon hundertmal Besprochene, sich nicht am Fenster zeigen, nur in Strümpfen in der Wohnung umhergehen, leise sprechen oder am besten gar nicht sprechen, im Notfall den längst hergerichteten Verschlag auf dem Speicher aufsuchen, ein Schatten sein, ein Nichts. Was für zwei hatte gelten sollen,

galt nun für eine, mit nur einer ist eigentlich alles einfacher, zu zweit schwatzt man doch einmal und lacht auch einmal, und wahrscheinlich hätte der Schwager nichts dagegen gehabt, wenn Fanny allein zurückgekommen wäre, vielleicht hat er sich das überhaupt so gedacht. Fanny allein, die zu ihm ins Bett schlüpft, vielleicht hätten sie dann über die Schwester und Schwägerin ein paar Tränen vergossen, aber es wäre doch alles in Ordnung gewesen, in der furchtbaren Ordnung der Ehe, die ein Bollwerk ist gegen Täuschung und Tod. Nur daß es jetzt nicht so war, kein Geflüster im Ehebett, sondern Barbara in ihrer Kammer und drüben der steinerne Mann, der gewiß gar nicht begreifen konnte, warum Barbara die Schwester nicht herausgezerrt hatte aus dem fahrenden Zug. Aber das kann sich niemand vorstellen, wie schnell so etwas geschehen muß, und den Hasenfuß überkommt in solchen Fällen eine wilde Entschlossenheit, und der Tapfere bleibt einfach sitzen, starr und steif.
Ich muß es ihm begreiflich machen, dachte Barbara oft in den folgenden Monaten, wenn sie dem Schwager beim Abendessen gegenübersaß, aber sie wußte schon, er konnte es nicht begreifen, dies nicht und auch vieles andere nicht. Er war kein Betroffener, war ⌜arisch und blond⌝ mit grauer Haut, städtischer Angestellter und nur wegen einer häufig ausgekugelten Schulter nicht im Krieg. Ein Mann, der zwanzig Mal am Tag ⌜den Arm im vorgeschriebenen Winkel zum Gruß ausstreckte⌝ und der am Abend den ⌜englischen Sender hörte⌝, tief über den murmelnden Kasten gebückt. Fanny und er, er und Fanny, eine Trennung von seiner Frau war für ihn nicht in Frage gekommen. Er hatte gemeint, sie schützen zu können, er hatte auch Barbara schützen wollen, aber dann, als sie die Schwägerin zu sich genommen hatten, war es ihm vielleicht schon zuviel geworden, zwei Frauen in der Wohnung, ⌜zwei gelbe Sterne⌝, die ausgehen und wiederkommen und die am Abend mit-

einander flüstern, was er nicht hören soll und auch nicht hören will. Jetzt sind die gelben Sterne untergegangen, Fanny ist wer weiß wo, und Barbara ist auch wer weiß wo, es gibt sie nicht. Sie kann dem Schwager wenig helfen, nicht einmal sein Essen vorbereiten, ehe er zu Hause ist, darf kein Suppengeruch ins Stiegenhaus* dringen, wenn er fortgegangen ist, kein Tellerspülen zu hören sein. Er geht jetzt oft am Abend aus, ins Wirtshaus, in die Versammlung, ja, er ist kürzlich in die ⌜Partei⌝ eingetreten und auch in die SA*, er trägt gelegentlich eine ⌜braune Uniform⌝. Alles, um nicht aufzufallen, um Barbara nicht in Gefahr zu bringen, das weiß sie genau. Sie möchte freundlich zu ihm sein, dankbar, nichts anderes, obwohl auch das andere naheläge, zwei Menschen in solcher Einsamkeit, ein Mann und eine Frau, die einen bestimmten Tag herbeisehnen, und es wird Herbst und wird Winter und wird Frühling, und der Tag kommt immer noch nicht. Aber der Schwager weist auch Barbaras Dankbarkeit zurück. Er tut seine Pflicht, und Barbara hat das Gefühl, daß er sie nicht leiden kann, daß er sich nur korrekt benimmt, ein korrekter Widersacher des Regimes, ein korrekter Philosemit*. Barbara sieht schlecht aus, weil sie nie an die Luft kommt, auch der Schwager sieht schlecht aus, weil sie zu zweit auf seine ⌜Karte⌝ leben, er kann nicht hamstern, weil auch das aufgefallen wäre, was will der Witwer mit einem Kaninchenbraten, mit einem Säckchen Mehl, mit einer Kiste Wein. Ein Witwer ist der Schwager seit dem letzten Weihnachtsabend, als ihm die vorgedruckte Mitteilung gebracht wurde, aber da hatte sich erwiesen, daß er seine Frau längst verloren gegeben hatte, schon in der Nacht, in der Barbara zurückgekommen war, aber Fanny nicht. Er hatte sogar an dem Tag wieder angefangen, mit Barbara zu sprechen und in seiner trockenen Weise dieses und jenes zu erzählen, aber nur das Unerfreulichste, heute sind die Alliierten* da und da zurückgedrängt worden, heute hat sich die jüdische Frau des

Stiegenhaus: (süddt./österr.) Treppenhaus

SA: Abkürzung für »Sturmabteilungen«, paramilitärische Organisation der NSDAP

Philosemit: Judenfreund

Alliierten: Verbündete Staaten, hier: die Gegner Nazideutschlands im Zweiten Weltkrieg

Gemischtwarenhändlers das Leben genommen. Wenn er von den ⌜Zellenabenden⌝ kam, wo er hatte singen und bei festlichen Gelegenheiten auch schunkeln müssen, war seine Stimmung besonders finster. Einmal sagte er: Warum tue ich das alles, ich bin SA-Mann, ich habe einen Revolver, ich kann zuerst dir und dann mir eine Kugel in den Kopf schießen. Wenn meine Mutter in Hamburg nicht wäre, hätte ich es längst getan. Barbara sagte nichts, aber sie zitterte am ganzen Körper, sie war zwanzig Jahre alt und hatte gehofft, daß alles vorüberginge, hatte auch manchmal kichernd, ein bleicher Kobold in der Bodenluke gesessen und eben das gesungen: ⌜Es geht alles vorüber, es geht alles vorbei⌝, und den ziehenden Wolken nachgeschaut. Das tat sie jetzt nicht mehr, sondern hockte im Zimmer und zeichnete auf die leeren Seiten ihrer alten Schulhefte große Sonnen und Monde und Männchen, die Hand in Hand gingen, in einer Art von zoologischem Garten oder einem Paradies. Doch ließ sie endlich auch von dieser Beschäftigung, und zwar noch ehe die ⌜ersten Bomben⌝ fielen.
Das Städtchen, abgelegen und unwichtig, war von Fliegerangriffen lange verschont geblieben. Die zahlreichen Alarme hatten nichts zu bedeuten gehabt, der Schwager, der das Planquadrat mit seinen Märchennamen kannte, hatte, gewisse militärische Nachrichten abhörend, immer schon gewußt, daß die Geschwader rechts oder links vorbeiflogen, er hatte vom Rundfunkgerät her beruhigende Zeichen gemacht. In den Keller ging damals noch kaum jemand, obwohl dieser mit allerlei ausgedienten Stühlen, Löschsand und Erste-Hilfe-Schränken vorschriftsmäßig ausgerüstet war. An dem Abend, an dem die Flieger ihre Bomben auf die Stadt warfen, saß der Schwager ebenfalls am Rundfunk, er machte aber keine Zeichen, drehte nur das Licht aus, zog die schwarzen Papierrollos hoch und blieb am Fenster, während draußen die ersten Christbäu-

me herabsanken und das Abwehrfeuer begann. Im Haus wurde es jetzt lebendig, Kinder wurden die Treppe heruntergezerrt, an der Türe rief jemand Herr Kapfinger und klopfte, aber der Schwager rührte sich nicht. Barbara durfte nicht in den Keller, der Schwager ging nicht, was Barbara nicht verstand, weil er sie ja die ganze Zeit über allein gelassen hatte und auch jetzt allein ließ, da er nur im dunklen Zimmer von Fenster zu Fenster wanderte und mit Hiobsbotschaften* aufwartete: Das war die Zementfabrik, jetzt brennt die Schule, jetzt kommen sie hierher. Bei den folgenden Angriffen verhielt sich der Schwager nicht anders, er wurde dem Mädchen immer rätselhafter, sie wußte nicht, haßte er sie, oder war er nur unglücklich, daß er alles noch schlimmer haben wollte. Als sie einmal, was ihr verboten war, vor seinem abendlichen Heimkommen den Rundfunk anstellte, hörte sie dann andere Nachrichten, als die ihr der Schwager erzählt hatte, ⌜die Amerikaner waren in der Normandie gelandet⌝, was selbst der einheimische Sender nicht verschweigen konnte und was der ausländische in vielen Einzelheiten schilderte, eine gute Botschaft für alle, denen die Zwangsregierung verhaßt war, das rennende Kreuz* und der doppelte Blitz*.

Schlechte Nachrichten (nach dem biblischen Hiob)

Hakenkreuz SS-Zeichen

Barbara sprang auf, zog ein helles Kleid an, holte auch, verstohlen durch das Fenster greifend, ein wenig Weinlaub, das sie in einem Krügchen auf den Eßtisch stellte, das Essen war vorgerichtet, eine Flasche jener Flüssigkeit, die als Heißgetränk bezeichnet wurde, bereitgestellt. Der Schwager kam nicht zur gewohnten Zeit, er polterte erst nach Mitternacht betrunken die Treppe herauf. Barbara, die ihn in solchem Zustand nie gesehen hatte, zog sich erschrocken in ihre Kammer zurück. Am nächsten Morgen wagte sie nichts zu erwähnen, weder die Landung noch den Rausch, und tat es auch nicht, als ihr der Schwager, auf eine geringfügige Verschiebung des Rundfunkzeigers aufmerksam geworden, die heftigsten Vorwürfe machte. Barbara dachte nur ratlos, aber jetzt wird doch alles gut, sie vertrieb sich am Nachmittag die Zeit mit Haareschneiden und Haarebürsten und sah am Abend aus wie Fanny, deren Frisur sie ganz unwillkürlich nachgeahmt hatte. Der Schwager kam, starrte sie an und ging sofort zu Bett. Er bequemte sich, an einem der nächsten Tage, ihr einiges von den Kriegsereignissen zu erzählen, fügte aber gleich hinzu, so schnell geht das nicht. Wie jeder weiß, behielt er damit recht, es dauerte noch viele Monate, bis alles vorüber war. Den Sommer über hatte Barbara noch Geduld, sie bemühte sich, den Schwager bei Laune zu erhalten, der immer öfter betrunken nach Hause kam und der auch einmal nachts in der Speisekammer den Wochenvorrat an Brot verzehrte, was ihn am nächsten Morgen bedrückte, so daß er noch finsterer dreinschaute als sonst. An einem andern Abend aber griff er nach dem Mädchen, brutal und hochmütig, so als wolle er sagen, du könntest doch zu etwas nützlich sein, und ließ die heftig Widerstrebende gleich wieder fahren, verächtlich, so viele Scherereien und noch nicht einmal das.

Das Leben ist voller Rätsel, es muß doppelt rätselhaft gewesen sein für die kleine Barbara, die den Schwager im geheimen liebte und gehofft hatte, einmal die Stelle ihrer Schwester einzunehmen, und die sich nun nicht erklären konnte, warum für sie alles anders sein sollte, keine Liebe, keine Hoffnung auf Glück. An einem Abend im Spätsommer war es gewesen, daß der Schwager ihr die Bluse aufgerissen hatte. Der nächste Tag wartete auf mit heißer Sonne und goldenen Gebüschen, und Barbara machte, kaum daß sie allein war, die Fenster weit auf und stand in der Sonne, so daß jeder sie hätte sehen können, und spürte die heiße Sonne auf ihrer Haut. Es war niemand auf der Treppe und niemand im Vorgarten, und auch als Barbara dann die ein wenig abschüssige Straße hinunterlief, hat sie niemand gesehen. Der Morgen war still, nur daß hier und dort schon die Kastanien aufplatzten und ihre rotbraunen Früchte dem Mädchen vor die Füße warfen. Eine dieser Früchte hob Barbara auf und rieb sich mit ihr die Wange und steckte sie dann in die Tasche und spielte mit ihr. Wohin, nirgendwohin, nur draußen sein, den Weg suchten die Füße, die, des Gehens ungewohnt, stolperten, dann wieder tanzten. Die Füße liefen aus der Stadt hinaus, war da nicht ein Hohlweg gewesen mit roten Berberitzen*, und hatte man nicht beim Wiederauftauchen den Bahndamm gesehen. Barbara sah den Bahndamm, den großen Bogen um die Schrebergärten, die Lupinen blühten nicht mehr, nur ein Birnbäumchen stand rosarot und messinggelb im herbstlichen Laub. Der Weg lief auf den Bahndamm zu, es war die Stelle, an der alle Züge langsam fuhren, die Stelle, an der einmal vor zwölf Jahren, vor hundert Jahren, Fanny abgesprungen war, um Blumen zu pflücken. Barbara blieb stehen und sah sich um, der ungewohnte Himmel, die ungewohnte Helligkeit warfen ihr die Zeiten durcheinander. Den Zug, der von der Stadt herkam, sah sie schon von weitem. Lauter schäbige, klapprige Kriegswägelchen, kein Judenzug mit verrammelten Luken, aber auch ein Sonderzug, Kinderlandverschickung*, und Hunderte von Kindern beugten sich aus den Fenstern hinaus. Barbara rannte so schnell sie konnte, sie war gleich außer Atem, griff, um sich den Bahndamm heraufzuziehen, in die verblühten Lupinen, und die Stauden, die trocken und geheimnisvoll raschelten, lösten sich aus der Erde und blieben ihr in der Hand. Einen Augenblick lang stand Barbara keuchend dort oben im warmen Oktoberwind, wußte nichts, wollte nichts, ließ sich nur fallen in das Stoßen, Stampfen und Klappern des Zuges hinein. Eine Selbstmörderin, hieß es später, als Barbaras unkenntlicher Körper in die Leichenkammer gebracht, von niemandem identifiziert und schließlich im Armensarg bestattet wurde. Die wenigen alten Leute aber, die, aus ihren Schrebergärten zwischen

Pflanze, auch Sauerdorn genannt

In der NS-Zeit Ferienlager für Stadtkinder

kleinblütigen Herbstastern und späten Rosen dem Zug nachblickend, den Vorfall beobachtet hatten, sagten einmütig, die Tote sei ein Kind gewesen, das auf den Kinderzug habe aufspringen wollen, einen Büschel verblühter Lupinenstauden im Arm.

11. Der Tunsch

Hirte, der im Sommer das Vieh auf der Alm hütet

Mit seinen Melkern und Knechten, rauhen und stumpfen älteren Männern, vertrug sich der Senne* nicht schlecht. Sie machten sich lustig über den jungen Mann, der ihnen von der landwirtschaftlichen Hochschule geschickt worden war, mußten aber anerkennen, daß er von seinem Fach und besonders von den neuerdings in Gebrauch genommenen Maschinen etwas verstand. Wenn sie in ihrer Freizeit sangen und Karten spielten, blieb der Senne wohl in der ersten Zeit bei ihnen sitzen und versuchte ihre Spiele und Lieder zu lernen. Es waren aber kaum drei Wochen vergangen, da litt es ihn nicht mehr in ihrer lauten Gesellschaft, er saß abends allein vor der Hütte oder lief den steinigen Pfad zum Grat* hinauf und warf sich dort oben ins kurze Gras. Am Morgen höhnten die Männer, sie glaubten, daß es der Junge ohne Mädchen nicht aushielte, und: Mach dir doch eine, riefen sie ihm, zu seinem Erstaunen, des öfteren zu. Was das heißen sollte, wollte der Junge endlich wissen und wurde auf den nächsten Abend vertröstet, da wollten die Männer es ihm sagen und ihm auch gleich die nötigen Anweisungen geben.

Bergrücken

Der nächste Abend war warm und düster, in die stickige Hütte wollte diesmal keiner, Gewitterwände standen am Himmel, und im Osten wetterleuchtete es schon. Der Junge wurde aufgefordert, Bier auszugeben, und tat das auch, in dem beginnenden Sturm saß man unter der Traufe* am langen Tisch. Der Junge sah die Gesichter der Männer auftauchen und wieder verschwinden, sie kamen ihm vor wie Kobolde, hochschultrig, kropfig, mit Satyrnasen* und Faunsaugen*, in denen ein arger Schabernack spielte. Herr Doktor, so nannten sie ihn spaßhaft, und: Weiß er das nicht, der Herr Doktor, sagte der eine, und: Zeit, daß wir es ihm beibringen, der zweite, und die übrigen kicherten und

Unterkante des Dachs

Derblüsterner Waldgeist der griech. Sage

Gehörnter, lüsterner Waldgeist

stießen sich an. Eine Puppe sollte er sich kneten, aus dem Brotteig, der gärend schon in der Backmulde lag, er würde das schon fertigbringen, er sei doch geschickt. Was er denn anfangen solle, fragte der Junge unlustig, mit einer Teigpuppe, einem stummen, klebrigen Ding. Aber, wer spricht denn von stumm, wer spricht denn von tot, erwiderten die Knechte, man muß ihr nur Augen machen, der Brotmasse, und eine Nase und einen Mund. Mit den Augen wird sie dich anschauen, mit dem Mund wird sie reden, besser als einer von uns. Nur getauft muß sie werden, mit echtem Weihwasser, und das Kreuz über sie geschlagen, dann fängt sie schon an zu erzählen und wird nicht mehr still, bis der Sommer vorüber ist und wir die Herde heimtreiben ins Dorf.

Mit diesen Worten zog einer der Melker, ein Buckliger, aus dem Hosensack eine Flasche, kein Schnaps war darin, sondern Wasser, und er sagte auch gleich, wo er es her hatte, nämlich aus der Kirche Maria Schnee, dahin waren es auf Kraxelpfaden zwei Stunden und fünfe zurück, und der Junge hätte den Mann wegen seines Fernbleibens von der Arbeit zur Rede stellen müssen, es kam ihm aber kein Wort über die Lippen, den Kopf auf die Hände gestützt, saß er schweigend am Tisch. Die Knechte gingen ins Haus und kamen wieder, sie brachten den Brotteig, dicke Patzen, die schon Blasen warfen, und türmten ihn auf die Eichenplatte, widerwillig genug griff der Junge hinein. Er hatte aber, wie er sagte, von klein auf Lust am Formen und Kneten gehabt, und so sahen die Männer denn auch bald, wie seine Hände sich rührten, wie sie zusammenballten und glattstrichen, einen Leib bildeten mit langen Beinen, da lag er, weiß wie ein Leichnam, schon auf dem Tisch. Es war aber keine Frau, sondern ein Jüngling, und wie der Senne ihm ein Gesicht geben sollte, wurde es ein Knabengesicht, das unter der in einem Drahthäuschen hin- und herschwankenden elektrischen Birne geheimnisvolles Leben gewann. Die Knechte machten nun tatsächlich das Kreuzzeichen über die Puppe, und der Bucklige bespritzte sie mit dem Wasser aus der Flasche, wozu er allerlei Unsinniges murmelte, Reimsprüche, die niemand verstand. Die Puppe wurde, auf das Weihwasser und die Reimsprüche hin, keineswegs lebendig, es fiel ihr, als der Junge sie ins Zimmer trug und sie auf das alte Roßhaarsofa setzte, der Kopf auf die Schulter, man mußte sie mit Kissen stützen, sonst wäre sie umgefallen. Nun, sagte der Junge höhnisch, hört ihr ihn sprechen, sieht er euch an? Aber da waren die Männer schon verschwunden, in der Schlafkammer ließen sie sich auf die Betten fallen und riefen nur noch: Warte, warte, während der letzte seine Nagelschuhe gegen die Holzwand warf und der erste schon schlief.

Alles hier Geschilderte hat der Polizeibeamte von den Knechten erfahren, als sie in die Kreisstadt kamen, um den Tod des Sennen anzusagen, einen, wie sie behaupteten, gewaltsamen Tod. Der Beamte hat aber danach noch weiter gefragt und herausbekommen, daß in jener Nacht die Knechte doch nicht geschlafen haben, jedenfalls nicht die ganze Zeit. Vielmehr hatten sie den Jungen reden hören und auch gehört, daß eine Stimme, die Stimme eines jungen Mannes, ihm Antwort gegeben hatte. Und nun wollten sie wissen, daß dieser junge Mann kein anderer als die zum Leben erweckte Teigpuppe gewesen sei. Es sei sonst niemand in der Hütte oder in der Nähe gewesen, von ihnen sei auch keiner aufgestanden und in die Stube gegangen, und es habe auch keiner von ihnen so reden können, so fein und leise wie der Junge selbst.

Was sie denn geredet hätten, die beiden, fragte der Beamte, in dieser Nacht und in allen folgenden Nächten, aber darauf gaben die Knechte nur die Antwort, das hätten sie nicht verstehen können, es sei ihnen zu hoch gewesen, gelehrtes Zeug. Ob denn alle Teigpuppen gelehrtes Zeug redeten, fragte der Beamte, und die Knechte antworteten nein, es komme eben darauf an, wer die Puppe herstelle, und wenn einer von ihnen das Ding geknetet hätte, so wäre es gewiß wie einer von ihnen geworden, hätte geflucht und gesungen und Karten gespielt. Aber so einen hätte der Junge eben nicht brauchen können, so ein Vieh.

Der Beamte schüttelte den Kopf, er wollte jetzt wissen, was mit der Puppe geschehen sei und ob sie etwa in Abwesenheit des Sennen auch einmal mit einem von ihnen geredet hätte. Nein, sagte der Bucklige, der sich zum Sprecher für alle gemacht hatte, das habe die Puppe nicht getan, sie habe den ganzen Tag über leblos in der Sofaecke gelegen und sich nicht gerührt. Auf die Frage, ob sie denn nicht neugierig gewesen seien, antwortete der Bucklige, neugierig seien sie wohl gewesen, sie hätten aber auch Angst gehabt, und, wie sich ja herausgestellt habe, mit Recht.

Dem Beamten wurde es zuviel, er preßte seine Hände gegen die Ohren, das könnten sie doch nicht im Ernst behaupten, daß die Puppe mit dem Sennen gesprochen und ihn am Ende umgebracht habe. Die Knechte sagten aber, ja, doch, das habe sie, denn von ihnen sei es keiner gewesen, und ein Fremder käme in der Nacht nicht auf die Alm.

Danach berichteten die Männer von einem militärischen Hubschrauber, den sowohl das mit der Herde talwärts wandernde Trüpplein wie auch der Senne gesehen hatte, der in diesem Augenblick noch lebend vor der Hütte gestanden und der Besatzung heraufgewinkt habe.

Von einer Wegbiegung, der letzten, von der aus man die Almhütte noch erblicken konnte, hatten auch die Knechte sich noch einmal umgesehen, weil der Senne versprochen gehabt hatte, gleich nachzukommen, aber nicht nachgekommen war. Als der Beamte gespannt fragte, was sie denn da gesehen hatten, gaben sie eine Antwort, die er nicht verstand. Die Haut natürlich, sagten sie nämlich, und erklärten am Ende, was sie damit meinten, die Haut des Sen-

nen, die, ihm vom Körper gezogen, am Giebel des Hüttendaches geflattert sei.
Der Beamte meinte es mit Verrückten zu tun zu haben, vier Verrückte, ein kleines Irrenhaus, und in ein großes, richtiges hätte er die Männer am liebsten gesteckt. Er blieb aber geduldig, sagte, einen Augenblick bitte, und telefonierte mit seiner vorgesetzten Dienststelle, er beschrieb, nachdem er sich bei den Männern nochmals genau nach dem Tatort erkundigt hatte, den Weg, ein Jeep der Polizei sollte hinauffahren, und sofort. Bis der Wagen zurückkam, würden einige Stunden vergehen, und der Beamte hatte Lust, die vier wegzuschicken, in die Zelle oder spazieren, sie sahen nicht aus, als wollten sie sich jetzt noch aus dem Staube machen. Schließlich hieß er drei von ihnen gehen und behielt nur den Buckligen da. Es war heiß im Zimmer, der Beamte war bei dem unklaren Bericht der Männer müde geworden. Er fing dann aber doch noch einmal an zu fragen, und der Bucklige, der nicht im geringsten erschöpft schien, gab auch Antwort, aber immer auf dieselbe starrsinnige Weise. Es sei, sagte er, immer so gewesen, daß der Tunsch am Ende dem Sennen an den Kragen wolle, und sie, die Knechte, hätten das auch gewußt. Sie hätten aber vor allem daran gedacht, ihr eigenes Leben in Sicherheit zu bringen. Was das nun wieder sei, der Tunsch, wollte der Beamte wissen, und der Bucklige sagte, so würde die Puppe genannt. Mann, sagte der Beamte, Sie können das alles doch nicht im Ernst glauben, es wird noch jemand da oben gewesen sein, den ihr nicht gesehen habt, ein Landstreicher, der es auf die Kasse des Sennen abgesehen hat. Der Bucklige gab zu, daß der Senne eine Menge Geld, die Einnahmen des ganzen Sommers, bei sich gehabt und in einem ledernen Beutel verwahrt habe, und diesen ledernen Beutel habe er in einer Stahlkassette verschlossen gehalten.
Nun also, sagte der Beamte, wenn das Geld gestohlen ist, ist die Sache klar. Er telefonierte wieder, ließ Bier kommen

und schenkte auch dem Buckligen ein. Das Geld wird da sein, sagte der Bucklige ruhig, der Tunsch will kein Geld, sondern Blut. Woher er das wisse, fragte der Beamte, und der Bucklige sagte, von seinem Vater, und sein Vater habe es wieder von seinem Vater gewußt.

Der Beamte hätte jetzt zum Mittagessen nach Hause gehen sollen, aber er ging noch nicht. Es soll da etwas vertuscht werden, dachte er, die Männer selbst haben den Sennen umgebracht, aber nur einen Teil des Geldes an sich genommen, und er blickte den Buckligen mißtrauisch an. Dann hob er, weil das Telefon summte, den Hörer ab. Man habe, so wurde ihm gesagt, inzwischen den Hubschrauber ausfindig gemacht und die drei Mann, die darin gesessen hatten, und einen dieser Männer bekam er schließlich auch an den Apparat. Ist es wahr, fragte er, daß Sie gestern ein paar hundert Meter unter der Hörnlesalp eine Herde gesehen haben, die zu Tal getrieben wurde, und Männer, und wie viele Männer haben Sie gesehen? Vier, sagte der Mann von der Luftwaffe, ohne zu zögern, ich erinnere mich genau. Es war gestern sehr klar, und wir sind tief geflogen, wir haben sogar die Gesichter der Männer deutlich gesehen. Und sonst, fragte der Beamte, haben Sie nichts gesehen? Doch, antwortete der Unteroffizier, der eine helle junge Stimme hatte, vor der Almhütte haben wir noch einen Mann stehen sehen, der ein weißes Hemd anhatte. Der Mann war offenbar damit beschäftigt, die Läden der Hütte dicht zu machen und die Tür zu verschließen. Er hat zu uns heraufgesehen und mit der Hand gewinkt. Waren es, fragte der Beamte, vielleicht zwei Männer, die vor der Hütte standen? Aber der Unteroffizier sagte, er habe nur den einen gesehen.

Der Beamte bedankte sich und hängte ein, und dann fragte er den Buckligen, ob es in der Hütte einen Telefonanschluß gäbe, aber den gab es natürlich nicht. Vielleicht, sagte der Beamte, ist der Senne überhaupt nicht tot, ich höre eben,

daß er ein weißes Hemd anhatte, vielleicht ist er vor dem Weggehen noch einmal aufs Dach gestiegen, und Sie haben sein weißes Hemd gesehen. Der Bucklige trank sein Bier aus und schüttelte den Kopf. Er sagte, der Beamte könne ja in dem Dorf anrufen, zu dem die Herde gehörte, ein Senne geht auf jeden Fall zuerst dorthin zum Abrechnen, und wenn der Junge am Leben sei, müsse er längst dort angekommen sein. Der Beamte ließ sich mit dem Bürgermeister des Dorfes verbinden, die Kühe waren, von den Knechten bis zum Dorfeingang gebracht, allein in ihre Ställe gelaufen. Den jungen Sennen hatte niemand gesehen. Seine Adresse in der Stadt war aber bekannt, und der Beamte telefonierte auch dorthin, er sprach mit dem Vater des Jungen, vorsichtig, um ihn nicht zu erschrecken, nein, der Junge war noch nicht nach Hause gekommen, und er hatte auch keine Nachricht gegeben.
Der Beamte hatte nach diesen Telefongesprächen keine Lust mehr, zum Essen zu gehen, die Zeit war auch längst vorbei, es war jetzt beinahe vier Uhr. Während der Bucklige vor sich hindöste, erledigte der Beamte, was er sonst noch zu erledigen hatte, er verließ auch einige Male das Zimmer und fand beim Zurückkommen den Buckligen immer in derselben Stellung und mit demselben Ausdruck eines dumpfen Staunens auf dem Gesicht. Gegen sechs Uhr kam ein Anruf von einem Berggasthof, in dem sich offenbar der der Hütte zunächst gelegene Telefonanschluß befand. Der Polizist, der mit dem Jeep zur Alm hinaufgefahren war, verlangte den Beamten zu sprechen, und der Beamte sagte: Ja, ich bin es, was haben Sie gefunden, wahrscheinlich gar nichts, und hörte dann zu und starrte dabei den Buckligen an.
Die Polizisten hatten schon von weitem etwas Weißes flattern sehen, wie ein Signal oder ein Segel, das Weiße hatte an der Klinke der Hüttentür gehangen und war das Hemd des Sennen gewesen, und der Senne hätte vor der Tür am Bo-

den gelegen, ohne sichtbare Wunden oder Würgspuren, aber tot. Ob sie ihn herunterschaffen sollten, fragte der Wachtmeister, und der Beamte sagte, nein, auf keinen Fall. Er wolle hinaufkommen, und sie sollten inzwischen die Nachbarschaft der Hütte gründlich untersuchen.

Es dauerte eine Weile, bis der Beamte, begleitet von einem Gerichtsmediziner, einem Photographen und einem Polizeihund, losfahren konnte. Auch den Buckligen nahm er am Ende noch mit. Als die Männer die Alm erreichten, war es stockfinster, der schmale, steinige Weg war sehr schwer zu befahren gewesen, zudem gefährlich, und dem Beamten stand der Schweiß auf der Stirn. Er hatte unterwegs den Buckligen noch einmal verhört, immer dieselben Fragen: War niemand in der Nähe, es muß doch jemand in der Nähe gewesen sein, ein Mensch, habt ihr keinen gesehen? Der Bucklige war dabei geblieben, daß kein Fremder auf die Alm gekommen sei und daß der Senne außer mit der Teigpuppe mit niemandem geredet habe. Verfluchter Aberglaube, hatte der Beamte gemurmelt und hinzugefügt, wir werden schon sehen. Was die vier Männer dann im Schein einer Stablampe zu sehen bekamen, war aber nur der Tote, der noch immer vor der Schwelle der Hütte ausgestreckt lag, und sein Hemd, das die Polizisten vorsichtig auf dem Tisch ausgebreitet hatten. In der Hütte befand sich nichts, was der Mörder etwa hätte zurückgelassen haben können, und es war in den sauber aufgeräumten Stuben überhaupt nur ein einziger merkwürdiger Gegenstand, nämlich die auf dem Sofa liegende Teigpuppe zu sehen.

Der war's, sagte der Bucklige, wies aber nur mit dem Finger und weigerte sich, die Hütte zu betreten, er wollte, auch als die Männer die gebrechliche, mit einer alten Hose bekleidete Gestalt auf einer Tragbahre, wie vorher schon den Toten, in den Wagen schafften, nicht Hand anlegen. Zuvor hatte man mit Blitzlicht und starken Lampen Aufnahmen gemacht, hatte auch den Hund an die Leiche geführt und ihn dann zur Spurensuche freigelassen, er kreiste aber nur um die Hütte und knurrte den Buckligen an. Der Beamte saß jetzt auf der Bank, in der dünnen Luft machte ihm sein Herz zu schaffen. Es wurde langsam hell, der Gletscher begann zu leuchten, und ein Streifen Morgenrot lag wie ein feuriger Riegel über dem Ausgang des Tals.

Die Gerichtsverhandlung, zu der viele Zeugen geladen waren, soll hier im einzelnen nicht geschildert werden. Der Junge war zu dieser Zeit schon längst begraben, die Todesursache hatten auch die Mediziner nicht herausgebracht, man hatte alles mögliche vermutet und sogar auch an einen Blitzschlag, den berühmten Blitz aus heiterem Himmel, gedacht. Der Vater des Sennen hatte nicht nur seinen toten Sohn, sondern auch den von jenem geformten schlaffen Teigjüngling genau angesehen und in diesem das Abbild eines ehemaligen Mitschülers des Jungen erkannt. Der Richter hatte den Namen dieses Mitschülers zu den Akten genommen, übrigens auf Wunsch des Polizeibeamten, der sich seit jener Nacht im Hochgebirge seine Gedanken machte. Noch einmal wurden die Zeugen ausgefragt, wer da etwa vor dem Tode des Jungen landstreichend in der Gegend gesehen worden war. Es war aber niemand gesehen worden, und niemand hatte auf den Almhütten und in den Berggasthöfen ein Obdach, Brot oder Wasser verlangt. Kein Hund war mitten in der Nacht unruhig geworden, und in dem feuchten Schlamm der Furten* hatte niemand die Spuren fremder Nagelschuhe entdeckt. Die Hubschrauberleute wurden nochmals vernommen und die Knechte, alle vier, ausgefragt, der Bucklige wiederholte seine Aussagen, und die andern stammelten und grunzten, sie hatten offensichtlich ein schlechtes Gewissen, ohne doch an dem Tode des Jungen eigentlich schuld zu sein. Der Vater des Sennen, Schullehrer und Witwer, wußte nichts von Feinden, die sein Sohn etwa gehabt habe, er schilderte den Toten als einen verträglichen und freundlichen Menschen,

Durchfahrbare Stellen eines Gewässers

eine Beurteilung, die von vielen anderen Zeugen bestätigt wurde. Der Anklagevertreter fragte verbissen weiter; daß der Geldbeutel unangetastet gefunden worden war, galt ihm nichts. Der Täter konnte, etwa durch das erneute Auftauchen des Hubschraubers gestört, das Weite gesucht haben, er konnte eines Tages hier oder dort wieder auftauchen und Schrecken verbreiten. Aber die Anklage lautete gegen Unbekannt, und dieser Unbekannte, der sich einen alten Aberglauben offensichtlich zunutze gemacht hatte, trat auch in den folgenden Wochen aus dem Dunkel nicht hervor. Auf den Gedanken, daß der von dem Sennen abgebildete junge Mensch bei dem Ganzen eine Rolle gespielt haben könnte, kam nur der Polizeibeamte, der, als die Verhandlung vertagt worden war, seine Spur verfolgte und eine Reihe von weiteren Zeugen ausfindig machte, die über das Verhältnis der beiden jungen Leute etwas auszusagen hatten. Was man von diesen Zeugen erfuhr, war, daß zwischen dem Jungen und dem Urbild der Puppe während des letzten Hochschuljahres eine Art von Haßliebe bestanden hatte. Wann immer die beiden zusammengekommen waren, seien sie sogleich auf eine hitzige und maßlose Weise in Streit geraten. Es war dabei auch einmal um ein Mädchen, aber doch meistens um andere Dinge, politische und sogar theologische Fragen gegangen. Man habe das Gefühl gehabt, daß die beiden zwar Todfeinde gewesen seien, aber nicht voneinander hätten lassen können, und es sei eigentlich jeder, der sie gekannt habe, erleichtert gewesen, als die gemeinsame Studienzeit zu Ende gegangen sei. Der Freund oder Feind des Jungen, vom Gericht nun ebenfalls vorgeladen, erschien nicht. In dem Ort, in dem er gewohnt hatte, war er nicht abgemeldet, aber man fand ihn dort nicht vor. Der Beamte, der, auf die Aussagen der Lehrer und Mitschüler des Jungen hin, davon überzeugt war, daß kein anderer als der Geliebte und Gehaßte den Jungen auf der Alm aufgesucht hatte, von diesem versteckt worden war und ihn schließlich ums Leben gebracht hatte, setzte den Polizeiapparat in Bewegung und dehnte endlich seine Nachforschungen auch auf das Ausland aus.

Eines Tages, es war jetzt schon Winter, und über den fernen Gebirgen lagen dicke Schneewolken, wurde der Beamte von der Interpol* angerufen. Der Gesuchte war ausfindig gemacht worden, zumindest sein letzter Aufenthaltsort, der in Südspanien lag. Er war aber dort vor einiger Zeit gestorben und auf eine nicht völlig geklärte Art. Und wann? fragte der Beamte leise. Es war niemand im Zimmer, er glaubte aber am Fenster den Buckligen sitzen und ihn spöttisch anstarren zu sehen. Einen Augenblick, sagte der Anrufer und blätterte hörbar in seinen Papieren: Ja, da steht es, es war im September, am 15. September genau. Der Beamte bedankte sich, er griff nach dem Aktenbündel Mordsache Almhütte, das noch immer auf seinem Schreibtisch lag, und vergewisserte sich, daß an demselben Tage auch der Senn gestorben war. Dann trug er die ihm eben gemachte Mitteilung ein. In seinem Bericht an die Staatsanwaltschaft vertrat er die Ansicht, daß der Fall damit abgeschlossen sei. Er verbrachte aber seinen nächsten Sommerurlaub in der Nähe jener Almhütte und lernte dort einiges kennen, den schaurigen Hall des Echos in den Schluchten, die eisige Klarheit der Abende auf den Graten und das Nebelmeer, das zuweilen ganz schnell aufsteigt und die untere Welt vollkommen verhüllt. Er sprach auch oft mit den Männern, die dort oben die Kühe molken und den Käse zubereiteten und die dieselben waren wie im vergangenen Jahr. Nur der Senne natürlich war ein anderer, und kein Studierter diesmal, sondern ein Bauernsohn mit schwarzen kurz geschnittenen Haaren und einem lustigen roten Gesicht.

Internationale kriminalpolizeiliche Organisation

12. *Zu irgendeiner Zeit*

Zu irgendeiner Zeit und auf irgendeine Weise muß man es erfahren. Entweder man ist noch ganz jung, oder man ist gar nicht mehr jung. Aber einmal muß man es erfahren, auf jeden Fall.

Muß man was erfahren, fragen Sie.

⌜Daß die Existenz des Menschen eine tragische ist⌝, sage ich. Einer, den ich kenne, fahre ich dann fort, war, als er es erfuhr, schon über 30 Jahre alt. Er bereitete sich auf das Assessor*-Examen vor und machte eine Lehrzeit bei einem Notar, der ein Freund seines Vaters war. Dieser junge Jurist war ein oberflächlicher Mensch, nüchtern und auf eine rasche, erfolgreiche Karriere bedacht. Eines Tages bekam er von dem alten Notar einen gerade von diesem behandelten Fall erklärt. Es handelte sich um den Nachlaß einer vierzigjährigen unter merkwürdigen Umständen verstorbenen Frau, der Notar war mit der Verwaltung ihres Erbes betraut. Woran gestorben? fragte mein Bekannter, und der Notar antwortete: Verhungert, ja, Sie werden es nicht glauben, und wohlhabender Leute Kind. Ich habe den Vater noch gekannt, fuhr er fort, ein solider Beamter, aber schrullig, die Tochter, die sehr gut zeichnete, sollte keine Kunstschule besuchen, er ließ ihr Lehrer ins Haus kommen, sie hatten so gut wie keinen Verkehr. Als der Vater vor etwa zehn Jahren starb, hätte sie alles tun können, studieren, verreisen, und tat gar nichts, war wie ein Vogel, der seinen Käfig, obwohl die Gittertüre offensteht, nicht mehr verläßt. Also nicht ganz richtig, sagte mein Bekannter, und der Notar antwortete, wahrscheinlich nicht. Es müssen da, fügte er hinzu, eine Menge Bilder sein, möglich, daß sie etwas taugen, jedenfalls muß ein Inventar gemacht werden, chronologisch, abgesehen von dem Verzeichnis des Mobiliars. Gehen Sie gleich, viel-

Anwärter auf eine höhere Beamtenlaufbahn

leicht werden Sie heute noch damit fertig, vielleicht erst morgen, dann rufen Sie mich an.
Mein Bekannter ließ sich den Hausschlüssel geben, steckte einen Packen weißes Papier ein und machte sich auf den Weg. Er setzte sich in seinen kleinen Wagen, fuhr durch eine Rotdornstraße, eine Weißdornstraße, ein junges Mädchen, das er nach dem Wege fragte, errötete, und er rückte seine Krawatte zurecht. Ein heller Maitag, und er malte sich aus, wie er in der kleinen Stadt leben und was für Eroberungen er machen würde. Er befand sich, und das muß ich betonen, in dem Augenblick, in dem er das ihm bezeichnete Haus betrat, durchaus im Einverständnis mit sich selbst. Auch als er die verschiedenen komplizierten Schlösser geöffnet hatte und in den Hausflur trat, änderte sich seine Stimmung nicht. Er fand das Sterbehaus weniger unheimlich, auch weniger verwahrlost, als er erwartet hatte. In den unteren Räumen befand sich eine wohlgeordnete Bibliothek, die Möbel waren abgenützt und von geringem Wert. Im oberen Stockwerk sah es anders aus, es herrschte dort ein auffallendes Durcheinander, offenbar hatten der Verstorbenen alle Räume als Arbeitsräume gedient. Die Bilder, von denen der Notar gesprochen hatte, hingen an den Wänden, aber nur ein Teil von ihnen, die meisten waren ungerahmte Leinwände, die auf Staffeleien oder in Stapeln auf dem Fußboden standen, mit der bemalten Fläche zur Wand. Es roch nach frischer Ölfarbe, und dieser kräftige und reine Geruch spornte die Tatenlust meines Bekannten an. Er bemerkte auf den Bildern Jahreszahlen und beschloß, sie nach diesen Jahreszahlen zu registrieren. Aus dem größten Zimmer, im dem die Malerin offenbar auch geschlafen hatte, entfernte er so gut wie alle Möbelstücke, dann reihte er die Leinwände dort auf, wobei er auch die gerahmten Bilder auf den Fußboden und auf die ihnen zukommenden Plätze stellte. Es gab kein Bild, das nicht datiert war, es

war für jedes Jahr nur eines vorhanden, und es fehlte kein einziges Jahr.

Nachdem er mit dieser Arbeit fertig war, stellte mein Bekannter sich in die Mitte des Zimmers und wischte sich mit seinem Taschentuch den Staub von den Fingern und, ein wenig zerstreut schon, den Schweiß von der Stirn. Er zählte die Bilder, von denen, wie er bemerkte, die meisten Selbstbildnisse waren. Daß sich diese Bezeichnung auch auf die wenigen andern hätte anwenden lassen, wurde ihm im Augenblick noch nicht klar. Er war, was ich vielleicht noch nicht erwähnt habe, mit den sogenannten schönen Künsten wenig vertraut, und das hatte zur Folge, daß er die Bilder ansah, wie ein Kind sie angesehen hätte. Er nahm Papier und Füllfeder aus seiner Mappe und setzte sich auf eine alte Kiste, die er später immer weiter rückte. Bevor er bei dem ältesten Bild anfing, sah er noch auf die Uhr. Es waren insgesamt einundzwanzig Bilder da, für deren jedes er eine Zeit von drei Minuten aufzuwenden gedachte, also dreiundsechzig Minuten insgesamt. Selbst wenn er gelegentlich aufstand, um eine Zigarette zu rauchen oder am Fenster frische Luft zu schöpfen, mußte er in ein und einer halben Stunde mit seiner Arbeit fertig sein.

Es gab aber eine unerwartete Verzögerung bereits bei dem ersten Bild. Bei seiner Entstehung war die Verstorbene ohne Zweifel ein sehr junges und schönes Mädchen gewesen, und mein Bekannter ärgerte sich darüber, daß sie sich nicht so dargestellt hatte, jung, hübsch und in einem schönen Kleid, etwa so wie daheim seine Großmutter über der Eßzimmeranrichte hing. Es hatte ihm immer gefallen, wie die Großmutter ihren ungewissen und etwas wehmütigen Blick in eine unbestimmte Ferne richtete, während ihre Finger mit einer kleinen Perlenkette, dem Hochzeitsgeschenk ihres Mannes, spielten. Sie saß auf einem Stuhl, der als Louis XVI.* deutlich erkennbar war, und eine

Stil des ausgehenden 18. Jh.s, nach dem franz. König Louis XVI., 1774–1792

Schale mit ebenfalls deutlich erkennbaren ⌜Maréchal-Niel-Rosen⌝ stand neben ihr auf einem kleinen Tisch.

Von einer solchen angenehmen Umgebung konnte, wie mein Bekannter feststellte, auf den Bildern seiner Klientin die Rede nicht sein. Auf was sie jeweils saß oder wo sie stand, war nicht auszumachen, sie war in häßliche, grobe Stoffe gekleidet, der Hintergrund war ein stumpfes Schwarz oder ein stumpfes Weiß, gelegentlich auch eine Art von Feuersee oder ein Gewirr von zackigen Strahlen, aus dem das gemalte Haupt wie gepeinigt dem Besucher entgegensank. Auf dem ersten Bild war eine häßliche Stadtlandschaft angedeutet, Gasometer, Brandmauern, Hochbahnschienen und dergleichen, was alles doch aus den Fenstern dieses Hauses gar nicht zu sehen war. Achselzuckend schrieb mein Bekannter auf seine Liste, Selbstbildnis mit Gasometer, und wollte schon weiterrücken, blieb aber noch sitzen und starrte das Mädchen an, das wiederum ihn anstarrte, mit zumindest einem seiner schielenden Augen und mit einem schiefen Lächeln um den Mund. Verrückte Person, dachte er, was will sie von mir, er war zu ungebildet, um zu bedenken, daß, wer sich selbst porträtiert, in den Spiegel blickt.

Auf dem zweiten Bild hob die verrückte Person ihm einen kleinen Totenschädel entgegen, wobei sie, nun mit beiden Augen, auf dieselbe dringliche Weise in seine Augen sah. Auf der dritten, ungerahmten Leinwand war nicht nur das junge Mädchen, sondern auch ein halb hinter ihm verborgener Mann wiedergegeben, eine Art von Phantom, ähnlich dem von Gott noch nicht erschaffenen Adam auf dem Relief in Chartres*, von dem mein Bekannter aber nichts wußte, weil er noch nicht in Chartres gewesen war. Das Gefühl, das ihn angesichts des Schattenmannes überkam, war denn auch ganz einfältig, eine Art von Eifersucht, ein blinder Zorn. Selbstbildnis Nr. 3, schrieb er mit seiner damals noch so glatten, hübschen Schrift, und dachte ärger-

Für ihren Figurenschmuck berühmte franz. Kathedrale

lich: Was hat der Kerl da zu suchen? Ich denke, das Mädchen durfte nie ausgehen, es ist eine alte Jungfer geworden und schließlich verhungert, aber das ging ihn nichts an. Was ihn anging und ihn von Bild zu Bild mehr verwirrte, war der auf ihn gerichtete Blick, die Frage: Wer bist du?, die die Malerin sich selbst gestellt hatte, die er aber ohne weiteres auf sich bezog.

Als mein Bekannter vor dem vierten Bild auf seine Uhr sah, zeigte diese eine späte Nachmittagsstunde, eine Stunde, die bereits zu seiner Freizeit zählte. Er war, was ihm seit seinen Knabenjahren nicht geschehen war, ins Trödeln und Träumen geraten, jetzt rief er sich zur Ordnung, stand auf und schob die Kiste zurück. Die Fledermäuse, die auf diesem vierten Selbstbildnis ein recht verzerrtes Gesicht umflatterten, hatten es ihm angetan, er erinnerte sich daran, wie er selbst einmal, in einem dämmrigen Schuppen auf Entdekkungsreisen ausgehend, einen ganzen Schwarm von Fledermäusen aufgescheucht und welches Grauen er dabei empfunden hatte. Er kam nicht auf den Gedanken, daß die Malerin die weichflügeligen, unheimlichen Tiere nur benützt hatte, um einen anderen, tieferen Schrecken auszudrücken. Er fühlte sich ihr verbunden und meinte in den knabenhaften Gesichtszügen der Umflatterten sich selbst zu erkennen. Unsinn, dachte er gleich darauf zornig, die und ich, was heißen sollte, ein gesunder und erfolgreicher junger Mann und ein wahnsinniges Mädchen, und erschrak darum doppelt, als er das nächste Bild ins Auge faßte. Denn auf diesem fünften Porträt, das die Malerin in Männerkleidung zeigte, trat nun wirklich eine erstaunliche Ähnlichkeit mit ihm selber hervor.

Von der auf all diesen Leinwänden, Aquarellpapieren und Holztafeln angewandten Technik wußte mein Bekannter mir später nichts mehr zu sagen. Ein Kenner, meine ich, hätte eine gewisse Qualität der Malerei wohl festgestellt, er hätte wohl auch herausgefunden, daß sich in ihr die künst-

lerischen Wandlungen eines halben Jahrhunderts spiegelten, was angesichts der Tatsache, daß die Verstorbene das Haus nie verlassen und mit niemandem verkehrt hatte, vielleicht erstaunlich erscheint. Es liegen diese Dinge aber, wie man weiß, in der Luft und werden wie geflügelte Samen umhergetragen, und an Luft zum Atmen fehlte es ja auch dem Mädchen nicht. Mein Bekannter allerdings, der, nun schon nicht mehr ganz so systematisch und auch nicht mehr ganz so unbekümmert wie am Anfang, die Bilder ansah, bemerkte von solchen Wandlungen nichts. Er bemerkte nur die Leidenschaft, die hier zum Ausdruck kam, und wenn er selbst es auch nie in diese Worte gekleidet hätte, so hatte er doch eine Empfindung für die Existenz eines fremden Menschen und zum erstenmal. Dieser Mensch hatte mit ihm eine merkwürdige Ähnlichkeit, und er blickte ihm aus immer andern Gesichtern auf eine Weise in die Augen, die ihm ein starkes Unbehagen erweckte.
Das bin ich, auch das bin ich, dachte er wohl, wenn er überhaupt etwas dachte und sich nicht nur dieser unerwarteten Ausweitung seines Wesens ins Gefährliche, Abgründige mit törichtem Staunen überließ. Es war jetzt sieben Uhr, und er hätte fortgehen, in der Pension essen, einen Spaziergang machen und sich zu Bett legen können. Aber er tat das alles nicht, er blieb. Ein Bild zog ihn zum nächsten und das nächste zum übernächsten, so wie man von einer gutgeschriebenen Biographie ja auch immer weiter gezogen wird, bis zum Alter, bis zum Tod. Ehe er auch nur die Hälfte seines Inventars angefertigt hatte, wurde es Nacht. Die Deckenbeleuchtung ließ sich nicht anzünden, doch fand er in einem Abstellraum eine scheinwerferartige Stehlampe, die er an einer langen Schnur hinter sich her ziehen konnte. Es war jetzt still draußen und stiller noch in dem großen, verlassenen Zimmer. Er schrieb im Stehen, mit nachgerade zitternden Händen, Selbstbildnis mit Algen und Fischen, Selbstbildnis als Seiltänzerin, Selbstbildnis

mit dem Kopf eines Hundes im Schoß. Der Hund war besonders unheimlich, weil er mit Menschenaugen (seinen Augen!) zu dem Mädchen aufsah, auch die Fische hatten Menschenaugen, während die kleine Gestalt auf dem Drahtseil überhaupt keine Augen hatte, nur schwarze Löcher in einem weißen Gesicht. Trotzdem war es gerade dieses, soviel mein Bekannter sich erinnerte, mit Ölkreide gezeichnete Porträt, das in ihm ein neues Gefühl für die Gegenwart der Dargestellten wachwerden ließ.
Obwohl es sich hier nur um eine Skizze handelte, schien nämlich diese mit ein paar Strichen angedeutete Tänzerin sich auf ihrem Seil zu bewegen und ihm immer näher zu kommen. Er war plötzlich lustig, wie betrunken, wahrscheinlich schrie er, die unheimliche Stille zu übertönen, sogar ein paar Worte: Komm, Puppe, und breitete die Arme nach der Tänzerin aus. Diese natürlich blieb, wo sie war, und er blieb auch, wo er war, und sammelte verlegen die heruntergefallenen Blätter vom Boden auf. Er ahnte aber jetzt, daß er dieses Mädchen geliebt hätte wie kein anderes, das ihm je gefallen hatte oder gefallen würde.
Kaum daß mein Bekannter auf diese Weise liebte (eine Tote liebte), mußte er auch schon leiden. Hatten nämlich die bisher von ihm betrachteten Bilder alle eine jugendliche Neugierde oder Wißbegierde, jedenfalls ein starkes Lebens- oder Liebesgefühl ausgedrückt, so machten solche Empfindungen auf dem fünfzehnten Selbstbildnis einer plötzlichen stummen Verzweiflung Platz. Das bisher gerundete Gesicht schien von Auszehrung befallen, durch die zarte Haut meinte der Betrachter den Totenschädel bereits durchschimmern zu sehen. Erschrocken schob er die Lampe zurück, dann wieder näher, er sah immer das gleiche, den Tod in einem Menschen wohnend, und von Angst erfüllt griff er sich an die eigenen glatten Wangen, das eigene feste Kinn. Von nun an war das fremde Gesicht sein Spiegelbild nicht mehr, auch sein Bruder nicht mehr. Noch im-

mer, ja erst recht aber war es seine Geliebte, und hilflos mußte er zusehen, wie sie vor seinen Augen verfiel.

Mein Bekannter hat an diesem Abend das Haus nicht mehr verlassen. Er richtete sich auf einem alten Kanapee* mit Kissen und Decken ein Lager her, fand aber so gut wie gar keinen Schlaf. Ehe er sich niederlegte, schrieb er sein Verzeichnis zu Ende. Er war nun schon so weit mit ihm gekommen, daß er auch ein wirres Geschlinge von feinen Linien, ein winziges, inmitten von lauter sinnloser Krakelei auftauchendes Gesichtchen, einen über apokalyptischen* Wasserwüsten auftauchenden Stierkopf als Selbstbildnisse bezeichnete. Er ärgerte sich nicht mehr darüber, daß er nichts begriff, vielleicht war es ihm auch lieber so, aus der Geliebten, der Verrückten, war etwas anderes geworden, ein Wellenkamm, ein Stück Muschelkalkwand, eine Fahne Blattgrün über einem Nichts von Welt. Während er bei ausgelöschter Lampe schlaflos lag, versuchte er sich vorzustellen, wie das Mädchen gelebt hatte und wie es gestorben war. Er ertappte sich dabei, daß er mit den Schritten der Malerin durchs Zimmer ging und mit ihren Fingern nach dem Pinsel griff. Weil es das erstemal war, daß er von sich absah, tat er es gleich gründlich, wußte nichts mehr von dem strebsamen Referendar und grübelte und rätselte nur, was es alles gab, unausdenkliche Menschen und Schicksale, und die Gesichter von den Bildern schwebten von allen Seiten auf ihn zu.

(franz.) Sofa

Endzeitlich, auf das Weltende hinweisend

Am Morgen wußte er zunächst nicht, wo er sich befand, dann, als er sich erinnerte, begriff er nicht, warum er die Nacht über in dem staubigen Totenzimmer geblieben war. Er sprang auf und beugte sich aus dem Fenster, ein Kind im roten Wämschen schaukelte im Nachbargarten, durch die blühenden Bäume fuhr ein frischer, reiner Wind. Das Verzeichnis steckte schon in seiner Mappe, nur ein Blatt war auf dem Schreibtisch zurückgeblieben, das wollte er noch mitnehmen und sah es flüchtig an. Das Blatt gehörte nicht zu der Bilderliste, es war etwas darauf geschrieben, aber keine Nummern und Jahreszahlen, nur ein kurzer, fortlaufender Text, den ich Ihnen natürlich wörtlich nicht wiedergeben kann. Es war da, soviel mein Bekannter sich später erinnerte, in ziemlich unklaren Worten davon die Rede, daß einer in der Welt sich selbst, aber ein anderer in sich selbst die Welt erkennen könne, auch davon, daß alles nur eines sei, Draußen und Drinnen, Stein und Pflanze, Leben und Tod. Auch Du, Liebster, hieß es am Ende (und, Liebster, dachte er erschüttert), wirst eines Tages tragisch leben, aber ich sage Dir, daß das tragische Leben das einzig menschenwürdige und darum auch das einzig glückliche ist. Hier schien, ohne Satzzeichen, das Geschriebene zu Ende, und mein Bekannter ging damit zum Fenster, um beim Tageslicht eine vielleicht schwächer werdende Schrift zu erkennen. Dort aber, als er das Blatt wieder aufhob, traute er seinen Augen nicht. Denn was da stand, hatte er selbst geschrieben, und er wußte nicht wann und verstand es nicht.

Sie möchten wahrscheinlich noch erfahren, was damals aus meinem Bekannten geworden ist. Vielleicht denken Sie, daß er sich nun von den Bildern nicht mehr trennen und das Haus nicht mehr verlassen wollte und daß der Notar seinen Vater anrufen mußte: Verzeih, aber ich konnte das nicht ahnen, ich kannte ihn noch wenig, ja du mußt unbedingt kommen, und vielleicht bringst du auch einen Nervenarzt mit. Aber so war es nicht. Mein Bekannter hat über diesem nächtlichen Erlebnis den Verstand nicht verloren. Er ist nach Hause gegangen, hat sich rasiert und sich umgezogen, und dann hat er dem Notar Bericht erstattet, wobei er das meiste von seinen Erfahrungen für sich behielt. Er hat sich am Nachmittag mit Schreibarbeiten beschäftigt und ist am Abend mit einem Mädchen ausgegangen, das in demselben einfältigen Zustand wie er war und zugleich schüchtern und keck. Danach hat er weitergelebt, wie er bisher gelebt hatte, jedenfalls beinahe so. Erst viel später hat er sich daran erinnert, daß er in jener Nacht den ⌜Paukenschlag⌝ gehört hat, den jeder von uns einmal hört und mit dem das eigentliche Leben beginnt.

13. Eisbären

Endlich, dachte sie, als sie hörte, wie sich der Schlüssel im Türschloß drehte. Sie hatte schon geschlafen und war erst von diesem Geräusch aufgewacht; nun wunderte sie sich, daß ihr Mann im Vorplatz kein Licht anmachte, das sie hätte sehen müssen, da die Tür zum Vorplatz halb offenstand. Walther, sagte sie, und fürchtete einige Minuten lang, es sei gar nicht ihr Mann, der die Tür aufgeschlossen hatte, sondern ein Fremder, ein Einbrecher, der jetzt vorhatte, in der Wohnung herumzuschleichen und die Schränke und Schubladen zu durchsuchen. Sie überlegte, ob es wohl besser sei, wenn sie sich schlafend stellte, aber dann könnte ihr Mann heimkommen, während der Einbrecher noch in der Wohnung war, und dieser könnte aus dem Dunkeln auf ihn schießen. Darum beschloß sie, trotz ihrer großen Angst, Licht zu machen und nachzusehen, wer da war. Aber gerade als sie ihre Hand ausstreckte, um an der Kette der Nachttischlampe zu ziehen, hörte sie die Stimme ihres Mannes, der in der Türe stand.

Mach kein Licht, sagte die Stimme.

Sie ließ ihre Hand sinken und richtete sich ein wenig im Bett auf. Ihr Mann sagte nichts mehr und rührte sich auch nicht, und sie fragte sich, ob er sich vielleicht auf den Stuhl neben der Türe gesetzt hatte, weil er zu erschöpft war, um ins Bett zu gehen.

Wie war es? fragte sie.

Was? fragte ihr Mann.

Alles heute, sagte sie. Die Verhandlung. Das Essen. Die Fahrt.

Davon wollen wir jetzt nicht sprechen, sagte ihr Mann.

Wovon wollen wir sprechen? fragte sie.

Von damals, sagte ihr Mann.

Ich weiß nicht, was du damit meinst, sagte sie. Sie versuch-

te vergeblich, die Dunkelheit mit ihren Blicken zu durchdringen, und ärgerte sich über ihre Gewohnheit, die Fensterläden ganz fest zu schließen und auch noch die dicken blauen Vorhänge vorzuziehen. Sie hätte gerne gesehen, ob ihr Mann da noch in Hut und Überzieher stand, was bedeuten konnte, daß er die Absicht hatte, noch einmal fortzugehen, oder daß er getrunken hatte und nicht mehr imstande war, einen vernünftigen Entschluß zu fassen.
Ich meine den Zoo, sagte der Mann. Sie hörte seine Stimme immer noch von der Tür her, was – da sie eine altmodische Wohnung und ein hohes großes Schlafzimmer hatten – bedeutete, von weit weg.
Den Zoo, sagte sie erstaunt. Aber dann lächelte sie und legte sich in die Kissen zurück. Im Zoo haben wir uns kennengelernt.
Weißt du auch wo? fragte der Mann.
Ich glaube schon, daß ich es noch weiß, sagte die Frau. Aber ich sehe nicht ein, weshalb du dich nicht ausziehst und ins Bett gehst. Wenn du noch Hunger hast, bringe ich dir etwas zu essen. Ich kann es dir ins Bett bringen, oder wir setzen uns in die Küche und du ißt dort.
Sie schlug die Decke zurück, um aufzustehen, aber obwohl es für ihren Mann genauso dunkel sein mußte wie für sie selbst, schien er doch gesehen zu haben, was sie vorhatte.
Steh nicht auf, sagte er, und mach das Licht nicht an. Ich will nichts essen, und wir können im Dunkeln reden.
Sie wunderte sich über den fremden Klang seiner Stimme und auch darüber, daß er, obwohl er doch sehr müde sein mußte, nichts anderes im Sinn hatte, als von den alten Zeiten zu reden. Sie waren jetzt fünf Jahre lang verheiratet, aber jeder Tag der Gegenwart schien ihr schöner und wichtiger als alle vergangenen Tage. Da ihm aber so viel daran zu liegen schien, daß sie seine Frage beantwortete, streckte sie sich wieder aus und legte ihre Hände hinter ihren Kopf.

Bei den Eisbären, sagte sie. Die Fütterung war gerade vorbei. Die Eisbären waren von ihren Felsen ins Wasser geglitten und hatten nach den Fischen getaucht. Jetzt standen sie wieder auf ihren Felsen, schmutzig weiß, und –

Und was? fragte ihr Mann streng.

Du weißt doch, was die Eisbären machen, sagte sie. Sie bewegen ihren Kopf von der einen Seite zur anderen, unaufhörlich hin und her.

Wie du, sagte ihr Mann.

Wie ich? fragte sie erstaunt und begann für sich im Dunkeln die Bewegung nachzuahmen, die sie soeben beschrieben hatte.

Du hast auf jemanden gewartet, sagte ihr Mann. Ich habe dich beobachtet. Ich kam von den großen Vögeln, die ganz ruhig auf ihren Ästen sitzen und sich dann plötzlich herabstürzen und einmal im Kreis herumfliegen, wobei sie mit ihren Flügelspitzen die Gitter streifen.

Bei den Eisbären, sagte die Frau, gibt es keine Gitter.

Du hast auf jemanden gewartet, sagte ihr Mann. Du hast den Kopf bald nach dieser, bald nach jener Seite gedreht. Der, auf den du gewartet hast, ist aber nicht gekommen.

Die Frau lag jetzt ganz still unter ihrer Decke. Sie hatte das Gefühl, auf der Hut sein zu müssen, und sie war auf der Hut.

Ich habe auf niemanden gewartet, sagte sie.

Als ich dich eine Weile lang beobachtet hatte, sagte ihr Mann, bin ich auf dem Weg weitergegangen und habe mich neben dich gestellt. Ich habe ein paar Späße über die Eisbären gemacht, und auf diese Weise sind wir ins Gespräch gekommen. Wir haben uns auf eine Bank gesetzt und die Flamingos betrachtet, die ihre rosigen Hälse wie Schlangen bewegten. Es war nicht mehr so heiß, und es war sogar ein Hauch von Spätsommer in der Luft.

Damals habe ich angefangen zu leben, sagte die Frau.

Das glaube ich nicht, sagte ihr Mann.

Zieh dich doch aus, sagte die Frau, oder mach das Licht an. Sitzt du wenigstens auf einem Stuhl?
Ich sitze und stehe, sagte der Mann. Ich liege und fliege. Ich möchte die Wahrheit wissen.
Die Frau fing an, in ihrem warmen Bett vor Kälte zu zittern. Sie fürchtete, daß ihr Mann, der ein fröhlicher und freundlicher Mensch war, den Verstand verloren habe. Zugleich aber erinnerte sie sich auch daran, daß sie an jenem Nachmittag im Zoo wirklich auf einen anderen gewartet hatte, und es erschien ihr nicht ausgeschlossen, daß ihr Mann diesen anderen heute getroffen und von ihm alles mögliche erfahren hatte.
Was für eine Wahrheit? fragte sie, um einen Augenblick Zeit zu gewinnen.
Ich habe dich, sagte der Mann, damals nach Hause gebracht. Wir sind noch ein paarmal zusammen spazieren und auch einige Male abends ausgegangen. Jedes Mal habe ich dich gefragt, ob du an jenem Nachmittag im Zoo auf einen anderen Mann gewartet hast und ob du vielleicht immer noch auf ihn wartest und ihn nicht vergessen kannst. Du hast aber jedesmal den Kopf geschüttelt und nein gesagt.
Das war die Wahrheit, sagte die Frau.
Es mochte sein, daß draußen der Morgen schon anbrach, vielleicht hatten sich ihre Augen auch endlich an die Dunkelheit gewöhnt. Jedenfalls tauchten jetzt ganz schwach die Umrisse des Zimmers vor ihr auf. Sie sah aber ihren Mann nicht, und das beunruhigte sie sehr.
Das war nicht die Wahrheit, sagte der Mann.
Nein, dachte die Frau, er hat recht. Ich bin mit ihm spazierengegangen und abends tanzen gegangen, und jedesmal habe ich mich heimlich umgesehen nach dem Mann, den ich geliebt habe und der mich verlassen hat. Ich habe Walther gern gehabt, aber ich habe ihn nicht aus Liebe geheiratet, sondern weil ich nicht allein bleiben wollte. Sie war

plötzlich sehr müde, und es kam ihr in den Sinn, alles das zuzugeben, was sie so lange geleugnet hatte. Vielleicht, wenn sie es zugäbe, würde ihr Mann aus dem Dunkeln herüberkommen und sich zu ihr auf den Bettrand setzen. Sie würde ihm sagen, wie es gewesen war, und wie es jetzt war, daß sie jetzt ihn liebte und daß ihr der andere Mann vollständig gleichgültig geworden war. Sie zweifelte nicht daran, daß es ihr, wenn sie nur ihre Arme um seinen Hals legen konnte, gelingen würde, ihn davon zu überzeugen, daß es so etwas gab, daß eine Liebe erwachen und jeden Tag wachsen kann, während eine andere abstirbt und am Ende nichts ist als ein Kadaver, vor dem es einem graut. Walther, sagte sie, nicht Schatz, nicht Liebling, sie nannte nur seinen Namen, aber sie streckte im Dunkeln ihre Arme nach ihm aus.

Aber ihr Mann kam nicht herüber, um sich zu ihr auf den Bettrand zu setzen. Er blieb, wo er war und wo sie nicht einmal die Umrisse seiner Gestalt wahrnehmen konnte.

Ich war, sagte er, damals noch nicht lange in München. Es war dein Vorschlag, daß ich die Stadt erst einmal richtig kennenlernen sollte. Weil wir noch keinen Wagen hatten, fuhren wir jeden Sonntag mit einem anderen Verkehrsmittel in eine andere Richtung, stiegen an der Endstation aus und gingen spazieren. Immer ist es mir vorgekommen, als ob du auf diesen Spaziergängen jemanden suchtest. Immer hast du deinen Kopf nach rechts und nach links gewendet wie die Eisbären, die die Freiheit suchen, oder etwas, von dem wir nichts wissen, und ich habe dich oft meinen Eisbären genannt.

Ja, sagte die Frau mit erstickter Stimme.

Sie erinnerte sich daran, daß ihr Mann ihr in den ersten Monaten ihrer Ehe diesen Namen gegeben hatte. Sie hatte geglaubt, er täte das in Erinnerung an ihr erstes Zusammentreffen im Zoologischen Garten oder weil sie so dicke weißblonde Haare hatte, die ihr manchmal wie eine Mäh-

ne auf der Schulter hingen. Es war aber, wie sich jetzt herausstellte, kein Kosewort, sondern ein Verdacht.
Später, sagte sie, als wir den Wagen hatten, sind wir am Sonntag ins Freie gefahren. Wir sind durch den Wald gelaufen und haben auf einer Wiese in der Sonne gelegen und geschlafen, du mit deinem Kopf auf meiner Brust. Wenn wir aufgewacht sind, waren wir ganz benommen von der Sonne und dem starken Wind. Es ist uns schwergefallen, die richtige Richtung einzuschlagen, und einmal haben wir viele Stunden gebraucht, um den Wagen wiederzufinden. Weißt du das noch? fragte sie.
Aber ihr Mann ging auf diese Erinnerung nicht ein.
Wir sind ihm einmal begegnet, sagte er.
Ach, hör doch auf, sagte die Frau plötzlich ärgerlich. Geh etwas essen oder laß mich Licht anzünden und aufstehen und dir etwas zu essen bringen. Es ist noch ein halbes Hähnchen im Kühlschrank und Bier. Aber während sie das sagte, wußte sie schon, daß ihr Mann auf ihren Vorschlag nicht eingehen würde. Sie überlegte, womit sie ihn von seinen Gedanken abbringen könnte, und es fiel ihr nichts ein.
Du hast morgen einen schlimmen Tag, sagte sie schließlich, du mußt bis zum Abend die Abrechnungen fertig haben, und wenn du nicht ausgeschlafen bist, wird dir alles noch schwerer fallen.
Wir sind ihm einmal begegnet, sagte ihr Mann wieder.
Die Frau krallte ihre Hände in die Bettdecke und wußte nicht, was sie noch sagen sollte. Wenn es nur hell wäre, dachte sie. Ihr Mann hatte ihr zu Weihnachten einen Toilettetisch geschreinert mit einem Kretonnevorhang* und einer Glasplatte, und sie hatte ihm einen Lampenschirm gebastelt und diesen mit den Gräsern und Moosen, die sie im Sommer gesammelt und gepreßt hatten, verziert. Sie war überzeugt davon, daß diese Dinge, wenn man sie nur sehen könnte, ihr beistehen würden, ihren Mann davon zu

Baumwoll-Leinengewebe, meist bedruckt

überzeugen, daß sie ihn liebte und daß auch er selbst seinen
alten Argwohn längst vergessen hatte.
Wir sind, sagte ihr Mann zum drittenmal, ihm einmal be-
gegnet, und er sagte es mit seiner Stimme von heute abend,
die so eintönig und merkwürdig klang. Wir sind die ⌜Lud-
wigstraße hinuntergegangen auf das Siegestor⌝ zu, es war
ein schöner Abend, und es war eine Menge Leute unter-
wegs. Du hast niemanden besonders angeschaut, es ist
auch niemand stehengeblieben, und es hat dich auch nie-
mand gegrüßt. Ich hatte aber meinen Arm in den deinen
gelegt, und plötzlich habe ich gemerkt, daß du angefangen
hast, am ganzen Körper zu zittern. Dein Herz hat aufge-
hört zu schlagen, und das Blut ist aus deinen Wangen ge-
wichen. Erinnerst du dich daran?
Ja, ja, wollte die Frau rufen, ich erinnere mich gut. Es war
das erste Mal, daß ich meinen ehemaligen Liebhaber wie-
dergesehen habe, und es war auch das letzte Mal. Mein
Herz hat wirklich aufgehört zu schlagen, aber dann hat es
wieder angefangen und so, als wäre es ein ganz anderes
Herz. Während das schöne, kalte Gesicht meines ehema-
ligen Liebhabers in der Menge verschwunden ist, hat es
sich in Nichts aufgelöst, und ich habe mich später an seine
Züge nie mehr erinnern können.
Das alles wollte die Frau ihrem Mann sagen und ihn auch
daran erinnern, daß sie sich damals auf der Straße an ihn
gedrängt hatte und versucht hatte, ihn zu küssen. Sie zwei-
felte aber plötzlich daran, daß ihr Mann ihr glauben wür-
de. Sie hatte das Gefühl, als stände hinter seinen Worten
eine Unruhe, die sie nicht würde stillen, und eine Angst, die
sie ihm nicht würde ausreden können, jedenfalls nicht in
dieser Nacht.
Ich erinnere mich an unseren Spaziergang, sagte sie und
versuchte ihrer Stimme einen gleichgültigen Klang zu ge-
ben. Ich habe keinen Bekannten gesehen. Ich habe so etwas
wie einen Schüttelfrost gehabt, eine kleine Erkältung, und
am Abend habe ich auch Fieber bekommen.

Ist das wahr? fragte der Mann.
Ja, antwortete die Frau.
Sie war traurig, daß sie nicht die Wahrheit sagen durfte, die doch viel schöner war als alles, was ihr Mann von ihr hören wollte. Sie war jetzt sehr müde und hätte gerne geschlafen, aber vor allem lag ihr daran zu wissen, was in ihren Mann gefahren war und warum er kein Licht anzünden und nicht zu Bett gehen wollte.
Dann ist also auch das andere wahr, sagte der Mann mit einem Schimmer von Hoffnung in der Stimme.
Was? fragte die Frau.
Das vom Zoo, sagte der Mann. Daß du auf keinen anderen gewartet hast.
Ich habe auf dich gewartet, sagte die Frau. Ich habe dich nicht gekannt, aber man kann auch auf jemanden warten, den man noch nie gesehen hat.
Du hast mich, sagte der Mann, also nicht genommen, weil du von einem andern Mann im Stich gelassen worden bist. Du hast mich geliebt.
Noch einmal dachte die Frau, wie schmählich es von ihr war, daß sie hier lag und ihren Mann anlog, und noch einmal richtete sie sich auf und wollte die Wahrheit sagen. Es kam aber von der Tür her ein merkwürdiges Geräusch, das wie ein tiefes, verzweifeltes Stöhnen klang. Er ist krank, dachte sie erschrocken und legte sich wieder in die Kissen zurück und sagte laut und deutlich: Ja.
Dann ist es gut, sagte der Mann. Er flüsterte jetzt nur noch. Vielleicht hatte er auch die Schlafzimmertür von außen zugezogen und war im Begriff, die Wohnung wieder zu verlassen. Die Frau sprang aus dem Bett, sie riß an der Kette der Nachttischlampe, und gerade, als habe sie damit eine Klingel in Bewegung gesetzt, begann es vom Flur her laut und heftig zu schellen. Das Zimmer war hell und leer, und als die Frau auf den Vorplatz lief, sah sie ihren Mann auch dort draußen nicht.

Obwohl das Haus, in dem die jungen Eheleute wohnten, ein altmodisches Haus war, gab es seit kurzem in allen Wohnungen Drücker, mit deren Hilfe man die Haustüre öffnen konnte. Walther, sagte die Frau unglücklich. Sie drückte auf den Knopf und öffnete zugleich schon die Wohnungstür und horchte hinaus. Sie wohnten fünf Stockwerke hoch, und fünf Stockwerke lang hörte sie die schweren Schritte, die die Treppe heraufkamen und die, wie sich herausstellte, die Schritte von Polizeibeamten waren. Ihr Mann, sagten die Männer, als sie der Frau auf dem Treppenabsatz gegenüberstanden, sei bei der Ausfahrt von der Autobahn mit einem anderen Wagen zusammengestoßen und schwer verletzt worden. Und als sie das gesagt und eine Weile in das erstaunte Gesicht der Frau geschaut hatten, fügten sie hinzu, daß der Verunglückte sich jetzt auf dem Weg ins Krankenhaus befände, daß aber die Sanitäter, die ihn in den Wagen getragen hätten, der Ansicht gewesen seien, daß er den Transport nicht überleben würde.
Das kann nicht sein, sagte die Frau ganz ruhig, es muß sich um eine Verwechslung handeln. Ich habe mit meinem Mann noch eben gesprochen, er ist in der Wohnung, er ist bei mir. Hier, fragten die Männer überrascht, wo denn? und gingen in die Küche und gingen ins Wohnzimmer und drehten überall die Lampen an. Da sie niemanden fanden, redeten sie der Frau gut zu, sich anzuziehen und sie ins Krankenhaus zu begleiten, und die Frau zog sich auch an, bürstete ihre langen weißblonden Haare und ging mit den Polizisten die Treppe hinunter. Auf der Fahrt saß die Frau zwischen den Männern, die versuchten, freundlich zu sein, und deren schwere Wollmäntel nach Regen rochen. Sie hatte ihren Spaß daran, daß der Fahrer das Martinshorn gellen ließ und alle roten Lichter überfuhr. Schneller, sagte sie, schneller, und die Polizisten glaubten, daß sie Angst habe, ihren Mann nicht mehr am Leben zu finden. Aber sie wußte gar nicht, warum sie in dem Wagen saß und wohin es

ging. Die Worte »schneller, schneller« sagte sie ganz mechanisch, und ganz mechanisch drehte sie ihren Kopf von links nach rechts und von rechts nach links, wie es die Eisbären tun.

14. *Ein Mann, eines Tages*

Ein Mann, eines Tages, betrachtet eine Visitenkarte, auf der geschrieben, aber nicht gedruckt, ein weiblicher Name steht, dreht sie um, so als könne er auch auf der Rückseite noch etwas entdecken, eine Erklärung, aber natürlich, da steht nichts. Der Mann nickt dem Bürodiener unwillig zu, sagt aber, ehe der geht, die Besucherin hereinzuführen, noch: Hören Sie, Backe, wir haben heute abend Gesellschaft, ich muß noch Verschiedenes besorgen, ich habe keine Zeit. Sagen Sie der Dame, sie soll sich kurz fassen, oder besser, kommen Sie nach fünf Minuten und melden Sie ein Ferngespräch auf dem andern Apparat, oder Fräulein Lippold soll die Unterschriftenmappe bringen. Wohl, Herr Direktor, sagt der Diener und macht die Türe hinter sich zu. Der Mann legt die Visitenkarte auf den Tisch und starrt weiter auf den Namen, Helene Soundso, der ihm nichts sagt, ihm eigentlich nur ein Gefühl übermittelt, das aber kein angenehmes ist. Als er die Tür wieder aufgehen hört, nimmt er sich zusammen, steht auf, macht sein Weltbeglückergesicht: Gnädige Frau, was kann ich für Sie tun? Und ist gleich peinlich berührt, weil die Frau nicht antwortet, sondern ihm nur, erwartungsvoll lächelnd, in die Augen sieht. Gott wie unangenehm, eine alte Bekannte, die man erkennen sollte und nicht erkennt.

Entschuldigen Sie, aber im Augenblick, sagt er und denkt erbittert: Ungerecht ist das, sie weiß, zu wem sie kommt, und ich weiß nichts. Womöglich habe ich etwas mit ihr gehabt, aber das muß schon lange her sein, vielleicht will sie Geld, fünfzig Mark, meinetwegen, und dann adieu.

Robert, sagt die fremde Frau lächelnd, ich bin Lena, und streckt ihm die Hand hin, die er nimmt und drückt, sie hat ihren Handschuh ausgezogen, und er bemerkt, nicht ohne Erleichterung, daß sie einen Ehering trägt.

Lena, sagt die Frau, oder Leni, damals noch nicht verheiratet, fliegergeflüchtet im badischen Wiesental, da war ich zwanzig Jahre alt, der Krieg war beinahe zu Ende, aber das wußten wir nicht.

Bitte, sagt der Mann und macht eine elegante Handbewegung, wollen Sie sich nicht setzen, natürlich, jetzt erinnere ich mich, und er erinnert sich auch, nämlich an Küsse in einem Geräteschuppen, und mit dem Namen Leni waren diese Küsse allenfalls in einen Zusammenhang zu bringen, aber mit dieser fremden Dame nicht. Geräteschuppen oder Heuspeicher, Märzgewitter oder Schüsse, und er selbst tagelang nicht aus der Uniform gekommen, dreckig, stinkend, unbegreiflich, daß eine Frau so etwas tut. Vielleicht hat er ihr Geld gegeben, aber was war damals Geld, vielleicht Zigaretten oder zu essen, aber nein, sie hatte ihm zu essen gegeben, vielleicht hatte sie ihm mit ein paar Brotkrusten das Leben gerettet, dem armen verhungerten Schwein.

Die Frau hat sich auf den Besucherstuhl gesetzt, daß sie noch immer lächelt, berührt den Mann unangenehm, was gab es da zu lächeln, wenn einer von ihnen sich gut gehalten hatte, war er es, sie ist keine Matrone geworden, aber ein altes Mädchen, Frauen haben nur zwischen beidem die Wahl. Ein leichtfüßiges altes Mädchen mit rötlichen Haaren, mit fleckigem Teint und Krähenfüßen unter den hellen Augen, und auf den Händen zeigen sich dann auch kleine braune Flecken, diese Hände starrt er jetzt wieder an.

Sie sind verheiratet, sagt er verbindlich, haben Kinder, erzählen Sie. Er schlägt ein Bein über das andere und öffnet den Zigarettenkasten, die besseren Zigaretten für prominente Besucher und die Initialen der Firma stehen auf jeder gedruckt.

Gut, sagt die Frau und greift in den silbernen Kasten, eine Zigarette, damals haben wir auch eine Zigarette geraucht.

Damals, damals, denkt der Mann ärgerlich, wenn sie nur damit aufhören würde, und sagt: Ich kann leider nicht mithalten, ich habe mir das Rauchen abgewöhnt.
Die Frau lächelt wieder, und auch diesmal ärgert er sich, was war denn schon dabei, von seinen Altersgenossen rauchte fast keiner mehr, deshalb brauchte man noch kein Angsthase zu sein. Seine Frau hatte darauf bestanden, und natürlich hatte sie ganz recht gehabt.
Meine Frau, sagt er, vorstellend gewissermaßen, und rückt die große, in Silber gerahmte Photographie so, daß die Besucherin sie sehen kann, und auch sehen kann, wie jung seine Frau aussieht und wie geschmackvoll sie gekleidet ist, enger Rock und Pullover und die dreifache Perlenkette um den Hals.
Aha, sagt die Frau, was von Interesse zeugen kann, aber auch von völliger Gleichgültigkeit, als ob sie sich mit seiner Frau messen könnte, das dürftige Gestältchen, und Pullover ist nicht Pullover, Rock ist nicht Rock. Ich könnte Ihnen, sagt er schnell, auch die Bilder meiner Kinder zeigen, aber ich habe sie zu Hause, zwei Buben sind es, prächtige Burschen, der eine ist schon beim Militär. Auch eine Photographie von unserem Haus könnte ich Ihnen zeigen, eine Wand ist aus Glas, und ein Schwimmbecken haben wir seit dem vorigen Jahr. Der Mann beißt sich auf die Lippen, er haßt es, zu protzen, macht sich nicht viel aus dem Schwimmbecken und schon gar nicht aus der Glaswand, es gibt aber Leute, bei denen sagt man lauter falsche Sachen, dafür kann man nichts, sie fordern einen dazu heraus. Mein Junge, redet er weiter, hat das Sportabzeichen, so heißt es ja jetzt nicht mehr, nun, Sie wissen schon, jedenfalls hat er eine Medaille bekommen beim Skispringen, das ist schon etwas, da darf man kein Angsthase sein.
Kein Angsthase, denkt der Mann plötzlich, er hat das Wort jetzt schon zum zweitenmal gebraucht, und es hat eine Saite an ihm angeschlagen, die noch immer scheppert und

klirrt. Wahrscheinlich, sagt er, bin ich Ihnen zu Dank verpflichtet, und macht eine unwillkürliche Bewegung, die Hand zur Brieftasche, aber auf halbem Wege schon aufgehalten, jetzt liegt seine Hand mit den gut gepflegten Fingernägeln auf der Tischplatte, jetzt greift sie nach dem Telefonhörer, weil der Apparat ein diskretes Summen von sich gegeben hat.

Ihre Frau Gemahlin, sagt die Telefonistin, darf ich sie Ihnen geben? Und er sagt ja, hebt, zu seiner Besucherin gewendet, bedauernd die Schultern und hört sich an, was seine Frau ihm mitzuteilen hat, lauter Aufträge für die Abendgesellschaft in seinem Haus. Ja, sagt er am Ende, wird gemacht, auf gleich, nein, ich bin nicht müde, ich habe Besuch.

Sie müssen entschuldigen, sagt er, als er den Hörer hingelegt hat, wir geben heute abend eine Gesellschaft, ich hätte Sie gern dazu eingeladen, aber es ist geschäftlich, Fusion zweier Unternehmen, es wird ganz langweilig, aber das ist der Beruf.

Dazu bin ich nicht gekommen, sagt die Frau, ich dachte nur, – und hält inne und sieht ihn nachdenklich an.

Wozu also? fragt der Mann unhöflich, und dabei fällt ihm plötzlich alles ein, der kahle Buchenwald über der kleinen Ortschaft, der Befehl, bis zum letzten Mann Widerstand zu leisten, und er war keineswegs der letzte Mann gewesen, aber er war fortgelaufen und hatte sich versteckt. Vielleicht war ihm auch zuerst nur schlecht geworden, und er war in ein Bauernhaus gelaufen und hatte um Wasser gebeten, aber dann war es gekommen, der Nervenzusammenbruch, das Heulen und Schreien und Sich-über-den-Tisch-Werfen, und das alles vor dem Mädchen, das jetzt an seinem Tisch saß und das ihn damals in einem Schuppen versteckt hatte, und zu essen hatte sie ihm gebracht und ihn geküßt. Zu dumm, es hatte sich nur um ein paar Tage gehandelt, dann hatte sich seine ganze Abteilung ergeben, und wenigstens seinen Namen hätte er nicht nennen sollen, oder einen falschen, weil Frauen ein so fürchterliches Gedächtnis haben, für Frauen sind zwanzig Jahre nur wie ein Tag. Er rückt auf seinem Stuhl hin und her und versucht, dem Blick seiner Besucherin standzuhalten, der aber jetzt von ihm abgleitet, die Frau schaut zu Boden, er sieht ihre Augen nicht mehr. Sie redet aber endlich weiter. Vielleicht, sagt sie, vielleicht bist du mir wirklich zu Dank verpflichtet, vielleicht habe ich dir wirklich das Leben gerettet, und nun wollte ich sehen, was das für ein Leben ist.

Was für ein Leben, denkt der Mann erbittert, als wenn er nicht etwas erreicht hätte, Direktor mit noch nicht fünfzig Jahren, Verantwortung für ein paar hundert Menschen, eine Familie, ein Haus. Damals war er 27 Jahre alt gewesen und hatte Gedichte gemacht und gemalt, wahrscheinlich hatten sie davon gesprochen, und jetzt erwartet sie noch immer etwas dergleichen, aber kommt einer noch zu solchen Dingen, wenn ihn der Beruf beim Wickel hat, nicht einmal zum Lesen kommt man mehr, nur seine Frau las abends im Bett und erzählte ihm etwas, und darüber fielen ihm die Augen zu.

Mein Leben, sagt er trotzig und denkt, wie kommt sie dazu, mich zur Rechenschaft zu ziehen, ebensogut könnte ich nach ihrem Leben fragen, wahrscheinlich ist sie Schullehrerin geworden oder Schriftstellerin, sie redet so merkwürdig, ja, das wird es sein. In diesem Augenblick kommt der Diener, der an der Tür geklopft und keine Antwort erhalten hat, ins Zimmer und will sein Sprüchlein sagen, und der Mann fährt auf und sagt: Es ist gut, Backe, Sie können gehen.

Du hast es weit gebracht, sagt die Frau unbefangen und sieht ihn freundlich an. Aber der Mann kann sich darüber nicht freuen, er hat jetzt einen Verdacht, der ihn nicht mehr losläßt, was ihm eben eingefallen ist, kann die Frau weitererzählen, ihrem Mann hat sie es vermutlich schon erzählt. Eine kleine Geschichte, seine Geschichte, natürlich nicht mit seinem Namen, nur ein Herr Direktor, der abends eine Gesellschaft geben und am nächsten Tag feierliche Reden halten soll, ein Vorgesetzter, ein Vorbild, und einmal ist er weggelaufen, man kann schon sagen desertiert, und hat geweint und geschrien. Seine Angestellten werden das erfahren und seine Frau und sein Junge, der bei der Bundeswehr ist, und die Zeiten, in denen man über so etwas nachsichtig geurteilt hat, sind schon lange vorbei. Vielleicht war die Frau gekommen, um sich ihr Schweigen erkaufen zu lassen, Geld, das wäre eine Möglichkeit, aber es gibt eine bessere, ableugnen, alles ableugnen, auch das bereits Zugegebene, jedes Wort. Und kaum, daß sich der Mann hierzu entschlossen hat, beugt er sich auch schon über den Tisch und sieht seine Besucherin liebenswürdig an.

Wie, sagten Sie, fragt er, hieß der Ort, von dem Sie gesprochen haben?

Ich habe es nicht gesagt, antwortet die Frau arglos, aber er hieß Sandhofen, unser Haus war das letzte am Abhang hinter der Kirche, die Bauern, denen es gehörte, hießen Huber, es war da eine Linde und ein steinerner Brunnentrog vor der Tür.

Sandhofen, sagt der Mann mit furchtbarer Glätte, nein, da war ich nie. Ich muß Ihnen etwas gestehen, setzt er hinzu, als Sie hereinkamen, habe ich geglaubt, Sie zu erkennen, aber das war ein Irrtum, ich kenne Sie nicht. Ich war auch gar nie in der Gegend, auch zu Ende des Krieges nicht, da war ich im Westerwald und bin auch da in Gefangenschaft geraten. Mein Name ist nicht eben selten, auch Robert heißen noch andere Leute, es tut mir leid, daß Sie die weite Reise gemacht haben, umsonst.

Robert, sagt die Frau erschrocken, und einen Augenblick lang wird der Mann unsicher, er steht auf und sieht zum Fenster hinaus. Hören Sie, Robert, sagt die Frau hinter seinem Rücken, jetzt duzt sie ihn nicht mehr, jetzt versucht sie nur zu retten, was noch zu retten ist. Ich will doch nichts von Ihnen, sagt sie, wir wollen uns die Hand geben, und dann will ich gehen. Ja, wohin, denkt der Mann böse, in den Wartesaal oder ins Gasthaus, da macht man Bekanntschaften, da kommt man ins Erzählen, und morgen früh bringen sie mein Bild auf der ersten Seite und auf der letzten die Geschichte, nein, ich bin es nicht gewesen, ich gebe nichts zu.

Er dreht sich um und setzt sich wieder an den Schreibtisch, und dabei bringt er es fertig, einen der Klingelknöpfe leicht zu berühren. Nein, wirklich, sagt er, ich war nie im Wiesental, ich habe zuerst geglaubt, Sie zu kennen, aber es war ein Irrtum, ich kenne Sie nicht.

Die Frau starrt ihn an, offenbar zweifelt sie jetzt an ihrem eigenen Verstande, was dem Mann nur recht sein kann. Ja, so irrt man sich zuweilen, redet er weiter, glatt und liebenswürdig, er redet seinen Kopf aus der Schlinge, aber aus was für einer Schlinge, einer ganz anderen, als er wahrhaben will. Aber sicher ist sicher, und nun greift er doch nach einer Zigarette, und wenn die Frau ihn beobachtete, könnte sie seine Finger zittern sehen. Ich hoffe, sagt er, Sie werden Ihren Robert noch finden, wenn ich Ihnen dabei behilflich sein kann, ich bin mit Vergnügen dazu bereit.

Ich finde ihn nicht mehr, sagt die Frau ruhig, ich kann ihn gar nicht mehr finden, Sie haben ihn getötet, aber das ist jetzt egal. Überspannt, denkt der Mann, ich wußte es ja und horcht auf die Schritte seiner Sekretärin, die jetzt, ohne anzuklopfen, ins Zimmer kommt, sie hat die Unterschriftenmappe in der Hand. Darf ich vorstellen? sagt der Mann, Fräulein Lippold, meine Sekretärin, meine Perle, wohin käme ich ohne sie. Fräulein Lippold nickt und wirft einen geringschätzigen Blick auf die Besucherin, die sie vertreiben soll. Ja, nun müssen wir wohl noch ein bißchen arbeiten, sagt der Mann, meine Frau wird auch warten, die Gäste kommen um zwanzig Uhr.

Guten Abend, Herr Direktor, sagt die Frau, und alles Gute, wohlerzogen und ohne alle Ironie. Sie geht schnell vor der Sekretärin durch die Türe, und kaum, daß die beiden verschwunden sind, hat der Mann keine Lust mehr, Briefe zu unterschreiben, und keine Lust mehr, Besorgungen zu machen, und keine Lust mehr, neben seiner schön angezogenen Frau in der Halle zu stehen und die Gäste zu empfangen. Er stützt den Kopf auf die Hände und denkt an damals und rührt sich nicht. Er weiß schon, daß seine Frau am Apparat ist, und weiß auch schon, was sie sagen wird: Na hör mal, das ist doch eine Rücksichtslosigkeit, ja, das ist es auch, aber er antwortet trotzdem nicht. Er denkt weiter an damals, jetzt, wo er die Frau nicht mehr sieht, sieht er das Mädchen ganz deutlich und sieht auch sich selber, tränenüberströmt, zwei junge verlorene Menschen, die beieinander Schutz suchen, reden und träumen, und wie die Schüsse allmählich zum Schweigen kommen, fängt die Wirklichkeit an. Das Leben ein Traum*, der Traum ein Leben*, zwei Theaterstücke haben so geheißen, sie haben sie im Abonnement gehabt, aber er hat nicht hingehen können, er hat keine Zeit. Schade, denkt der Mann und weiß dabei gar nicht, was er bedauert, daß er nicht im Theater gewesen ist oder daß er die Frau hat weggehen lassen oder daß er sein Leben gelebt hat, wie er es gelebt hat, – aber nein, so weit kommt es mit ihm nicht.

Drama des span. Barockdichters Pedro Calderón de la Barca (1600–1681)

Dramatisches Märchen von Franz Grillparzer (1791–1872)

Er steht auf und schließt seinen Schreibtisch ab, auf der Straße sieht er sich um, da ist niemand, jedenfalls keine Frau. Er fährt im Wagen in die Stadt und holt die bereits gerichteten Päckchen, die Läden schließen schon, es ist höchste Zeit. Es ist höchste Zeit, daß er nach Hause kommt, die Zigarette hat ihm nicht gutgetan, vor seinen Augen schwankt die Straße und durchsetzt sich mit Vergangenheit, auch liegt da plötzlich ein junger Mensch, über den er hinwegfährt wie über einen kleinen Erdwall, aber als er erschrocken anhält und aussteigt, ist es nichts, nur ein

Lichtstrahl, ein Wintermondstrahl aus einer Hauslücke, und nur noch um zwei Ecken, dann ist er zu Haus. Am nächsten Morgen möchte er jemanden im Büro nach der Besucherin fragen, ob sie wirklich da war oder nicht, aber wie kann man so etwas fragen, und es ist dazu auch gar keine Zeit. Die Herren kommen schon ins Konferenzzimmer, auch die Presse ist bereits da, und die Photographen stehen mit allerlei Lampen und großen Apparaten bereit. Ein großer Augenblick, Herr Direktor, und: Bitte, Ihre Krawatte, sagt Fräulein Lippold und rückt seine Krawatte gerade, und wahrhaftig, ein neues Stück Leben beginnt.

15. Vogel Rock

Kurz vor drei Uhr bemerkte ich den Vogel in meinem Zimmer. Kurz vor drei Uhr nachmittags, ein schöner Tag im September, draußen schien die Sonne, also nichts von Dämmerung oder unheimlicher Stimmung, keine Spur. Da ich morgens früh aufwache, habe ich nach dem Mittagessen eine tote Zeit und bin unfähig, irgend etwas zu tun. Ich lege mich also mit der Zeitung auf mein Bett, lese ein bißchen und schlafe ein bißchen, übrigens ohne die Vorhänge zuzuziehen, auch die kleine Balkontüre steht offen, und zwar bei jedem Wetter und bei jeder Temperatur. Neben meinem Bett befindet sich ein langer, niederer Tisch, auf dem außer Büchern und Zeitschriften auch Schreibhefte und Bleistifte liegen, die ich gern zur Hand habe, um jederzeit etwas aufschreiben zu können.

Ich habe also auch an dem Tag geschlafen und bin aufgewacht, und zwar diesmal nicht von selbst, sondern von einem merkwürdigen Geräusch, Schlagen wie von schweren Flügeln, aber wer denkt gleich an so etwas, und ich habe auch nicht an Flügel gedacht. Ich habe mich nur gewundert, weil in meiner Nähe sich etwas bewegte und habe die Augen aufgemacht. Den Vogel, einen großen, graubraunen, habe ich dann mit Erstaunen gesehen. Noch nie war einer zu mir ins Zimmer gekommen und war dort herumgeflogen zwischen den rosatapezierten Wänden, was dieser gleich zu Anfang mit einiger Geschicklichkeit tat. Mein Zimmer ist nämlich nicht groß, drei auf fünf Meter würde ich sagen, und es hätte mich nicht gewundert, wenn der Vogel sich bei seinem aufgeregten Hin und Her verletzt hätte und tot zu meinen Füßen niedergestürzt wäre. Er machte aber jedesmal eine rasche Wendung, nicht einmal mit dem Schnabel oder mit seinen Schwanzfedern berührte er die Wand. Wenn er nur, dachte ich, wieder hinunterflie-

gen würde auf den Teppich, und hinausspazieren, zu Fuß sozusagen, wie er doch wohl auch gekommen war, den braunen Teppich für Moos haltend und die rosa Wände für die Morgenröte, aber er tat es nicht, er blieb da oben und fand nicht zurück. Er flog noch eine ganze Weile lang hin und her und versuchte bald auf der Kette des Kerzenleuchters, bald auf dem Rahmen des Spiegels Fuß zu fassen, wandte sich aber auch dort jedesmal blitzschnell wieder ab und strich unter der Zimmerdecke hin. Es war ihm bald anzumerken, daß er müde wurde und nicht aus noch ein wußte, und ich überlegte, wie ich ihm helfen könnte, etwa dadurch, daß ich das Fenster öffnete, das viel breiter als die Balkontüre ist und durch das man ein großes Stück Himmel sieht. Ich fürchtete aber, den Vogel zu erschrecken, und rührte mich nicht. Nur mein Schreibheft hatte ich ganz vorsichtig herübergeschoben und hielt es auf meinen angezogenen Knien.
Dann, kurz nach halb vier Uhr, fing der Vogel plötzlich an zu schreien. Er gab, immer noch hin- und herfliegend, einen langgezogenen und schrillen Ton von sich, und dieser durchdringende und angstvolle Ton erschreckte mich sehr. Ich habe niemals, etwa in einem Käfig, Vögel gehalten und bin Tieren gegenüber überhaupt befangen; auch die zutrauliche und respektlose Art, mit der viele Menschen mit ihren Hunden oder Katzen umgehen, habe ich niemals nachahmen können. Ich bekam darum, als ich die wilde Stimme des Vogels hörte, sofort Herzklopfen. Ich wollte sogar aufspringen und aus dem Zimmer laufen, ich schlug schon mit der Hand die leichte Decke, die über meinen Knien lag, zurück. Es ist aber in diesem Augenblick der Vogel, der wohl meiner jetzt erst gewahr geworden war, plötzlich zur Ruhe gekommen. Er hat sich auf meine Wäschekommode gesetzt und seinen Kopf zu mir herübergewandt. Die ganze nächste Zeit über saß er da oben und sah mich mit seinen gelbumränderten, traurigen Vogelaugen an.

Wenn ich mir jetzt einbilde, daß ich mich von Anfang an vor dem fremden Vogel gefürchtet habe, so ist das nicht wahr. Seine Stimme hat mich einen Augenblick lang beunruhigt, ich habe ihn aber, sobald er wieder still war, ganz ruhig und mit einem gewissen sachlichen Interesse angesehen. Ich habe versucht herauszubekommen, was für ein Vogel es war, und zu diesem Zweck habe ich zuerst einmal festgestellt, was er für eine Körperform hatte, wie lang seine Beine und sein Schnabel waren und wie sein Gefieder beschaffen war. Es hätte mir ohne Zweifel Freude gemacht, ihn einer bestimmten Gattung von Vögeln zuzuordnen, und wahrscheinlich hätte ich mich auch, wenn mir das gelungen wäre, in seiner Gegenwart ruhiger und sicherer gefühlt. Ich habe aber mit diesen Untersuchungen kein Glück gehabt. Obwohl ich eine Menge von Vögeln kenne, gab es doch keinen, dem mein struppiger Gast ähnlich gesehen hätte. Er war ziemlich groß, aber er hatte weder die rostroten Steuerfedern der Trappen noch das bunte Gefieder der Wildtauben, nicht die glänzenden schwarzen Federn der Raben und Krähen, nicht den langen Schwanz der Elster und nicht die Federkrone des Wiedehopfs. Sein Schnabel war lang und gelb wie der einer Schnepfe, und seine Füße waren wie die der Schnepfe stark und niedrig, aber seine Färbung war gleichmäßig und stumpf, es waren auf seinen Federn weder lichte Flecke noch helle Streifen zu sehen. Es gibt ihn also nicht, dachte ich ein wenig beunruhigt, als ich mir noch all die andern Vögel ins Gedächtnis gerufen hatte, die ich zwar nicht aus der Natur kannte, die aber einmal, auf großen farbigen Tafeln abgebildet, in unserem Kinderzimmer hingen. Es gibt dich also nicht, sagte ich laut und stieß dann, weil ich vor meiner eigenen Stimme erschrak, einige lächerliche Pieptöne aus, so als könnte ich mit meinem Gast ins Gespräch kommen, ich wußte aber schon, daß das nicht gelingen würde, und der Vogel rührte sich auch nicht und schaute mich nur immer weiter an.

Soviel ich mich erinnere, habe ich gleich danach, es mochte jetzt etwa vier Uhr sein, angefangen, den Vogel zu zeichnen. Wahrscheinlich habe ich dabei die Absicht gehabt, eine etwa gelungene Wiedergabe des Tieres mit Abbildungen in berühmten vogelkundlichen Werken zu vergleichen und ihn auf diese Weise schließlich doch noch zu identifizieren. Ich zeichnete in mein Notizheft, das ich gegen meine aufgestützten Knie lehnte, ich gab mir Mühe und hatte, da ich, ohne den Vogel zu erschrecken, das Zimmer ohnehin nicht verlassen konnte, Zeit genug. Ich bin auch im Zeichnen ganz geschickt, ich meine auf eine gewisse akademische Weise, ich habe, um mich in dieser Fertigkeit zu üben, verschiedentlich Abendklassen besucht. Es gelang mir aber nicht, den Vogel so, wie er war, aufs Papier zu bringen, und darüber wunderte ich mich sehr. Ich machte vier Zeichnungen, und auf der einen hatte der Vogel Storchenbeine und einen Spatzenkopf, auf der zweiten trug er auf einem dünnen Hals zwei Köpfe, auf der dritten hing er in einer Schlinge und hatte drei Beine, auf der vierten war von ihm fast nur das mir zugewandte Auge, ein riesiges Menschenauge, zu sehen. Ich versuchte es noch ein paarmal, auf immer neuen Blättern, aber es wollte mir nicht gelingen, meine Finger taten nicht, was ich wollte, sondern etwas, was ich gar nicht wollte und was mir den Vogel nicht näherbrachte, sondern ihn fremd und höchst unheimlich erscheinen ließ.

Als ich meine Zeichnungen eine Weile angestarrt hatte, klingelte das Telefon. Bei diesem Geräusch fing der Vogel an, mit den Flügeln zu schlagen und die Augen zu verdrehen, und ich hielt es für besser, auf den Korridor zu gehen und den Hörer abzunehmen, manche Leute lassen den Apparat viele Male klingeln, ehe sie ihren Versuch aufgeben, und das hätte den Vogel gewiß ganz verrückt gemacht. Ich war aber auch sehr froh, auf diese Weise aus dem Zimmer zu kommen, und vielleicht hatte ich auch die Hoffnung, der Vogel würde in meiner Abwesenheit den Mut haben, bis zur Balkontüre und durch die Tür ins Freie zu fliegen. Ich ging also hinaus und redete eine ganze Weile, aber als ich wieder in mein Schlafzimmer zurückkehrte, war der Vogel immer noch da. Er saß immer noch auf der Kommode, nur daß er sich jetzt aufgeplustert hatte, jedenfalls schien er mir jetzt viel größer als vorher. Ich starrte ihn erschrocken an, und dann setzte ich mich hin, diesmal auf einen Stuhl, aber ich zeichnete nicht mehr. Ich muß ihm einen Namen geben, dachte ich und fing an mich zu besinnen. Es fiel mir aber keiner ein, und darüber geriet ich in eine furchtbare Aufregung, so als sei mit einem Namen alles gewonnen, Ruhe und Sicherheit und Glück. Ein Name aus einem Märchen*, aber ich wußte nicht, aus welchem, kam mir endlich in den Sinn, ich wußte auch nicht mehr, was für eine Art von Vogel das gewesen war. Ich schrieb unter meine Zeichnungen die Worte Vogel Rock und sagte sie auch leise vor mich hin, Rock, Rock, Rock, aber eine Beruhigung war das nicht.

Die Märchen aus Tausendundeiner Nacht; vgl. Kommentar S. 238ff.

Ungefähr um fünf Uhr muß ich auf den Gedanken gekommen sein, mir eine Tasse Tee zu machen. Ich ging in die Küche und stellte Wasser aufs Gas, und als das Wasser kochte und ich es auf die Teeblätter gegossen hatte, beschloß ich, das Tablett ins andere Zimmer zu tragen, das ehemals das Zimmer meines Mannes war. Ich hatte aber diesmal die Tür nicht richtig zugemacht, und als ich in das Zimmer meines Mannes kam, sah ich den Vogel schon dort sitzen, und zwar auf einem Tisch, der mit Büchern und Manuskripten bedeckt war. Er saß da nicht ruhig, sondern wandte den Kopf nach allen Seiten, so als wolle er alles in Augenschein nehmen, den Sekretär und die lange Bücherwand und die Couch mit den drei Rückenkissen und den Schreibtischstuhl mit den Armlehnen, die vorn etwas eingekerbt sind, so daß man in die Kerben seine Finger legen kann. Auf eine dieser Armlehnen setzte er sich später, und das war mir sehr unangenehm, weil ich überhaupt niemand Fremden auf diesem Stuhl sitzen lasse, wenigstens wenn ich es vermeiden kann. Die Fenster standen auch in diesem Zimmer weit offen, und während ich auf der Couch saß und meinen Tee trank, überlegte ich, warum der Vogel nicht hinausflöge, es wurde darüber sechs Uhr, und die Sonne ging unter, gerade ⌜in der Lücke zwischen den beiden gegenüberliegenden Häusern, dort, wo die Pappeln stehen⌝. Sie war groß und rot, und als sie hinter den Pappeln verschwunden war, fing der Vogel wieder zu schreien an.

Ich glaube, daß mir schon in diesem Augenblick der Gedanke gekommen ist, den ich damals nicht in Worte zu kleiden wagte und den ich auch heute noch nicht aufschreiben kann. Das Telefon klingelte noch einmal, diesmal war eine Freundin von mir am Apparat, die, kaum daß ich ein paar Worte gesprochen hatte, erschrocken fragte: Was hast du, was ist dir? Und gewiß dachte ich daran, ihr von dem Vogel zu erzählen, aber ich tat es nicht, ich redete mich heraus mit Kopfschmerzen und Übelkeit, ich mußte wohl etwas Verdorbenes gegessen haben, und als meine Freundin herüberkommen und nach mir sehen wollte, sagte ich schnell: Nein danke, ich brauche nur Ruhe, ich gehe ins Bett. Ich dachte aber nicht daran, ins Bett zu gehen, vielmehr zog ich, kaum daß ich den Hörer niedergelegt hatte, meinen Mantel an und lief aus der Wohnung und die Treppe hinunter, wohin ich wollte, wußte ich nicht.

Es war jetzt schon dunkel, aber noch sehr warm, und ich war froh, draußen zu sein. Ich ging eine Weile ziellos durch die Straßen, und dann ging ich zu einem mir befreundeten Ehepaar, das ziemlich weit draußen, schon am Rande der Schrebergärten, ein Häuschen und einen Garten mit schönen alten Bäumen besitzt. Der Mann ist Vogelkenner und überhaupt ein Tierliebhaber, und wahrscheinlich wollte ich mir bei ihm Rat holen, was ich mit dem Vogel anfangen sollte, ein großer Vogel in einer kleinen Stadtwohnung, ein Vogel, der wegfliegen könnte und nicht wegfliegen will. Wie ich es erwartet hatte, saßen meine Freunde im Garten bei einem Windlicht, um das die Nachtfalter schwirrten, in der hohen Rüster* hörten wir die Käuzchen schreien. Über diese Käuzchen wurde gleich gesprochen, und nun hätte nichts näher gelegen, als daß ich meine Frage anbrachte, aber ich habe es nicht getan. Ich habe schon angefangen, denkt euch nur, heute, und bin dann wieder ausgewichen und habe von einem anderen, ganz belanglosen Vorfall berichtet, der schon ein paar Tage zurücklag und den ich nur benützte, um nicht stumm dazusitzen und die großen Bäume im Nachtwind ächzen zu hören. Wir sprachen danach noch einmal über Nachtvögel, aber auf eine ganz nüchterne, fast wissenschaftliche Weise, es wurde die volkstümliche Anschauung von den ⌜Käuzchen⌝ als Todverkündern gar nicht erwähnt, und auch von ⌜Seelenvögeln⌝, das heißt von in Gestalt von Vögeln dem Körper entfliehenden Seelen, war die Rede nicht. Ich machte im Laufe des Abends noch zweimal, aber vergeblich den Versuch, von meinem Erlebnis zu erzählen, und hatte wohl auch im Sinn, mich von meinen Freunden nach Hause begleiten zu lassen, wenn der Vogel dann verschwunden war, um so besser, stellt euch vor, hätte ich dann gesagt, ich habe mich vor ihm gefürchtet, und mit einem Gelächter wäre alles zu Ende gegangen. Ich sagte aber nichts und bat meine Freunde auch nicht um ihre Begleitung, und das war gerade, als ob ich etwas zu verschweigen oder zu verbergen hätte.

Ulme

Es muß ungefähr halb zwölf gewesen sein, als ich mich von meinen Freunden verabschiedete, und kurz vor Mitternacht, als ich nach Hause kam. Sofort, nachdem ich das Licht im Korridor angedreht hatte, sah ich den Vogel, der auf dem schmalen blauen Läufer saß und sich langsam auf mich zubewegte. Er ging nicht, wie am Nachmittag auf dem Büchertisch, hochbeinig den Flur entlang, sondern kroch auf dem Bauch, wobei er seine Flügel weit ausgebreitet nachschleppte. Der Korridor ist ebenfalls recht schmal, darum streifte der Vogel mit seinen Flügelspitzen die Wände, was ein seltsam fegendes Geräusch hervorrief, so wie wenn große Schwärme von Zugvögeln in geringer Höhe vorüberziehen.

Der Vogel schien mir viel größer als vor meinem Weggehen, niemals hätte er jetzt noch auf der schmalen, mit allerlei Sachen vollgeräumten Wäschekommode Platz gehabt. Er war so groß, daß ich erschrak und am liebsten gleich wieder zur Türe hinausgelaufen wäre. Aber dann blieb ich doch stehen und überlegte, was ich tun könnte, die Nachbarn wecken oder die Feuerwehr anrufen, von der ich wußte, daß sie mit Hilfe von langen Leitern oft verirrte Tiere aus den Wipfeln der Bäume oder von den Dächern herunterholt. Ich hätte aber, um zum Telefon zu gelangen, an dem Vogel vorbeigehen oder vielmehr über ihn hinwegsteigen müssen, und das wagte ich nicht. Ich wagte gar nichts, und eine Zeitlang machte ich aus Feigheit einfach die Augen zu. Als ich sie wieder öffnete, war der Vogel mir noch ein Stück näher gekommen. Er saß jetzt bei der Türe zum Wohnzimmer, die offenstand, und auch die Fenster im Wohnzimmer standen noch immer offen, und ich konnte über den Pappeln zwei Sterne sehen.

Geh fort, dachte ich, und vielleicht sagte ich es sogar, verstört und verwirrt, wie ich war, mit dem riesigen Vogel zu meinen Füßen, von dem ich mir schon vorstellte, wie er mir auch ins Schlafzimmer folgen und schließlich auf meiner Brust hocken würde. Denn der Vogel drängte sich jetzt ganz nah an meine Füße, und ich spürte seine staubige Wärme an meinem nackten Bein. Er war sehr groß und häßlich, und seine Augen waren trübe und ohne Glanz, und als ich auf ihn herunter- und gerade in seine traurigen, kalten Augen sah, gab er ein merkwürdiges Krächzen von sich, und jeden Augenblick konnte er wieder anfangen zu

schreien. Zum erstenmal roch ich ihn auch, er hatte den Geruch von trockenen Tannennadeln, auf die den ganzen Tag die Sonne geschienen hat, aber am Abend kriechen die fürchterlichen Schatten eines modrigen Talgrundes wie Nacktschnecken über sie hin.
Sie wissen, wie man ein Tier verjagt. Man klatscht in die Hände und stößt den Atem wie eine Lokomotive ihren Dampf von sich, und wenn das nicht hilft, stampft man mit den Füßen, bewegt die Arme wie Windmühlenflügel und schreit. All das habe ich am Ende dieses Tages getan, und der Vogel hat sich wirklich gerührt, er ist ins Zimmer gekrochen und von dort zum Fenster hinausgeflogen, ziemlich ruhig übrigens, ohne wildes Flügelschlagen und ohne einen Laut. Es hat während seines kurzen Fluges merkwürdigerweise so ausgesehen, als flöge jeder Teil des Tieres für sich, der Kopf für sich und die Flügel für sich und der Schwanz für sich, es war Luft zwischen dem allen, wie bei einem Ding, das sich in seine Bestandteile aufzulösen beginnt. Einen Augenblick lang habe ich ihn auch draußen noch schweben sehen, er war jetzt wieder klein, nicht größer als ein gewöhnlicher Vogel, und kaum, daß er das Fenster hinter sich gelassen hatte, war er auch schon nicht mehr da. Ich bin gleich durch das Zimmer gelaufen, um ihm nachzusehen, vielleicht wollte ich auch das Fenster hinter ihm schließen. Es war aber da gar nichts mehr, kein Schatten von den stillen, nachtbleichen Häusern, keine Bewegung auf die Pappeln zu. Da war nur ich, die jetzt ihre Arme nach dem verschwundenen Vogel ausstreckte und weinte und die am nächsten Tag und am übernächsten Tag und noch viele Tage lang mittags zitternd vor Erwartung auf ihrem Bett lag, aber der Vogel kam nicht, und ich weiß, er kommt auch nicht mehr.

16. Jennifers Träume

Am 2. April wird Jennifers achter Geburtstag gefeiert. Sie bekommt eine Torte, die ihre Mutter selbst gebacken und mit silbernen Zuckerperlen verziert hat, und darf ihre Freundinnen einladen. Am Abend verbringt sie eine Stunde im Zimmer ihres Vaters, eines Rechtsanwalts, der sich in seiner Freizeit mit dem Aufnehmen und Abhören von Tonbändern beschäftigt. Um Jennifer Vergnügen zu machen, steht Herr Andrew an diesem Abend bei einer Sinfonie von Schostakowitsch* auf und dirigiert, und Jennifer, die glaubt, daß alle diese Töne wirklich auf sein Geheiß erklingen, sieht ihn bewundernd an.

Sowjet. Komponist (1906–1975)

Am 3. April erzählt Jennifer ihrer Mutter gleich nach dem Aufwachen einen Traum. Sie ist über eine gewölbte Brücke gegangen, sie hat einen Teich voll Seerosen gesehen. In dem schlammigen Teich haben Kühe bis zum Bauch im Wasser gestanden, ein kleines rotes Auto ist über den Hof gefahren, und der Kies hat geknirscht. Frau Andrew findet das alles nicht besonders aufregend, schon gar nicht komisch, aber Jennifer lacht noch in der Erinnerung über das ganze Gesicht.

Am 4. April erwacht Jennifer mit derselben strahlenden Miene wie am Morgen vorher. Sie erzählt von jungen Schwänen und von einem Spiegelzimmer, in dem sie Spinnweben von den erblindeten Scheiben gewischt hat. Frau Andrew muß über Jennifers Begeisterung lachen, weil das Kind im wachen Zustand zur Hilfe im Haushalt nur schwer zu bewegen ist.

Am 5. April sieht Frau Andrew, die einmal gehört hat, daß in Träumen die Erfahrungen des vergangenen Tages lebendig werden, in Jennifers Bilderbüchern, auch in ihren Schulbüchern nach. Sie findet aber nichts, das den Traumbildern ihrer Tochter entspricht. Am Abend dieses Tages berichtet sie ihrem Mann von der sonderbaren Verzückung, in der sich Jennifer befindet, wenn sie von ihren Träumen erzählt. Sie erwähnt auch, daß Jennifer ihre nächtlichen Erlebnisse als Träume nie bezeichnet. Ich war, sagt sie, da und dort, ich habe dies und jenes getan. Herr Andrew wundert sich darüber nicht.

Am 7. April wacht Jennifer in derselben Glückseligkeit auf wie alle Tage vorher. Sie sagt aber nichts, und Frau Andrew fängt an, ihr Fragen zu stellen. Hast du wieder etwas Schönes geträumt, will mein Mäuschen mir heute gar nichts erzählen, heraus mit der Sprache, flink, flink. Woraufhin das Strahlen in Jennifers Augen erlischt und sie auf ihrem Marmeladebrot herumkaut mit mürrischem Gesicht.

Am 8. April stellt Frau Andrew fest, daß Jennifer blaß aussieht und Ringe um die Augen hat. Sie läßt den Stuhlgang des Kindes auf Würmer untersuchen, obwohl sie davon überzeugt ist, daß die Ursache von Jennifers schlechtem Aussehen nur ihre Träume sind.

Nach dem 10. April redet Jennifer wieder, ist guter Laune: Ich war in einem Heckengarten, ich habe mich verlaufen und dann doch zurechtgefunden, ich bin auf einem Pferd mit schwarzer Mähne geritten, ich war im Gewölbe. Über dieses »Gewölbe« versucht Frau Andrew vergebens Näheres zu erfahren. Sie hört aber nur, daß Jennifer dort nicht allein war, sondern mit einer Frau, die ihr mit einem großen Taschentuch die Tränen abgewischt hat. Du weinst also? fragt Frau Andrew überrascht. Jennifer antwortet: Es weint aus mir, aber nicht, weil ich traurig bin.

Am Abend des 13. April beklagt sich Frau Andrew bei ihrem Mann über Jennifer, die ihre Mutter jetzt manchmal lange ansieht, kritisch und kalt. Laß das Kind in Ruhe, sagt Herr Andrew, frag nicht mehr, sag nichts mehr, auch diese Zeit geht vorüber, und vielleicht schon bald. Frau Andrew, die vor ihrem Mann, vielleicht gerade wegen seines ernsten und einsiedlerischen Wesens, großen Respekt hat, nimmt sich vor, nicht mehr nach Jennifers Träumen zu fragen. Sie ahnt aber schon, daß sie ihrem Vorsatz nicht treu bleiben wird.

Am 15. April geht Frau Andrew bei strömendem Regen in die Stadt, um einen Film abzuholen, den sie zum Entwickeln gegeben hat. Sie hat die Aufnahmen erst vor kurzem gemacht. Mehrere zeigen des Vorstadthäuschen in der Märzsonne, eine ihren Mann im Garten, ein Beet umgrabend, eine Jennifer, wie sie vor der Haustür auf der Treppe sitzt und auf eine unbeschreiblich beunruhigende Weise nirgendwohin schaut. Diese Aufnahme zerreißt Frau Andrew in ganz kleine Fetzen, die sie im Abfalleimer unter Kohlstrünken und Teeblättern vergräbt.

Am 17. April erzählt Jennifer am Morgen wieder von der fremden Frau. Die Frau hat Kaninchenfleisch in einer Schüssel gewaschen, und ihre Hände waren voll Blut. Jennifer hat es gegraust, und sie hat sogar weglaufen wollen. Die Frau hat nicht gescholten, sie hat ihre Hände unter viel strömendem Wasser gewaschen, und am Ende war kein Blut mehr zu sehen. Die Frau ist mit Jennifer in den Garten gegangen und hat sie umarmt. Küßt sie dich auch? fragt Frau Andrew argwöhnisch. Jennifer sagt nicht ja, nicht nein, macht aber ein Gesicht, als ob mit dem Wort küssen die Seligkeit dieser Berührung gar nicht auszudrücken sei. Frau Andrew empfindet eine so heftige Eifersucht, daß sie sie nicht einmal ihrem Mann einzugestehen wagt.

Am 21. April bleibt Frau Andrew, die bemerkt hat, daß Jennifer neuerdings, statt wie früher vor dem Schlafengehen endlos herumzutrödeln, gleich nach dem Abendessen ins Bett verlangt, auf dem Bettrand der Tochter eine volle Stunde sitzen. Sie erzählt aus ihrer Kindheit, liest vor, singt Lieder, deren Texte sie nicht richtig auswendig weiß. Wie ging das weiter, fragt sie, erinnerst du dich? Aber Jennifer hat schon lange nicht mehr zugehört. Sie dreht das Gesicht zur Wand.

Am 23. April spielt Frau Andrew, die ihre Tochter verhext glaubt, mit dem Gedanken, einen jener Priester zu rufen, die in der Stadt London mit allerlei frommem Hokuspokus die Poltergeister vertreiben. Weil aber von nächtlicher Ruhestörung nicht die Rede ist und auch weil Frau Andrew fürchtet, ihren Mann durch solchen Aberglauben zu erzürnen, führt sie diesen Gedanken nicht aus.

Am 25. April dringt Frau Andrew in die Tochter, ihr mehr von der fremden Frau zu erzählen. Wie sieht sie aus, wie sind ihre Haare, wie alt ist sie, was für Kleider trägt sie, schläfst du bei ihr und in was für einem Zimmer, in was für einem Bett? Jennifer antwortet nicht, sie erbricht ihr Frühstück und kann erst eine Stunde später in die Schule gehen.

Am 30. April erbricht Jennifer wieder ihr Frühstück, obwohl von ihren Träumen diesmal die Rede nicht war. Frau Andrew läßt den Hausarzt kommen, der mit Jennifer Späße macht, sie ah sagen läßt und ihr das Augenlid herunterzieht. Als Frau Andrew sieht, daß ihm nichts anderes einfällt, schickt sie ihn ungeduldig weg. An der Tür dreht sich der Arzt noch einmal um und sagt: Und Sie, Frau Andrew? und sieht ihr aufmerksam ins Gesicht. Frau Andrew, die genau weiß, daß sie schlecht aussieht und fahrige Bewegungen hat, sagt zornig: Mir fehlt nichts, mir geht es gut, ich mache mir nur Sorgen um Jennifer, und an meinem Mann habe ich keine Stütze, der kümmert sich um nichts.

Am 3. Mai ist Frau Andrew nicht mehr so sicher, daß ihr Mann von Jennifers Träumen nichts wissen will und auch nichts anderes weiß, als was er von ihr selbst erfahren hat. Als sie gegen Abend in sein Zimmer tritt, sitzt Jennifer auf einem Schemel zu seinen Füßen, und er spielt mit ihren langen Haaren. Frau Andrew kommt es vor, als hätten die beiden leise miteinander gesprochen und schwiegen nun, wie Verschwörer, die man beim Pläneschmieden ertappt. In der Nacht setzt sich Frau Andrew im Bett auf und sagt schluchzend: Du und Jennifer, Jennifer und die Frau, um mich kümmert sich niemand, ich bin allein. Herr Andrew beruhigt sie, er hat nie mit Jennifer über ihre Träume gesprochen, sie kommt manchmal abends in sein Zimmer, meistens wenn er Musik macht, aber gelegentlich auch so.

Am 10. Mai erzählt Jennifer ihrer Mutter am Morgen wieder bereitwilliger, aber nun immer nur von der fremden Frau, ihren weichen Händen, ihrem tiefen Lachen, ihrem hellen Haar. Sie ist schöner als du, sie ist lieber als du, und zum erstenmal kommt Frau Andrew auf den Gedanken, daß Jennifer gar nicht träumt, nie geträumt hat, sondern das alles nur erfindet, um ihr weh zu tun. Sie versucht sich an jede Einzelheit von Jennifers angeblichen Geschichten zu erinnern. Gab es da nicht viel zuwenig Irrationales, traf Jennifer nicht immer an denselben Orten dieselbe Frau? So träumt man nicht, denkt Frau Andrew, so erfindet man, und in bestimmter Absicht, in böser Absicht gewiß.

Am 13. Mai kommt Frau Andrew beim Bettenmachen, beim Einkaufen, beim Kochen, beim Bügeln, von diesem Gedanken nicht los. Sie geht vor dem Schlafengehen zu ihrem Mann und sagt außer sich: Jetzt weiß ich es, es gibt keine Träume, nur ein halbverrücktes, gehässiges Kind. Herr Andrew erschrickt, er schiebt seiner Frau einen Stuhl hin und streicht ihr mit der Hand über das Haar. Dann fängt er wieder an, zum Guten zu reden, sie sind alle überreizt und sollten ausspannen, er schlägt eine gemeinsame Reise, dann, weil die Ferien noch in weiter Ferne liegen, einen Wochenendausflug vor. Andrews haben auf dem Land keine Verwandten und wenig Bekannte, schließlich erinnert sich Frau Andrew eines Ehepaars, das einmal neben ihnen gewohnt hat, das aber, vor etwa neun Jahren, aufs Land gezogen ist. Zwischen den beiden jungen Paaren hatte sich damals ein freundschaftliches Verhältnis entwikkelt, noch jetzt werden Neujahrsgrüße ausgetauscht, die jedesmal auch eine herzliche Einladung enthalten. Die Fergussons, sagt Frau Andrew, und freut sich, daß sie auf den Gedanken gekommen ist. Ihr Mann stimmt ihrem Vorschlag, wenn auch ein wenig zögernd, zu.

Am 16. Mai, einem Donnerstag, melden sich Andrews bei ihren alten Freunden Eddie und Liz Fergusson telefonisch an. An diesem und am nächsten Tag bereiten sie ihren Ausflug vor. Jennifer, die in der Aussicht auf eine kleine Reise ganz die alte ist, packt ihr Krämchen; sie bleibt am Abend bei den Eltern sitzen, die auf der Landkarte die Straßen heraussuchen, welche zu dem recht abgelegenen Besitz der Freunde führen. Frau Andrew näht Jennifer ein schottisches Röckchen, schließlich waschen alle drei zusammen den Wagen und freuen sich, daß er glänzt wie neu.

Am 18. Mai, um 8 Uhr früh, als die Andrews losfahren, ist zwar diesiges Wetter, aber es steht auch in den Vorstadtgärten vieles in Blüte, Flieder, Schneeballen und Tränendes Herz. Die kleine Familie hat sich auf den Vordersitzen zusammengedrängt, wenn der gutgelaunte Vater schalten will, sagt er: Verzeihen Sie, meine Dame, und Jennifer rutscht kichernd ein Stückchen weg. Frau Andrew legt ihren Arm um die Tochter, das hätten wir längst tun sollen, denkt sie, einmal heraus aus dem Alltag, und alles wird gut. Jennifer, die sich zuerst mit blanken Augen umgesehen hat, wird bald schläfrig, schläft auch ein bißchen, um 11 Uhr, als sie aufwacht, sind keine Straßen und Häuser mehr um sie, sondern Wiesen und Wald.

Am 18. Mai um 11 Uhr steht der Wagen am Straßenrand still. Herr und Frau Andrew haben die Karte ausgebreitet, sie sind sich nicht einig über den bei der nächsten Kreuzung einzuschlagenden Weg. Nach links, sagt Jennifer ruhig. Die Eltern lachen, fahren dann aber wirklich nach links auf eine kleine Ortschaft zu. Beim Dorfausgang gibt es noch einmal eine kleine Meinungsverschiedenheit, über die Jennifer den Kopf schüttelt. Nach rechts, sagt sie, an der Eiche vorbei, und weil ein entgegenkommender Radfahrer denselben Bescheid gibt, fährt Herr Andrew nach rechts an der Eiche vorbei. Und wohin nun, kleine Hellseherin? fragt er lustig, als sich mitten im Sumpfwald der Weg noch einmal verzweigt. Jennifer sagt, nachdem sie ihre Umgebung gründlich ins Auge gefaßt hat: Jetzt wieder nach links durch den Hohlweg, wenn wir da herauskommen, ist schon die Brücke zu sehen. Ihr Gesicht glänzt plötzlich vor Freude, sie rutscht aufgeregt auf ihrem Sitz hin und her. So kann Daddy nicht fahren, sagt Frau Andrew streng, während ihr Mann Jennifer von der Seite verwundert betrachtet. Im Hohlweg schlagen die Zweige an die Wagenfenster, es riecht nach Schnecken und Pilzen, beim Herauskommen sieht man eine gewölbte Brücke und einige Stallgebäude, Kühe stehen bis zum Bauch in einem schlammigen Teich. Es ist plötzlich heiß, fast schwül, und Frau Andrew reißt sich das Seidentuch vom Hals. Zum Haus geht es bergauf, sagt Jennifer jetzt eifrig, um die Ställe herum. Was weißt denn du, gar nichts weißt du, sagt Frau Andrew, deren gute Laune plötzlich verflogen ist. Aber es stimmt, als sie den Hügel hinaufgefahren sind, sehen die Andrews das Wohnhaus, einen eher bescheidenen Bau, dem aber einige weißblühende Magnolien großen Glanz verleihen. Auf der Treppe steht Liz Fergusson und kommt auch schon die Treppe herunter und über den Hof gelaufen, und die Andrews wundern sich, wie jung sie aussieht, fast jünger als in der vergangenen gemeinsamen Zeit. Und das ist Jennifer, sagt Frau Andrew nach der ersten Begrüßung und wendet sich nach dem Kinde um. Da hat aber das sonst so scheue Mädchen bereits seine Arme um Liz Fergussons Hals gelegt und sie geküßt.

Am 18. Mai um 12 Uhr gehen, weil auf den Hausherrn noch gewartet wird, die Andrews mit ihrer alten Freundin noch nicht ins Haus, sondern auf dem Anwesen umher. Sie sehen einen Heckengarten, jungen Schwäne, einen Jährling mit schwarzer Mähne und stehen noch einmal auf der gewölbten Brücke, über die sie hergefahren sind. Auf der Brücke nun beugt sich Liz Fergusson zu Jennifer und sagt leise, aber doch laut genug, daß Frau Andrew ihre Worte verstehen kann: Dir brauche ich ja nichts zu erklären, du kennst alles, du bist immer hier, und Jennifer freut sich und nickt. Sie gehen danach noch durch einen halbverfallenen unterirdischen Gang, und dort fürchtet sich Jennifer ein bißchen, und die Freundin Liz umfaßt ihre Schultern und zieht sie an sich wie zum Schutz. Frau Andrew ist beklommen zumute, sie nimmt ihren Mann beiseite und fragt, ob sie nicht am Abend schon wegfahren könnten. Herr Andrew hat nichts dagegen, es ist ihm recht.

Am 18. Mai fährt in einem roten Wagen Eddie Fergusson auf den Hof. Er winkt und ruft schon von weitem, und sobald er ausgestiegen ist, stellt sich das heiter-nachbarliche Verhältnis von einst wieder her. Beim Essen, das in einer Art von Spiegelzimmer eingenommen wird, beim Spaziergang und später beim Tee werden Erinnerungen ausgetauscht und Späße gemacht. Frau Andrew ist jetzt guter Dinge, sie gibt sich Mühe zu übersehen, daß Jennifer die Hand der alten Freundin nicht losgelassen hat und nicht aufhört, sie anzustarren. Auch ein paar Blicke, die zwischen ihrem Mann und Liz Fergusson hin- und hergehen, will Frau Andrew nicht bemerken, obwohl diese Blikke recht seltsam sind, nämlich wortlos und tief und von einem fast ungehörigen Ernst.

Am 18. Mai um 18 Uhr brechen die Andrews auf, obwohl sie zum Übernachten mehrmals herzlich aufgefordert worden sind. Auf dem Heimweg schläft Jennifer an der Brust des Vaters, während Frau Andrew fährt. Um das Kind nicht zu wecken, sprechen sie nicht. Als sie zu Hause angelangt sind, bringt Frau Andrew Jennifer sofort zu Bett. Dann sucht sie, was sie sehr lange nicht getan hat, ihren Mann in seinem Arbeitszimmer auf und hört zu, wie er eines seiner Tonbänder ablaufen läßt. Das Fenster steht

offen, und es riecht nach feuchten Gartenwegen und jungem Laub. Frau Andrew sitzt in dem Kinderstuhl, den sonst Jennifer benützt. Sie sieht aus wie manchmal in ihrer Mädchenzeit, verwundert und leer. Wir dürfen morgen nicht vergessen, den Klempner zu bestellen, sagt sie, als das Klavierstück zu Ende ist. Nein, das dürfen wir nicht vergessen, sagt ihr Mann und sieht sie liebevoll an.
Am 19. Mai und an allen folgenden Tagen trödelt Jennifer beim Zubettgehen und läßt sich von der Mutter eine Geschichte nach der andern erzählen. Eines Morgens sagt sie, ich habe geträumt und berichtet Kunterbuntes – von der Brücke, den Kühen im Wasser, dem unterirdischen Gang und der fremden Frau ist die Rede nie mehr.

Anhang

Autopoetologische Aussagen
Lesung 1951

Als ich vor einigen Wochen versprach, Ihnen vor dem Lesen etwas über Form und Inhalt der Kurzgeschichte im allgemeinen zu sagen, habe ich geglaubt, daß das eine sehr leicht zu bewältigende Aufgabe sei. Ich habe mich an die berühmten Novellen der Weltliteratur erinnert und gemeint, daß man nur eine jener Novellen mit einer modernen Kurzgeschichte in Vergleich zu setzen brauche, um das Wesen dieser beiden Kunstformen eindeutig zu bestimmen. Aber ich muß Ihnen gestehen, daß ich mit solchen Versuchen aufs kläglichste gescheitert bin. Ich habe sogar ganz im Gegenteil erkennen müssen, daß eine feste Abgrenzung zwischen der alten Novelle und der modernen Kurzgeschichte gar nicht versucht werden kann. Dieser wie jener steht als ein völlig andersartiges Gebilde nur der Roman gegenüber. Wenn man ihn, auf eine etwas grobe Weise, kennzeichnet als einen Schauplatz des Allgemeinen und als einen Raum, in dem sich Entwicklung vollzieht, hat man schon ausgedrückt, was die kurze Geschichte nicht ist, was sie nicht sein kann und nicht sein darf.

Dieser Gegensatz zum Roman, der in gewissem Sinne schon für die Novelle galt, wird im Lauf der Zeiten immer deutlicher, und in dieser langsamen Veränderung scheint mir recht eigentlich die historische Entwicklung der Kurzgeschichte zu bestehen. Es wirkt verwirrend, daß ⌜der Ausdruck »Short story«⌝ schon vor mehr als hundert Jahren in Nordamerika geprägt wurde und daß er auch recht behaglich erzählte Geschichten von 50-100 Buchseiten umfaßt. Aber was zu jener Zeit als Forderung aufgestellt wurde, gilt doch noch heute, und es gilt ebenso für die Alte wie für die Neue Welt. Denn was man von dieser Kunstform verlangte, war das Besondere im Gegensatz zum Allgemeinen, die

Einheit im Gegensatz zur Vielfalt des Geschehens. *Eine* Gestalt im Brennpunkt der Strahlen, *ein* Ort, *eine* Landschaft als Schicksalsträger, *ein* begrenzter Zeitraum, das sind die Beschränkungen, die, fast im Sinne der antiken Tragödie, geübt werden müssen und die der Darstellung besondere Kraft verleihen. In solcher Beschränkung gilt es dennoch, das Ganze zu fassen. Die abwegigste Erscheinung muß im Leser alle Saiten seiner Empfindung zum Mitschwingen bringen, das sonderbarste Geschehen muß etwas enthalten von den ewigen Rhythmen, denen jedes Menschenleben unterworfen ist.

Diese Forderungen werden wir in den großen Novellen und Kurzgeschichten der Weltliteratur alle erfüllt finden. Eine historische Veränderung ist dennoch festzustellen. Aber wie ich schon sagte, scheint mir diese Veränderung nur in einer immer strengeren Auffassung solcher Notwendigkeiten und in einer immer größeren Straffung und Zusammenfassung zu bestehen. Schon im Jahr 1882 verlangte ⌈Matthew Arnold⌉, daß eine Kurzgeschichte »in einem Zuge« lesbar sein müsse. ⌈»Auf einen Sitz«⌉, so drückte er es aus, und man könnte daraus die Schlußfolgerung ziehen, daß wir die jetzige Form der Kurzgeschichte unserem Mangel an Sitzfleisch verdanken. Aber mir kommt diese Auslegung ebenso oberflächlich vor wie die ⌈landläufige Erklärung⌉ der gedrängten Form aus den Veränderungen des amerikanischen Zeitschriftenwesens im 19. Jahrhundert. Ich halte die Entwicklung für eine zwangsläufige, die mit äußeren Gegebenheiten wenig zu tun hat. Aber um Ihnen das verständlich zu machen, muß ich Ihnen zuerst sagen, worin für meinen Begriff das Wesentliche der modernen Kurzgeschichte besteht.

In der modernen Kurzgeschichte, das heißt also in der gestrafften, oft dramatisch knappen, manchmal im reinen Dialog oder im Sprechstil geschriebenen Darstellung eines Einzelvorgangs, sehe ich nämlich ein sehr gemäßes Ausdrucksmittel unserer Zeit. Ich erkenne in ihr die Möglichkeit, unsere so oft geschmähte Diskontinuität* zu Gehör zu bringen und sie zugleich zu überwinden. Zwar offenbart sich die neue Form zunächst als der Ausdruck unserer Unfähigkeit, den Sinn eines Ganzen zu überblicken oder die volle Entwicklung eines Charakters darzustellen. Aber ich kann in dieser Unfähigkeit nicht etwas durchaus Negatives erkennen. Denn die Teilstücke, die wir einzig und allein noch zu überblicken vermögen, sind doch jedes ein Mikrokosmos*, in dem der Herzschlag des Ganzen zu spüren ist. Und wenn wir versuchen, diese Tatsache zum Ausdruck zu bringen, wenn wir Geschichten schreiben, die ⌜nach Saroyans Wort⌝ das ganze Universum und den Menschen an sich umfassen, werden wir für uns selbst und für die andern die großen Zusammenhänge neu entdecken.

Zusammenhanglosigkeit; Vorgänge mit zeitlichen und/oder räumlichen Unterbrechungen

(griech.) Die Welt im Kleinen – die Welt der Menschen als verkleinertes Abbild des Universums

Aber diese Möglichkeit, aus der Not der Diskontinuität eine Tugend zu machen, ist nicht der einzige Grund, aus dem heraus mir die Kurzgeschichte so besonders unserer Zeit entsprechend erscheint. Schon die Novelle hatte es vor allem mit dem Menschen zu tun, und zwar mit dem Menschen in seiner Rätselhaftigkeit oder seiner Auslieferung an das rätselhafte Sein. Schon in früheren Zeiten kam bei dieser Kunstform wenig zum Ausdruck von Entwicklung und Überwindung, schon seit langem ist dieses Feld der künstlerischen Betätigung ein Schauplatz der Anklage, gegen die Gesellschaft, gegen die irdischen oder unirdischen Mächte, die den einzelnen bedrohen. Ich erinnere Sie an die stille, bis zum Schluß nicht aufgeklärte Tragödie des rätselhaften Schreibers in ⌜Melvilles »Bartleby«⌝, an das tragische Gegenüber von Schein und Wirklichkeit in der ⌜Geschichte von der Perlenkette von Maupassant⌝, an die Überwältigung des Menschen durch die äußere Not in ⌜der »Roten Katze« von Luise Rinser⌝, endlich an die ⌜»Killers« von Hemingway⌝, die hier für eine ganze Reihe von amerikanischen Unterweltsgeschichten stehen. Jede dieser Erzählungen reißt einen Abgrund auf, jede ist, wenn Sie wollen, pessimistisch, und jede ist doch auf ihre Weise tröstlich, indem sie den Menschen in die unendliche Reihe der Auch-Leidenden, der Mühseligen und Beladenen stellt.

Indem ich Ihnen diese vier Geschichten, die aus so verschiedenen Zeiten stammen, ins Gedächtnis zurückrufe, lenke ich zugleich Ihre Aufmerksamkeit auf die verschiedenen Möglichkeiten der Darstellung, die auch heute, trotz der allgemeinen Straffung und Verdichtung, noch unzählige sind. Die dramatische Zuspitzung, die Pointe, ist keineswegs immer vorhanden; es gibt Kurzgeschichten, die anmuten wie ein kleiner Ausschnitt Leben, ohne Rückerinnerung, ohne Vorschau, beinahe zufällig erfaßt. Bei diesen Geschichten ist der ⌜Paukenschlag ein fast unhörbarer⌝, er besteht eher in der Unerbittlichkeit des Fortgangs und gleicht einem dunkeln Vibrieren der Atmosphäre, das der ewigen Ohnmacht des einzelnen entspricht. An die Seite der ⌜»unerhörten Begebenheit«, die Goethe verlangte⌝ und die in den Kleistschen Erzählungen und Anekdoten in so atemberaubender Dichtigkeit vorgetragen wird, tritt das Aufzeigen dessen, was es alles gibt, auf dieser Erde, unter uns Menschen, für die eben dieses bedrohte Menschsein fast das einzige Bindeglied ist. Von ⌜Goethes Novellen⌝ zu den »Killers«, von ⌜Stifter⌝ zu Saroyan führt ein langer Weg, auf dem viele Dinge ihre Bedeutung geändert haben. Die Natur, in den »Bunten Steinen« noch so oft Erlösung und Erhebung, enthüllt heute selbst dort, wo sie als Feld der menschlichen Arbeit geschildert wird, all ihre Fremdheit und Dämonie. Der Schauplatz der Gespenster, die noch in ⌜Maupassants »Horla«⌝, in ⌜Ewers' »Spinne«⌝ halb außermenschliche Züge tragen, ist die Menschenseele selbst, in der die Natur in abwegigen Leidenschaften und ungezügelten Trieben für ihre Bändigung durch die Technik Rache zu nehmen scheint. In den Visionen des Traumes, auch des Wachtraumes (ich denke an die ⌜Kindheitsgeschichten von E. Langgässer⌝) werden diese verborgenen Bereiche zur Anschauung gebracht, wobei sie die Realität oft auf eine verwirrende Weise durchdringen. War schon für die Novelle das Fehlen einer sittlichen Entwicklung kennzeichnend, so begnügt sich die moderne Kurzgeschichte vollends mit dem Aufzeigen der Erscheinung, wobei freilich ein kurzes Aufleuchten wahrer Menschlichkeit die Dinge immer wieder ins rechte Verhältnis zu setzen vermag.

Daß die moderne Kurzgeschichte als Teilstück des ⌜Theatrum mundi⌝ in Europa nur schwer eine Leserschaft findet, ist durchaus nicht so unerklärlich, wie es zunächst scheint. Was sich schon im vergangenen Jahrhundert in der Neuen Welt als ein Vorteil darstellte, das »Auf einen Sitz«-Gelesen-werden-Können, trägt bei uns in keiner Weise zu ihrer Beliebtheit bei. Die Überzahl der europäischen Leser verlangt noch immer den dicken Roman, in dem viele Schicksale ineinander verflochten und menschliche Entwicklungen über lange Zeiträume hinweg durchgeführt werden. Man will gar nicht »auf einen Sitz« fertig werden, sondern immer wieder, bei jeder abendlichen Mußestunde, heimkehren zu den schon bekannten Personen, in die vertraute Welt. Und man verlangt nach Kenntnis von Ursprung und Ende, nach Lösung der Probleme, nach einem Ganzen, das auf irgendeine Weise den Sinn des Weltgeschehens enthüllt.

Von alldem kann bei der modernen Kurzgeschichte die Rede nicht sein. Sie gibt keine Lösungen, keine Rezepte, selbst die Aufforderung ⌜»Du mußt dein Leben ändern«⌝ wird nicht mehr ausgesprochen, und nur der Hellhörige erfährt, warum gerade dieses Teilstück Leben hervorgehoben, diese Menschengestalt festgehalten wird. Dem Leser wird viel zugemutet an Ergänzungen und Abrundung, aus der oft banalen Wechselrede muß er die Gefühls- und Gedankenwelt der Personen, aus einem scheinbar nebensächlichen Vorgang ein ganzes Schicksal erkennen. Die Welt des Guten, Schönen und Sinnvollen kann nur erahnt werden als ein Ziel ewiger Menschenhoffnung, und nur in der Sehnsucht nach Liebe und Heimat spiegelt sich noch etwas von dem Vorhandensein des Gottesreiches, das in der alten Novelle hier und dort noch zur Erscheinung kam.

So ist es denn die Unbefriedigung, das Nichtgestilltwerden der Neugierde wie der Erlösungssehnsucht, die die kurze Geschichte bei uns so unbeliebt macht. Es ist dennoch denkbar, daß das Verständnis für eine neue schöpferische Art des Lesens im Wachsen begriffen ist. Auf solches Verständnis aber kann nur hoffen, wer sich bemüht, im Einzelgeschehen wirklich das Ganze des Universums und in der Einzelgestalt wirklich den Menschen an sich zu enthüllen.

[...]

Die Möglichkeiten der Kurzgeschichte

Die Möglichkeiten der Kurzgeschichte sind fast unbegrenzt. Von ⸢der besonderen Begebenheit der alten Novelle⸣ bis zum pointelosen Ausschnitt aus einem alltäglichen Menschenleben ist nahezu alles denkbar, auch jede Form, die einfache Erzählung, die direkte oder indirekte Rede, das Zwiegespräch und der innere Monolog.

Der Schreiber von Kurzgeschichten muß seine Gestalten ebensogut wie die eines Romans kennen, auch wenn er sie dem Leser gerade nur vorstellt, um sie alsbald wieder ins Dunkel zu entlassen. Die alte Frau ⸢in meiner Erzählung »Ja, mein Engel«⸣ bewegt sich auf der kleinen Bühne der Kurzgeschichte verhältnismäßig lang, von einer ⸢Einheit der Zeit ist keine Rede, auch nicht von einer des Ortes⸣, da sie von Zimmer zu Zimmer und endlich in die Bodenkammer und ins Krankenhaus zieht.

Die innere Einheit, auf die gerade eine Kurzgeschichte nicht verzichten kann, besteht in »Ja, mein Engel« nur durch die immer gleichbleibende Haltung der alten Frau, durch die fast idiotisch anmutende Geduld und Freundlichkeit, die sie ihrer Umgebung gegenüber bewahrt. Wie so viele alte Leute wird sie von der auf die natürlichste Weise selbstsüchtigen neuen Generation in die Enge, aus dem Eigenen und schließlich aus dem Leben getrieben – und glaubt sich doch, in einem fast grotesken Mißverstehen, bis zu ihrem letzten Atemzug geliebt: nur der Leser durchschaut die Grausamkeit der einfachen Vorgänge, nur in seinem Blickfeld und gewissermaßen gegen den Willen der Hauptfigur soll in meiner Geschichte die Tragödie des Alterns erscheinen. Die Geschichte wird von der alten Frau selbst erzählt, sie ist eine einzige Verteidigung der Jugend und des wie immer gearteten Lebens und wird vielleicht gerade deswegen zur Anklage – solche indirekte Art der

Darstellung gerade in der Kurzgeschichte hat es mir seit einiger Zeit angetan. Die großen Lebensvorgänge sind mir wichtiger als die Eigenschaften des Individuums – wie in »Ja, mein Engel« treten auch in andern meiner neuen Geschichten die persönlichen Eigenschaften der Menschen und ihre persönliche Tragik hinter die allgemeine Tragik des menschlichen Daseins zurück.

Autobiographische Prosa
Aus: Orte

ICH einst im Buchsbaum, ich einst im Haselgebüsch, versteckt unter dem roten Kinderzimmertisch, immer schluchzend, von Tränen überströmt. Ich tue mir leicht weh, und man tut mir leicht weh, ⌜die Geschwister, die Mutter, der Vater⌝, der mich übersieht. Lola, der schwarze Hund des Gärtners, ist ein Schrecken, wie der Gärtner selbst, der rothaarige, der die Kinder mit seiner Hacke bedroht. Ich will lauter Freude, aber meine Wünsche werden von geheimnisvollen Mächten immer wieder durchkreuzt. Später schreibe ich dasselbe verzweifelte Glücksverlangen meinen Gestalten zu. Die Welt soll in Ordnung sein, ist aber nicht in Ordnung, scheint während meiner Lebenszeit immer mehr aus den Fugen zu gehen. Darum das Schwarzsehen, die poésie noire*. Aus lauter Glücksverlangen, das aber nach und nach immer unpersönlicher wird, nicht mehr mich selber meint. Wer ausspricht, bannt, und der Wunsch, das Schreckliche zu bannen, mag die Ursache meiner traurigen Gedichte und pessimistischen Geschichten gewesen sein. Der Grund, warum ich selbst, zu aller Erstaunen, heiter sein konnte, harmonisch, ohne Launen. Allerdings genügte mir, die schlimmen Dinge anzuzeigen. Eine Kämpferin war ich nie.

(franz.) Schwarze Poesie

Seelandschaft bei Potsdam

Schrecken der Kindheit. Das Nicht-einschlafen-Können, mit den fest schlafenden Geschwistern im Zimmer, dem Schlag der Kuckucksuhr, böser Vogel, mit dem Wind draußen und den Sternen draußen, dem letzten Räderrollen, der ersten Dämmerung, lauter Vorgänge, an denen teilzunehmen ein Frevel war, für den man bestraft werden würde, auf unvorstellbar entsetzliche Art. – Das Frieren der Kinder, die gezwungen wurden, viele Stunden am Tag in der »frischen Luft« mit halb erstarrten, heftig schmerzenden Händen und Füßen, auf den Havelseen* Schlittschuh zu laufen, und wie wir da vor Müdigkeit oder Ungeschick hinfielen und wieder aufstanden mit blutenden Knöcheln, und die Tränen gefroren auf dem Gesicht. Wie wir uns in die Getränkebude flüchteten, in die heiße, rauchige Luft, den Berliner-Pfannkuchen-Duft, da aber nicht bleiben durften, kaum einige Minuten lang. – Die Furcht vor den Hunden auf dem Schulweg, bösen bissigen Hunden, die als solche auf einem Schild am Gitter ausgewiesen waren, die bereits zu bellen anfingen, wenn man noch weit entfernt war, und die sich, während man vorbeilief, mit fetten Leibern, keuchenden Mäulern gegen den schadhaften Zaun warfen, jeden Tag, jeden Tag. – Die Furcht vor Feuersbrünsten, die wir nie oder doch erst viele Jahrzehnte später erlebten, die Gardinen in Flammen, die Treppe in Flammen, der Sprung aus dem Fenster, als Kind ja, aber später, im New Yorker dreißigsten Stock.

WIE ich einmal mit dem englischen Fräulein durch den Charlottenburger Schloßgarten ging. Wir hatten ein englisches Kinderbuch mitgenommen, aus dem ich vorlesen sollte und auch vorlas, zu meiner Verwunderung hatten wir uns dazu aufs Gras gelegt, unter schöne schattige Bäume und in einiger Entfernung vom Weg. Die Engländerin, die wir Cacol nannten und die wir sehr liebten, sah den Polizisten schon von weitem, dachte aber nicht daran, sich aus ihrer bequemen Lage zu erheben, und unterbrach mein Vorlesen nicht. Ich sah erst auf, als mir der Pickelhaubenschatten* aufs Buch fiel, und erschrak, denn Schilder, die das Betreten der Rasenfläche verboten, standen überall. Der Polizist zog sein Notizbuch, jetzt, dachte ich, kommen wir ins Gefängnis, zu Wasser und Brot. Name und Adresse, sagte der Polizist streng, und Cacol nannte lächelnd eine ganz fremde Straße und einen fremden Namen, auch ich wurde von ihr umgetauft, ich war ihre Tochter und wohnte bei ihr. Wir gingen alle drei über den Rasen, und der Polizist verließ uns unfreundlich, wir würden von ihm hören, das leichtsinnige Lachen der Engländerin hatte ihn in seiner Beamtenehre gekränkt. Kaum, daß er um die Ecke war, fing ich an zu tanzen und zu springen, ⌜»Gott sei Dank, daß niemand weiß, daß ich Rumpelstilzchen heiß«⌝. Ich empfand, was geschehen war, als Befreiung und malte mir aus, wie der Polizist uns in der fremden Straße suchen und nicht finden würde. Das englische Fräulein war in meinen Augen eine Heldin, und wie gern hätte ich wirklich in der unbekannten Straße und allein mit ihr gewohnt. Stolz erzählte ich zu Hause, was sie mir zu erzählen nicht verboten hatte. Daß daraufhin die Tage der lustigen Cacol, ihre Tage im Hause eines deutschen Offiziers, gezählt waren, konnte ich nicht begreifen.

In der preuß. Armee gebräuchlicher Lederhelm mit Metallspitze

Frankfurter Straße, in der M. L. Kaschnitz wohnte

DER schmale Korridor in der Wiesenau* und ⌜deine Heimkehr⌝, die ganz gewöhnliche, am Abend, nicht etwa nach Luftangriffen, überstandenen, oder nach Reisen in tieffliegerbeschossenen Zügen, vielmehr am Alltag, Heimkehr aus dem Seminar oder der Bibliothek, aber das genügte, der Schlüssel, der sich in der Wohnungstür drehte, und schon schlug mein Herz schneller, höher wie man so sagt. Küsse und Fragen, wie war es – wie war es, das Stückchen Leben allein oder mit andern, und alles war wichtig, aber das Wichtigste ist doch die Umarmung, die erste, zu der ich dir auf dem Korridor entgegenlief, zu der du deine Büchermappe auf den Boden warfst, alle Tage, ja, verrückt, alle Tage. Als hätte uns auch in Friedenszeiten eine schreckliche Gefahr gedroht, Gefahr des Sichverlierens. So kommt es, daß ich auch das Geräusch des sich drehenden Schlüssels noch immer, immer wieder höre und aufspringe und den Korridor hinunterlaufe, meinem ⌜vieljährigen Alleinsein⌝ zum Trotz.

⌜ICH hab' mein Sach auf nichts gestellt⌝, kein Spruch, der besser auf meinen Mann gepaßt hätte, der nichts in die Ehe gebracht hatte als eine gotische Johannesfigur, einen Schrank voll von Büchern über Archäologie und moderne Kunst, Schopenhauers* Werke und drei Reihen Langenscheidt-Klassiker, auch eine Lupe, ein Fernglas und eine Tischuhr, die schon sein Vater besessen hatte. Er, der auch später nichts sammelte, sehr ungern in Geschäfte ging und beim Anprobieren eines neuen Hutes auf das fürchterlichste das Gesicht verzog, fühlte sich wohl in den von mir ererbten Möbeln; nur einmal haben wir einen Stuhl, einmal drei kleine Teppiche gekauft. In seiner Schreibtischschublade fand ich nach seinem Tode außer einigen alten Pässen ein Taschenmesser in einem Lederetui und zwei Miniaturwörterbücher, altgriechisch-deutsch und deutsch-altgriechisch; er, der weit mehr ein Kunsthistoriker als ein Altphilologe* oder Altertumswissenschaftler war, hatte immer gefürchtet, philologisch nicht auf der Höhe zu sein. Ferner ein lateinisches Buch, eine Beschreibung von Liebeskünsten, zerfleddert und in einen großen Briefumschlag gesteckt. Alles in allem doch ein recht kleines Gepäck für eine Lebensreise und ein Zeichen für den fahrenden Gesellen, der er immer geblieben ist. Nur mir zuliebe hat er aus der bombenbedrohten Großstadtwohnung einiges herausgeschleppt, zum Beispiel den persischen Spiegel, der dann im Taunus, zusammen mit seiner einzigen bedeutenden Erwerbung, dem Terrakottakopf eines Landarbeiters von Riccio*, gestohlen worden ist.

Arthur Schopenhauer (1788–1860), dt. Philosoph

Sprach- und Literaturwissenschaftler für alte Sprachen

Andrea Riccio (ca. 1470–1532), ital. Bildhauer der Renaissance

Erinnerungen an Neapel, die unheimliche Stadt, und an den Hirten, die bekleidete Krippen-Figur, die ich einmal geschenkt bekam und der ein Bein fehlte. Den armen Leuten, denen ich in der Stadt Neapel begegne, fehlen Unterschenkel, Unterarme und Hände, und zwar nicht nur den alten Bettlern, sondern auch Kindern, was mich entsetzt. Kinderhände, von Maschinen zerstückelt, von Fahrzeugen zermalmt, Fahrlässigkeit, mit Gleichmut hingenommen, Elend und Gleichgültigkeit und der Lärm der engen Straßen, das infernalische* Brausen von grellen Schreien durchtönt. Kaum zu überwindende Angstgefühle, mit denen ich allein fertig werden muß; meinem Mann sind sie fremd. Ihm gefällt das Zufällige, das Chaotische, er denkt nicht an Feuersbrünste und Erdbeben, nicht an Krankheitskeime und Seuchengefahren; was mich erschreckt, regt ihn an. Weil ich sehe, daß er in dieser Stadt glücklich ist, sage ich ihm nie, daß ich die Tage, ja die Stunden bis zur Abreise zähle, und er merkt es nicht, bemerkt mich gar nicht über all dem, was in seine Augen fällt, die verwitterten Sarkophage* und grünüberhangenen Portale, die Losverkäufer mit ihren kleinen, bunten Papageien, die Prozessionen, die Mandolinenspieler, die Buckligen, die syphilitischen* Kinder, die kleinen schwarzen Wellen am Hafen von Santa Lucia*, die großen, leuchtenden Mädchenmünder unter dem niedergeschlagenen Blick. Neapel, min Ul, din Nachtigall*, und allein hättest du hier umhergehen sollen, aber du gingst ja allein. Und nur am Golf waren wir wieder zusammen, hatten die Stadt im Rücken, und vor uns die ewige Brandung und ⌜die 6. amerikanische Flotte⌝, diese in der Zeit nach dem Krieg.

Höllisch, teuflisch

Steinsärge

Geschlechtskrank

Der Hafen von Neapel

Sprichwort: Was dem eine Eule, ist dem andern eine Nachtigall.

WIEN, Leopoldstadt* und Tanzen, allein im Zimmer, nicht etwa aus Fröhlichkeit, sondern aus Verzweiflung, weil damals das ⸢Todesurteil⸣ über dich schon gesprochen war, und ich doch nicht daran glauben wollte und mir Mut zutanzte im abgeschlossenen Badezimmer, mit langen Tanzschritten, weichen Wendungen zu gesummter Melodie. An der altmodischen Badewanne, dem blindgemachten Fenster hin. Verrückt, ja, verrückt, und auch das war verrückt, das Singen auf der Straße zu eben derselben Zeit. Auf den Straßen der Leopoldstadt, auf der Brücke über den Donaukanal. Diese idiotischen selbsterfundenen Verschen, fällt ein Winterreif, geht ein Todeswind, halt die Ohren steif, Soldatenkind. Das alles auf dem Wege ins Krankenhaus, den ich zu Fuß zurücklege, gewiß, um nicht so schnell anzukommen. Tanzen und singen, so als könnte ich ihn damit am Leben erhalten (und er lebte ja danach tatsächlich noch zwei Jahre lang; wenn auch mit krauser Sprache, so doch mit dem alten, von Geist und Liebe erfüllten Blick).

Stadtteil Wiens

ICH gehöre nicht zu den Witwen, die jedes Jahr ihre kleine Reise machen, nach Spanien, nach Kreta, ein bis zwei Flugstunden entfernt, in den fremden Städten Sightseeing gehen, im Hotelspeisesaal allein am Tischchen sitzen und abends noch ein paar Schritte spazieren, ebenfalls allein. Schon der Gedanke an eine solche Unternehmung löst Panikstimmung in mir aus, ich sehe mich am winzigen Tischchen sitzen und aufspringen und schreien. Was die Bilder und Plastiken in den Museen betrifft, so mag ich keine mehr sehen, ich weiß, er wäre damit nicht zufrieden. Vielleicht ist mir auch nur der Gedanke entsetzlich, nichts fragen, mich nicht mitteilen zu können. Dabei gibt es doch das Notizbuch, die kleine Elsheimer-Landschaft* könnte ich beschreiben, könnte versuchen zu sagen, warum sie mich bezaubert, was steht dem entgegen, eine Trägheit, eine Gleichgültigkeit, wozu, wem nützt es, vielleicht nicht einmal mir selbst. ⌜A thing of beauty⌝*, und ich erinnere mich doch, wie ich nach den Monaten in der häßlichen Wiener Wohnung, dem entsetzlichen Spitalzimmer, beim Heimkommen, das heißt in der ersten Nacht zu Hause, meine Nachttischlampe, diese kleine geriefte Säule mit dem Früchtekranz und den Palmetten mit Entzücken betastet habe. Es gibt Notwendigkeiten, auch solche der Schönheit, ich habe das damals gebraucht, es hat mich getröstet, mit dem unheilbar Kranken im Nebenzimmer und den ewigen unterdrückten Tränen und fast gar keiner Hoffnung mehr.

Adam Elsheimer (1578–1610), Maler meist kleinformatiger Gemälde

(engl.) Schönes gibt ewige Freude.

Es ist sieben Uhr abends, schrieb er mir an einem Sonntag in der Wiesenau*, ich habe noch mit niemandem ein Wort gesprochen und werde auch keines mehr sprechen, ich fühle mich dabei merkwürdig wohl. Nach dem Empfang dieses Briefes habe ich mich gefragt, ob die Ehe mit ihrem beständigen Gedanken- und Gefühlsaustausch nicht für jeden Mann eine Überforderung darstellt, wenn es so nicht wäre, so spielte er doch, vorübergehend allein gelassen, nicht inmitten der Großstadt den Trappisten*, den Einsiedler für seine ganze bisherige Welt. Nicht existieren, mit niemandem sprechen, den Telephonhörer nicht abnehmen, die Haustür nicht öffnen, und schon schlagen die lianenbeladenen Zweige des Urwalds über uns zusammen, schon sind wir allein. Mir hat es gefallen, daß er diesen Zustand in einem gewissen Sinne genossen hat, ich liebte ihn mehr, weil er auch sein konnte ohne mich.

Frankfurter Straße, in der M.L. Kaschnitz wohnte

Kath. Orden, dessen Angehörige einem Schweigegebot unterliegen

Die Zeit danach, ich meine ⌜nach seinem Tode⌝, dieses erste Jahr allein, ich habe daran keine unangenehmen Erinnerungen, im Gegenteil, ich hatte das Gefühl, von ihm gezogen und geführt, in einem seltsamen Zwischenreich zu leben, in dem es nie ganz hell wurde, aber auch nie kalt, nie stürmisch. Nach zwei Jahren des Entsetzens herrschte eine Art Frieden. Ich hatte einiges zu tun mit der Bereitstellung seiner Manuskripte, noch mehr mit der Wiederaufrichtung seines Bildes aus einunddreißig Ehejahren, Bild des Gesunden, vor das sich immer wieder das andere schob, die schwere Hand auf meinem Arm, die unsicheren Bewegungen, die Stimme, die ihm nicht gehorchte, Sätze formte, die zwar ich verstehen konnte, aber eben nur ich. Dieses Bild mußte weg, und ich schob es beiseite, immer wieder, mit unermeßlicher Anstrengung, versuchte auch seine Stimme, die eigentliche, wieder zu hören, die lebhafte, die liebevolle, die ich vor der Operation zuletzt gehört hatte, was noch schwerer war, als das Bild wiederherzustellen. Eigentlich war ich ja schon seit damals allein, mußte alles entscheiden, hatte nur die cara presenza, die cara esistenza*, die unverändert schönen, seelenvollen Augen, konnte auch fragen und bekam unbeholfene Antwort, las ihm vor und merkte, daß er alles verstand. Ich wollte aber das Frühere wiederhaben, wenigstens in der Erinnerung, das war meine Beschäftigung in diesem ersten Witwenjahr, ich warf meine Netze aus. Einiges ließ sich fangen, alles nicht, ich hatte doch auch Angst gehabt, nicht nur um ihn, sondern auch vor ihm, ein paarmal hatte ich ein böses, fast irres Aufblitzen seiner Augen bemerkt, oder eine feindliche Bewegung, und hatte den Tisch wie einen Schutzwall vor mein Bett gezogen in der Nacht. Zwei Jahre gegen einunddreißig Jahre, und der Kampf hörte erst auf, als ich mich treiben ließ, ihm nach, und nichts mehr wollte und nichts mehr versuchte, da ließ er mich frei.

(ital.) Die geliebte Gegenwart, die geliebte Existenz

Wie der Mond uns auf die Betten schien in unserem Schlafzimmer in der Via Sardegna*, und Glyzinienduft kam von der Hauswand herein. In meinem Traum, einem bestimmten, in der Mitte der zwanziger Jahre geträumten Traum, werde ich aber nicht vom Licht des Mondes, sondern von der Stimme meines Mannes geweckt. Komm jetzt, sagt er, steh auf, komm mit. – Wieso denn, wohin denn, sage ich, mitten in der Nacht? – Komm, wiederholt mein Mann und ist schon aus dem Bett. Ich laufe ihm nach auf den kleinen Vorplatz, dann ins Wohnzimmer, das aber seltsam verändert ist, mit fremden Möbeln verstellt. Obwohl mein Mann kein Wort mehr sagt, weiß ich doch, daß er die Absicht hat, sich das Leben zu nehmen, und daß er von mir erwartet, daß ich ihm folge in den Tod. Aber warum denn, denke ich, sind wir denn nicht glücklich, lieben wir uns nicht? Mein Mann sieht mich ernst an, er tritt ans Fenster und greift nach meiner Hand. Sollte, denke ich, alles ein Irrtum gewesen sein, nur ich glücklich und du gar nicht, natürlich komme ich mit dir, wenn du es willst. Ich bin aber entsetzt bei dem Gedanken und sträube mich, ich will leben, noch nie ist mir das Leben so begehrenswert erschienen. Daraus, daß wir so dicht am Fenster stehen, schließe ich, daß mein Mann die Absicht hat, sich und mich hinabzustürzen, eine Todesart, die mir immer besonders widerwärtig erschienen ist. Ich weiß aber, daß ich meinem Mann mit meinem Jawort vor dem Altar auch das Jawort zu unserem Tod gegeben habe. Ja, ja, ja, sage ich, obwohl mir sehr übel zumute ist und es mir leid tut, daß ich so jung sterben soll. Bei meinem letzten verzweifelten Ja wache ich auf, wir liegen in unseren Betten und halten uns bei der Hand. Ich wage am nächsten Morgen nicht, meinem Mann den Traum zu erzählen, ich tue es erst, als er sich wiederholt, nach dem zweiten- oder drittenmal. Wir führen lange Gespräche darüber, wer die Schuld an einem Traum trägt, der Träumer oder sein Traumgegenstand, und mein Mann wehrt sich

Eine der röm. Adressen des Ehepaars Kaschnitz

gegen meine Absicht, ihm die Schuld zuzuschieben, heftig genug. Ich bin aber überzeugt, daß in ihm, auch gerade in glücklichen Zeiten, ein starker Todeswille lebte, und wie hätte er mich zurücklassen mögen, da wir uns doch als ein einziges Wesen empfanden.

Ich, auf meinem Bett, auf einem Liegestuhl, im Gras sitzend, immer mit angezogenen Knien, auf den Knien das Schreibheft, das Kinderschulheft, in das ich Gedichte schreibe, oder Bruchstücke von Gedichten, oder Prosa, eine Stunde, zwei Stunden, dann werde ich ungeduldig, dann habe ich genug. Das Bett ist mein Zuhause, oder die aus Stahl geflochtene Liegestatt in Italien oder das elende Holzbett in Sparta, es kommt nicht darauf an. Nur auf die Stellung, das halbe Liegen, auf den Abstand zwischen Auge und Papier, auf den Stift in der Hand. Das Nirgendwomehrsein, nicht zu Hause, nicht auf der Reise, nur bei dem, was ich mir ausdenke, bei meinen Gestalten, meinen Worten, die ich mir auch laut vorsage, die sich auf eine bestimmte Art und Weise verbinden müssen und in einem bestimmten Sinn. An Theorie steckt nicht viel dahinter, es sind alles Versuche, vieles wird ausgestrichen, die Seiten, auf die das blaue Winterlicht der Wiesenau* in Frankfurt oder das grelle Junilicht der römischen Terrasse gefallen ist, sehen am Ende wie Schlachtfelder aus. Wie im Panzerschrank sitze ich, sehe nichts, höre nichts, auf der Heftseite begibt sich etwas, was meine höchste Aufmerksamkeit verlangt. Was ist das schon, zwei Stunden Arbeit, doch nach dieser Zeit ist meine Kraft zu Ende, da muß ich aufspringen, hinauslaufen, auf die Straße, an den Fluß. Wind, Wasser, da fülle ich mich langsam wieder auf.

Frankfurter Straße, in der M.L. Kaschnitz wohnte

NEIN, gewiß habe ich niemals einen übel aussehenden Fremden in meine Wohnung aufgenommen, ihn gar in das eigene Bett gelegt, wo denken Sie hin? Nie habe ich mich als Krankenschwester in Seuchengebiete verschicken lassen, der Gedanke kam mir einfach nicht. Ich war immer träge, liebte meine (rechte einfache) Bequemlichkeit, wollte für meinen Mann, mein Kind, meine Freunde da sein, wollte schreiben, will es noch, wenn vielleicht auch alles, was ich zu sagen habe, schon gesagt worden ist und ich mit Fiebermessen und Töpfchenausleeren mehr helfen könnte als mit Gedichten und Essays. Ein schlechtes Gewissen, ja, das hatte ich wohl ab und zu, besonders im Alter, als ich mich, wenigstens in Worten, für die Entrechteten und Hungernden hätte einsetzen können, das aber aus Schüchternheit und Angst vor jeder sogenannten Angabe selten tat. Ich war gastlich und habe mit fremden Menschen, die sich an mich wendeten, und mit Briefen an diese Menschen mehr Zeit, als ich verantworten konnte, vertan. Ich konnte nicht nein sagen, aber auch zu keiner Sache, die mir nicht nahe kam, ein überzeugtes Ja. Meine Nächsten waren meine Nächsten im ganz wörtlichen Sinne, nicht die Neger in Harlem*, sondern die Freunde von früher und die jungen Leute von jetzt, der Briefträger, die Aufwartefrau, die Leute im Haus. Ein guter Teil meiner Freundlichkeit war Gefallsucht, ist es noch, weswegen ich über mich zu Gericht sitze von Zeit zu Zeit.

Stadtteil von New York, in dem hauptsächlich Schwarze wohnen

Ich bekam einen Brief von einer Gleichaltrigen, darin stand, wir wohnen alle in der Todeszelle, niemand besucht uns, wir dürfen den Raum nicht verlassen, nur warten, bis man uns abholt, und das Gerüst wird schon gezimmert, im Hof. Ich begreife die Briefschreiberin nicht, ich weiß, daß ich sterben werde, aber wie in einer Todeszelle fühle ich mich nicht. Ich höre die wilden, heftigen Geräusche des Lebens und spüre die Sonne und den Eisregen auf der Haut. Das Alter ist für mich kein Kerker, sondern ein Balkon, von dem man zugleich weiter und genauer sieht. Von dem man unter Umständen, vom Blitz getroffen oder von einem Schwindel überkommen, hinabstürzt, nicht weil es so dunkel und einsam ist, sondern weil die Sonne übermächtig scheint.

Ich habe Nebel gern, Novemberdunkelheit, verkrieche mich, hatte schon als Kind eine Vorliebe für die Berliner Portierswohnungen, die im Souterrain* liegen und aus deren Fenstern man nur die Füße und Beine der Vorübergehenden sieht, Schutzort für die, denen das grelle Licht weh tut, denen die Sonne jedoch auch glänzend und herrlich sein kann, weshalb ich auch später zum sonnigen Süden ein seltsam zwiespältiges Verhältnis habe. In einem Lande leben zu müssen, in dem die Sonne nicht untergeht, erschiene mir die größte Strafe. Ich brauche die Dämmerung, ich brauche die Nacht. In ⌜Ostpreußen war es⌝, wenn man, gegen ein Uhr eine Gastwirtschaft verlassend, auf die Straße trat, noch hell oder wieder hell, im Süden fällt die Nacht herunter wie ein Stein, verläßlich, immer zur selben Zeit. In ⌜Rio⌝ hockte man in der Nacht wie in einem Brutofen, auch das war lästig, zur Nacht gehört Kühle, wie in Rom, wo man um Mitternacht auf den Schaukelstraßen von einem rauschenden, funkelnden Wassersturz zum andern fährt, zuletzt zur Acqua Paola*, hoch am Hügel, und die Windstöße treiben dir Sprühregen ins Gesicht. Geborgenheit der Nacht, auch in den kurzen Herbsttagen, auch in den Karsthöhlen*, im Zimmer ohne Licht, wenn der Widerschein der vorüberfahrenden Wagen an der Decke auftaucht, verschwindet, dasitzen mit angezogenen Knien, allein, manchmal auch gern allein.

Souterrain: Kellergeschoss

Acqua Paola: Fontana dell' Acqua Paola, Brunnen im röm. Stadtteil Gianicolo

Karsthöhlen: Höhlen in Kalksteingebieten

⌜*Ein Vater vor sechzig Jahren*⌝

Ich nähere mich meinem Vater zaghaft, immer noch, obwohl mich von seinem Sterbealter nur drei Jahre trennen, weiß auch nicht, *wem* ich mich da nähere, einem Siebzigjährigen, also beinahe gleichaltrigen Sterbevater, oder einem Kindervater, Alter zwischen dreißig und vierzig, mit mir verglichen ein Jüngling, sonderbar genug. Der Kindervater hat schwarze Haare, schwarzen Schnurrbart, dichte Brauen, ist hochgewachsen, schlank, trägt Uniformen, verschiedene im Laufe meiner Kinderjahre, kommt manchmal von der Straße in den Garten auf Hufen, ein Kentaur*, sieht mit hellen, überaus klaren Augen in irgendeine Ferne, jedenfalls über die Kinder hinweg. Riecht gut, ist angenehm anzuschauen, aber ungemütlich; ihm um den Bart zu gehen, sich an seine Knie zu schmiegen, wem käme das in den Sinn. Kein Gefühl von Geborgenheit, dafür Bewunderung, schöne Eltern, so schöne hat kein anderes Kind. Ein Gefühl von Furcht auch, dem Vater gegenüber, besser gesagt, Unsicherheit, nicht wissen, woran man mit ihm ist, dabei schlägt er die Kinder niemals, brüllt auch niemals, trotzdem. Bürgerliche Väter im ersten Jahrzehnt dieses Jahrhunderts waren, man vergesse das nicht, noch immer Götter, Herr Vater und Sie sagte man nicht mehr, die Hand küßte man nicht mehr, aber sonst war so ziemlich alles beim alten, die Gotteskinder ferngehalten, der Wille des Vaters Gesetz. Warum habe ich an den Kindervater so wenig Erinnerungen, sehr einfach, ich sah ihn selten, er war von frühmorgens an im Dienst, schlief nachmittags, ging am Abend mit meiner Mutter in Gesellschaften; meine Mutter kam im Paillettenkleid*, mit der Zopfkronenfrisur und langen Ohrgehängen, uns gute Nacht zu sagen, der Vater war nie dabei. Während der gemeinsamen Mittagsmahlzeiten überwachten uns Kinder seine frideriziani-

Kentaur: Mischwesen der griech. Sage mit menschlichem Oberkörper und Pferdeleib

Paillettenkleid: Kleiderschmuck zum Aufnähen, aus glitzernden Metallplättchen

Bezeichnung für das Zeitalter König Friedrichs II. von Preußen, 1740–1786

schen* Augen, wir durften nicht schmatzen, die Ellbogen nicht aufstützen, keine Spinat-Kartoffelbrei-Soßen-Landschaften herstellen, nicht über das Essen sprechen, nicht tuscheln, aber auch nicht schweigen, vielmehr sollten wir etwas erzählen, das von allgemeinem Interesse war. Konversation also und qualvoll, erst die erwachsenen Kinder verstanden, was der Vater im Sinn gehabt hatte, wenn er das maulfaule Dösen, das Blödeln und jede, auch die lustigste Art von übler Nachrede verbot. Ein Krampf, ja vielleicht, aber doch vor allem ein Kampf, ein nicht enden wollender, den der Oberleutnant, der Rittmeister, der Oberst ausfocht, Kampf gegen die fröhliche Lässigkeit, das grobe Temperament der angeheirateten Familie, Kampf auch gegen gewisse Tendenzen zum Leichtsinn, zur Verschwendungssucht im eigenen Blut. Mein Bruder bekam, als er sich einmal von einem Hotelportier eine winzige Summe auslieh, die einzige fürchterliche Ohrfeige seines Lebens; während ihm noch der Kopf brummte, führte ihn der Vater liebevoll in sein Zimmer, ließ ihn, was nie geschehen war, an seinem Frühstück teilnehmen und erzählte ihm, wohin das Geldborgen seinen einzigen Bruder geführt hatte, in die schlimmste Verschuldung, zu unehrenhaften Handlungen, in den freiwilligen Tod. Jeder Erziehung liegt solche Furcht zugrunde, nur das nicht aufwachsen sehen, was man bei sich oder beim Ehepartner immer hat klein halten wollen, und tatsächlich, mein Vater sah es nicht aufwachsen, keines seiner vier Kinder wurde ein Spieler, allen gefielen sein Ernst, seine Rücksichtnahme, seine Beschäftigung mit geistigen (sehr militärfernen) Dingen besser als die heftige Vitalität des mütterlichen Geschlechts. Solche Erziehung ging, wie schon gesagt, auf Kosten der Gemütlichkeit, auch der Vertraulichkeit, die sich nur sehr selten und wie durch ein Wunder herstellte: die Stunden vertrauten Alleinseins mit dem Vater sind, was mich betrifft, an den Fingern einer Hand herzuzählen, vier oder fünf, wenig für eine ganze

Kindheit, dafür aber unvergeßlich, noch heute in jeder Einzelheit präsent. Eine dieser Stunden heißt Matrosenstation oder auch Eisvogel, wie man will. Die Matrosenstation war ein im norwegischen Stil gebautes Holzhaus am Jungfernsee*, ein Erholungsheim für Seeleute, die dort einige schlanke flachkielige Boote hielten, mein Vater, obwohl er nicht zur Marine gehörte, bekam gelegentlich eines dieser Boote zur Verfügung gestellt. Er nahm mich, mich allein, einmal mit aufs Wasser, er ruderte selbst, und mit zauberhafter Geschwindigkeit trieb er das leichte Boot an den frühsommerlichen Ufern hin. Dabei zeigte er mir, wie man die Ruderblätter tief hinten senkrecht einsetzt, wie man dann, vermittels einer starken Gewichtsverlagerung, mit ihnen das Wasser wegdrückt, sie heraushebt und möglichst flach zurückführt, wobei man sie einen Augenblick lang querstellt, einen blitzenden, sprühenden, regenbogenfunkelnden Augenblick, der mich entzückte. Als wir in einer kleinen Bucht die Plätze gewechselt hatten und ich selbst rudern durfte, brachte ich nichts dergleichen zustande, wühlte zu tief im Wasser, wedelte zu hoch in der Luft, war unglücklich und beschämt. Mein Vater schien aber von dem allen nichts zu bemerken. Sein Blick war auf die Uferbüsche gerichtet, jetzt deutete er fast feierlich dort hinüber. Er tat es nur mit den Augen, ich sah aber doch gleich, was er meinte, den großen, wunderbar farbigen Vogel, der dort saß, dann wegflog, langsam ganz ohne Furcht, mit seinem Gefieder aus Weiß und Grün und königlichem Blau. Ein Eisvogel, sagte mein Vater, der Kindervater, der, allmächtig, nicht nur den blitzenden Ruderschlag ausführen konnte, sondern auch in der vertrauten Umgebung phantastische Lebewesen erscheinen lassen konnte. Auch das einzige Spiel, das er uns Kindern, und schon sehr früh, beibrachte, hatte mit König und Königin, Turm und Rössel etwas Phantastisches, sich mit ihm über das schwarzweiß gewürfelte Brett zu beugen, schaffte eine beglückende Intimität.

*Einer der Berliner Seen

Seine langen, nikotinbraunen Finger griffen ohne Hast nach den Figuren, räumten die geschlagenen schonend leise beiseite, während er erklärte, was das bedeutete, ein Gambit*, eine Fesselung, ein Patt. Er vergaß unsere Geburtstage, ließ sich bei keiner unserer Kindergesellschaften blicken, ging aber mit uns in jede Zirkusvorstellung, da saßen wir im innersten Logenring, das gelbe Sägemehl stob in unsere Gesichter, und der Herr Direktor, der in Frack und Zylinder die Hohe Schule ritt, lüftete, während sein Schimmel zierliche Tritte ausführte, vor meinem Vater stolz und ehrfurchtsvoll den glänzenden Hut. Alles, was der Herr Direktor konnte, konnte mein Vater auch und übte es mit seinen Pferden auf dem Sandring zwischen den Lebensbäumen, die Levade, die Pirouette, Parade, Kapriole*; daß er aber auf dem Heimweg von einem solchen Zirkusbesuch mit einem wunderlich leichtsinnigen Blitzen seiner Augen sagen konnte, er würde wohl eines Tages den Abschied nehmen und mit einem Zirkus durch die Welt ziehen, war doch schwer begreiflich: eben noch war er uns so nah gewesen, wir Kinder und er im staubigen roten Samtkästchen, und schon sahen wir ihn davonreiten, mit brüllenden Löwen, Clowns und Flitterprinzessinnen, unpassend genug. Noch etwas für alle Kinder, die Zaubervorstellungen, die der Vater uns gab, oder war auch das nur eine einzige, unvergeßliche Stunde, bei der er übrigens mit den üblichen, uns längst vertrauten Artikeln aus dem großen Zauberkasten hantierte, nur daß diese Holzeier, schwarzen Tücher, Metallringe, Würfelbecher und Spielkarten in seinen Händen wirklich jene magischen Eigenschaften annahmen, die wir ihnen durch kein noch so wichtigtuerisches Hantieren mit dem Zauberstab abzuverlangen vermochten. Eisvogel, Pirouette, Zauber-Ei, und dann wieder dieses Unnahbare, sogar Finstere des Kindervaters, die zurückgewiesene oder, schlimmer, gar nicht wahrgenommene Liebe, meine, nicht die der Schwestern, die frühreifer, also der Menschwer-

Gambit: Schacheröffnung mit einem Bauernopfer zur Erlangung eines Stellungsvorteils

Kapriole: Dressurfiguren der Hohen Schule

dung näher und ihm darum interessanter waren, und die des Bruders, der noch klein war, aber eben der Sohn. Dann war der Vater plötzlich verschwunden, stand, wie man es rätselhafterweise ausdrückte, »im Felde«, verlebte seine Urlaube allein mit der schönen Mutter, bekam von den Töchtern graukratzige, immer zu lang geratene Wollschals gestrickt. Indessen ging das Leben ohne ihn weiter, kriegmäßig lässiger, vaterlos lässiger, bis er endlich heimkehrte, ohne Achselstücke, streng und zornig, und kein Kindervater mehr war. Abgrundtiefe seines Lebens und rascher Aufstieg, bis zum Sterbevater noch achtzehn Jahre, nicht etwa des Grollens und Beiseitestehens, aber hier nicht mehr ins Auge zu fassen, ins Erwachsenenauge, das beurteilt und verurteilt, mehr und vielleicht auch viel weniger sieht.

Zeittafel

31.1.1901 Marie Luise Josephine Freiin von Holzing-Berstett wird als dritte Tochter des späteren preußischen Generalmajors Max Reinhard Freiherr von Holzing-Berstett (1867–1936) und seiner Ehefrau Elsa, geb. Freiin von Seldeneck (1875–1941) in Karlsruhe geboren. Zwei ältere Schwestern: Carola, gen. Mady (1897–1960), Helene, gen. Lonja (1898–1964); ein jüngerer Bruder: Adolf Max, gen. Peter (1904–1983).

1902–1917 Kindheit, Jugend und Schulzeit in Berlin und Potsdam – Ferienaufenthalte in der badischen Heimat der Familie.

1917/18 Übersiedlung mit der Mutter nach Karlsruhe, dann nach Bollschweil.

1.2.1919 Erste Veröffentlichung: »Der Geiger. Eine Skizze« (in der *Badischen Presse*).

1922–1923 Buchhändlerlehre in der Thelemannschen Buchhandlung in Weimar; Kontakt zum Bauhaus.

1924 Kurzfristig im Münchner O. C. Recht-Verlag beschäftigt, wo sie erstmals Guido von Kaschnitz-Weinberg (1890–1958) begegnet.

1924–1925 Als Buchhändlerin im Antiquariat Leonardo S. Olschki in Rom; gleichzeitig Sekretärin im Deutschen Archäologischen Institut.

29.12.1925 Heirat mit dem Archäologen Guido von Kaschnitz-Weinberg, der bis 1932 am Deutschen Archäologischen Institut in Rom als Assistent tätig ist.

1926–1932 Lebt überwiegend in Rom; Reisen in Italien.

23.12.1928 Geburt der Tochter Iris Constanza in Freiburg.

1929/30 Niederschrift der ersten Erzählungen.

1930 Teilnahme an einem Prosawettbewerb; Aufnahme der beiden Erzählungen »Spätes Urteil« und »Dämmerung« in die von Max Tau (1897–1976) und Wolfgang von Einsiedel herausgegebene Anthologie *Vorstoß. Prosa der Ungedruckten*.

1932 Übersiedlung nach Freiburg, wo sich G. v. Kaschnitz-

Weinberg habilitiert; Wohnung auf dem Familiengut Bollschweil bei Freiburg.

1932–1937 Königsberg, wo G. v. Kaschnitz-Weinberg zum Wintersemester 1932/33 eine Professur erhält.

1933 *Liebe beginnt*. Roman; Vorabdruck in der *Vossischen Zeitung*.

1934 Lyrikpreisträgerin eines Wettbewerbs, den die Zeitschrift *Die Dame* ausgeschrieben hatte. Dafür kauft sie sich 1935 ihr erstes Auto.

Oktober 1935 Reise nach Nordafrika.

1936 Tod des Vaters (9. September); Griechenlandreise.

1937–1941 Marburg, wohin G. v. Kaschnitz-Weinberg einen Ruf erhält.

1937 *Elissa. Roman.*

1937/38 *Der alte Garten* (Kinderbuch).

Ende März/Anfang April 1939 Paris-Reise.

1941 Übersiedlung nach Frankfurt am Main, wohin G. v. Kaschnitz-Weinberg einen Ruf erhält; Wohnsitz fortan Wiesenau 8. Tod der Mutter (11. Dezember).

1944 *Griechische Mythen*. Entstehung des Bühnenspiels *Totentanz*, der Courbet-Biographie sowie der Studie über Eichendorffs Jugend.

Winter 1944/45 Evakuierung nach Kronberg im Taunus.

1945–1946 Längerer Aufenthalt in Bollschweil, danach wieder in Frankfurt am Main.

1946 *Menschen und Dinge 1945. Zwölf Essays.*

1947 *Gedichte* – der Band versammelt die zwischen 1928 und 1944 entstandenen Gedichte.

1948 *Totentanz und Gedichte zur Zeit* – darin die bekannten Zyklen, die ihr später den Namen der ›Trümmerdichterin‹ eingetragen haben. 4.–8. Oktober Teilnahme am internationalen Schriftstellertreffen in Royaumont bei Paris, dort erste Begegnung mit Paul Celan (1920–1970).

1948–1949 Mitherausgeberin an der von Dolf Sternberger (1907–1989), Karl Jaspers (1883–1969), Werner Krauss (1900–1976) und Alfred Weber (1868–1958) begründeten, in Heidelberg erscheinenden Zeitschrift *Die Wandlung*.

1949 *Gustav Courbet. Roman eines Malerlebens* (u. d. T. *Die Wahrheit, nicht der Traum* 1967 wiederveröffentlicht). PEN-Mitglied. Im Sommer erste Italienreise nach dem Krieg.

1950 *Zukunftsmusik* (Gedichte).

1951 *Ewige Stadt* (Rom-Gedichte).

1952 *Das dicke Kind und andere Erzählungen* – Hörspiele: *Jasons letzte Nacht, Die fremde Stimme.*

1952–1956 Rom, wo G. v. Kaschnitz-Weinberg 1953 Direktor des Deutschen Archäologischen Instituts wird. Reisen nach Apulien, Griechenland, Türkei, Ägypten. Freundschaft mit Ernst Robert Curtius (1886–1956).

1953 Das ›römische Tagebuch‹ *Engelsbrücke* entsteht. Hörspiele: *Was sind denn sieben Jahre, Das Spiel vom Kreuz.*

1954 *Caterina Cornaro* (Hörspiel).

1955 *Engelsbrücke. Römische Betrachtungen.* Hörspiele: *Der Hochzeitsgast, Die Kinder der Elise Rocca.* Georg-Büchner-Preis der Darmstädter Akademie für Sprache und Dichtung.

1956 *Haus der Kindheit*; *Der Zöllner Matthäus* (Hörspiel). Pensionierung G. v. Kaschnitz-Weinbergs; im Juli: Reise nach London; im Herbst: Frankfurt als ausschließlicher, dauernder Wohnsitz, aber weiterhin regelmäßige Reisen und Aufenthalte nach/in Rom und Bollschweil; September: Beginn der schweren Erkrankung ihres Mannes (Gehirntumor), Klinikaufenthalt in Wien.

1957 *Neue Gedichte*; *Hotel Paradiso* (Hörspiel). Immermann-Preis der Stadt Düsseldorf.

1.9.1958 Tod von Guido von Kaschnitz-Weinberg, Beisetzung in Bollschweil.

1958 *Wer fürchtet sich vorm schwarzen Mann* (Hörspiel).

1959 Mitglied der Akademie der Wissenschaften und der Literatur Mainz.

1960 *Lange Schatten. Erzählungen*; *Die Reise des Herrn Admet* (Hörspiel). Im Sommersemester Gastdozentin an der Universität Frankfurt (»Gestalten europäischer Dichtung von Shakespeare bis Beckett« – 1971 in *Zwischen*

Immer und Nie gedruckt). Laudatio bei der Verleihung des Georg-Büchner-Preises an Paul Celan.

1961 Hörspiele: *Tobias oder Das Ende der Angst*, *Der Hund*. Ehrengast der Villa Massimo/Rom; Lesereise durch Deutschland.

1962 *Dein Schweigen – meine Stimme. Gedichte 1958–1961*; *Hörspiele* (Sammelband). Lese- und Vortragsreise nach Brasilien.

1963 *Wohin denn ich. Aufzeichnungen*; Hörspiele: *Schneeschmelze*, *Ein königliches Kind*.

1964 *Ferngespräche* (Hörspiel). Literaturpreis des Kulturkreises des Bundesverbands der deutschen Industrie; Georg-Mackensen-Literaturpreis für die beste Kurzgeschichte (»Ja, mein Engel«). Dezember: Besuch des Auschwitz-Prozesses in Frankfurt.

1965 *Ein Wort weiter* (Gedichte); *Überallnie* (*Ausgewählte Gedichte 1928–1965*); *Die Fahrradklingel* (Hörspiel). Mitglied der Bayerischen Akademie der schönen Künste, München.

1966 Verleihung der Goethe-Plakette der Stadt Frankfurt am Main; Wechsel zum Insel Verlag, wo fortan alle weiteren Bücher erscheinen. *Ferngespräche* (Erzählungen); *Beschreibung eines Dorfes*; *Gespräche im All* (Hörspiel).

1967 Ehrenbürgerin von Bollschweil; Lesereise in die USA; Wahl in den Orden ›Pour le mérite‹.

1968 *Tage, Tage, Jahre. Aufzeichnungen*. Hüftoperation; Ehrendoktorwürde der Universität Frankfurt am Main.

1969 *Vogel Rock. Unheimliche Geschichten*; *Schneeschmelze* (Fernsehspiel); *Beschreibung eines Dorfes* als Film von Horst Bienek (1930–1991).

1970 *Steht noch dahin. Neue Prosa*. Hebel-Preis des Landes Baden-Württemberg.

1971 *Insel-Almanach 1971*, hg. von Hans Bender, erscheint aus Anlass ihres 70. Geburtstages. *Gespräche im All. Hörspiele*; *Zwischen Immer und Nie. Gestalten und Themen der Dichtung*. Verleihung der Goethe-Plakette des Landes Hessen.

1972 *Kein Zauberspruch. Gedichte*. Teilnahme am Celan-Kolloquium in Paris.

1973 *Orte. Aufzeichnungen*; Arbeit an einem Buch über Eichendorff. Roswitha-Gedenkmedaille der Stadt Bad Gandersheim.

1974 *Gesang vom Menschenleben* (Gedichte; erw. Ausgabe 1982).

10.10.1974 Marie Luise Kaschnitz stirbt in Rom, Beisetzung in Bollschweil.

1975 Aus dem Nachlass: *Der alte Garten. Ein Märchen.*

1981–1989 *Gesammelte Werke in sieben Bänden*, hg. von Christian Büttrich und Norbert Miller.

1984 Aus dem Nachlass: *Florens. Eichendorffs Jugend.* Erstmalige Verleihung des Kaschnitz-Preises an Ilse Aichinger (*1921).

Begründung der Auswahl

Marie Luise Kaschnitz hat während ihres ganzen Lebens Erzählungen geschrieben – die erste wurde 1919, die letzte in ihrem Todesjahr 1974 veröffentlicht. Sie hat ihre Texte in vier Büchern gesammelt: *Das dicke Kind und andere Erzählungen* (1952), *Lange Schatten* (1960), *Ferngespräche* (1966) und *Vogel Rock. Unheimliche Geschichten* (1969). Zahlreiche Erzählungen, v. a. aus den Jahren 1927 bis 1931 und 1945 bis 1964, blieben ungedruckt und wurden erstmals 1983 im vierten Band der *Gesammelten Werke* aus dem Nachlass veröffentlicht.
Die Auswahl der im vorliegenden Band zusammengestellten Erzählungen und autobiographischen Skizzen von Marie Luise Kaschnitz folgt verschiedenen Kriterien. *Das dicke Kind und andere Erzählungen* ist als Arbeitsbuch für Schule und Studium konzipiert, bietet also unterschiedliche Materialien, die im Unterricht und Seminar frei kombiniert werden können, und orientiert sich thematisch besonders an für Schüler und Studenten interessanten Fragestellungen. Schwerpunkte sind folgende Themenbereiche:

1. Kindheit und Jugend: 3, 4, 6, 9,16; aus *Orte*: Anhang S. 163–165; »Ein Vater vor sechzig Jahren«: Anhang S. 179–183.
2. Geschlechterbeziehungen: 1, 10, 13, (14); aus *Orte*: Anhang S. 166–174.
3. Surrealität, Unheimliches, Angst: 2, 5, 7, 8, 9, 11, 12, (13), 15, 16.
4. Schreiben und Autobiographie: aus *Orte*: S. 175–178.
5. Gattungsbezüge: Kurzgeschichte und autobiographische Kurzprosa: autopoetologische Aussagen vgl. Anhang S. 163–170; Texte aus *Orte* z. B. Anhang S. 173 f.

Weiterhin zeigt diese Auswahl verschiedene Ausprägungen und Erzählformen der Kurzgeschichte bei Marie Luise Kaschnitz, die 1964 anlässlich der Verleihung des Georg-Mackensen-Literaturpreises für die Erzählung »Ja, mein Engel« schrieb: »Die Möglichkeiten der Kurzgeschichte sind fast unbegrenzt. Von der besonderen Begebenheit der alten Novelle bis zum pointelosen Ausschnitt aus einem alltäglichen Menschenleben ist nahezu alles denkbar, auch jede Form, die einfache Erzählung, die direkte oder indirekte Rede, das Zwiegespräch und der innere Monolog« (GW 7, S. 774, Anhang S. 169). Viele dieser formalen Komponenten finden sich auch in unserer Auswahl wieder:

1. Icherzählungen: 3, 4, 15; eingeschobene Icherzählungen: 5, 7, 9, 10, 13.
2. Szenisch-dialogische Erzählungen: 1, 5, 7, 8, 13.
3. Erzählungen mit Rückwendungstechniken: 2, 3, 7, 8, 11.
4. Erzählungen ohne Einleitung: 1, 6, 8, 10, 11, 13, 14, 15, 16.
5. Erzählungen, in denen der Leser oder ein Du direkt angesprochen wird: 5, 12.
6. Erzählung mit Protokollcharakter: 16.
7. Erzählungen autobiographischen Charakters: 3, 4, 5.
8. Erzählungen mit surrealen Elementen: (2), 5, 7, 11, 13, 15, 16.

Unsere Auswahl ermöglicht einen Einblick in die Entwicklung von Kaschnitz' Schreiben von den frühen 1930er Jahren (»Der Spaziergang«) bis zu ihrem Tod (*Orte*, 1973) im Sinne eines zeitlichen Querschnitts.

»Rätsel Mensch«

Marie Luise Kaschnitz' literarischer Ruhm gründete sich zunächst auf ihren Gedichten und Hörspielen. Seit den späten 1940er Jahren war sie allerdings auch als Autorin von Kurzgeschichten hervorgetreten, und zwar von so genannten »psychologischen«.

Die Kurzgeschichte: Geschichte und Merkmale

Bei dem amerikanischen Vorbild der Gattung, der Short Story, unterscheidet man zwischen der älteren »Long Short Story«, die der europäischen Novelle bzw. dem Kurzroman ähnelt, und der moderneren »Short Short Story« (E. A. Poe, O. Henry), die handlungsorientiert und pointenhaft einen begrenzten Lebensausschnitt darstellt. Letztere gilt als unmittelbares Vorbild für die deutsche Kurzgeschichte der Nachkriegszeit (Leonie Marx: *Die deutsche Kurzgeschichte*, Stuttgart 1997, S. 95). Als *neue* »einfache Form« wird in Anlehnung an André Jolles' Buch *Einfache Formen* (Halle 1930) die Kurzgeschichte eingestuft, und dennoch ist bei allen Versuchen einer Gattungsbestimmung auch immer ihr sich variantenreich verästelnder, »schwer faßbarer Charakter« (Marx, a.a.O., S. 78; vgl. auch S. 84 ff.) thematisiert.

Kennzeichen der Kurzgeschichte

Dennoch gelten folgende Kennzeichen als allgemein anerkannt: Stoff und Handlung sind dem Alltag entnommen. Mit dem ersten Satz wird sehr häufig – Spannung erzeugend – sofort in das Geschehen hineingesprungen. Dies korrespondiert mit der »offenen« Struktur der Kurzgeschichte (vgl. Marx, a.a.O., S. 42), mit der eine lineare, auf die Schlusspointe (Wende-/Höhepunkt) ausgerichtete Komposition einhergeht.

Die Kurzgeschichte greift meistens nur einen Ausschnitt, ein besonderes, unvorhergesehenes Ereignis aus einem sonst eher gewöhnlichen, gesetzmäßig verlaufenden Leben heraus. Für dieses Geschehen hat Klaus Doderer (*Die Kurzgeschichte in Deutschland*, Wiesbaden 1953) den Begriff des »Schicksalsbruches« (ebd., S. 40) bzw. der »Störung« geprägt. Hierin zeigt sich, dass die Entstehung der Gattung auch sehr viel mit den zurückliegenden Kriegserlebnissen zu tun hat, mit denen sich grauenhafte Erfahrungen traumatisierend in die Alltagswelt gedrängt hatten. Weitere Merkmale sind Kürze, Zeitraffung und, damit verbunden, Techniken des Andeutens und Auslassens (vgl. dazu GW 7, S. 590, bzw. Anhang S. 163).

Erzählweise in der Kurzgeschichte

Für die Erzählweise in der Kurzgeschichte ist typisch, dass sie eine besonders enge »Erzähler-Leser-Gemeinschaft« (vgl. Marx, a.a.O., S. 76) entstehen lässt, u. a. dadurch, dass auch der Erzähler keine Antworten und Lösungen für die dargestellten, schwer durchschaubaren Wirklichkeitsprobleme bereithält. Es gibt selten den allwissenden, kommentierenden Erzähler, häufiger aber personale Erzählstrukturen und besonders oft den Icherzähler mit seiner eingeschränkten, im Erzählen Fragen aufwerfenden Perspektive und die verschiedensten Ausprägungen chronologischen und sich rückwendenden Erzählens (vgl. die Übersicht bei Marx, a.a.O., S. 82).

Alle genannten Merkmale der Gattung lassen sich auch in Kaschnitz' Kurzgeschichten finden, aber solche Zuordnungen sagen über die Qualität und Eigenart ihrer Geschichten wenig aus. Das Besondere ihrer Erzählungen liegt eher im inhaltlich-thematischen Zugriff. »Marie Luise Kaschnitz hat sich nie ausführlich zur Kurzgeschichte geäußert«, heißt es dazu in Elsbeth Pulvers Monographie (*Marie Luise Kaschnitz*, München 1984). Sie hat »im Gegensatz zu anderen Autoren keine eigene Theorie vorgelegt [...]. Im Untertitel hat sie konsequent die weitmaschigere Bezeichnung ›Erzählungen‹ benützt. Gattungsspezifische Erörterungen sind deshalb bei ihr weder ergiebig noch sinnvoll. Dennoch hat auch sie eine Art Grundmuster, eine persönliche Form der Kurzgeschichte entwickelt, zum mindesten eine Erzählrichtung – und vor allem einen ganz bestimmten Ton des Erzählens [...]« (ebd., S. 49).

E. Pulver

Diesen könnte man folgendermaßen umschreiben: Kaschnitz' Erzählungen wirken beim ersten Lesen zunächst unspektakulär, sie sind eher traditionell erzählt (vgl. Marx, a.a.O., S. 152 f.) und erscheinen formal wenig avantgardistisch, und dennoch täuscht der anfängliche Eindruck von Einfachheit, gar Harmlosigkeit. Dies möchte ich im Folgenden an verschiedenen Beispielen –

dem Pointencharakter, dem Umschlag der Handlung ins Surreale, dem »psychologischen« Moment und den thematischen Schwerpunkten Geschlechterbeziehungen sowie Pubertät – exemplifizieren.

Pointencharakter

»Das dicke Kind«

»Das dicke Kind« ist zweifellos eine Geschichte mit einer wirkungsvoll angelegten Pointe, diesem aus der Gattung Witz stammenden »Kipp-Phänomen«. Zur Icherzählerin, die in ihrer Wohnung Bücher an Kinder ausleiht, kommt ein ihr vorderhand fremd erscheinendes Mädchen, von dem sie gleichzeitig abgestoßen und angezogen wird. Erst im Moment des erstarkenden Selbstbewusstseins dieses Kindes ist die Erzählerin in der Lage, in ihm das eigene kindliche Ich zu erkennen und anzuerkennen.

Die Pointe wird so vorbereitet, dass das Gegenwartsgeschehen ganz allmählich mit einer Erinnerungsschicht, die Züge einer Rückblende hat, überzogen wird. Dieser formale Vorgang aber bildet in der Langsamkeit, mit der er sich vollzieht, gleichzeitig einen Prozess im Inneren der Erzählerin ab. Er zeigt das Ausmaß der Widerstände, die der Selbsterkenntnis oft entgegenstehen. Kaschnitz gestaltet hier einen ähnlichen Entwicklungsverlauf, wie er auch in Sophokles' (497/496 v. Chr. – 406 v. Chr.) analytisch angelegter Tragödie *König Ödipus* (~425 v. Chr.) dargestellt ist. Typisch für Kaschnitz' Erzählweise ist, dass das erzählerische Mittel der Pointe hier psychologisch-inhaltlich den Charakter einer Befreiung gewinnt: Eine aufgebaute Erwartungshaltung wird revidiert. Die formalen Elemente der Geschichte erwachsen also ganz aus dem Stoff.

Kaschnitz hat »Das dicke Kind« für eine ihrer »stärksten« (GW 7, S. 751), »unerbittlichsten« Geschichten gehalten, vielleicht in dem Bewusstsein, dass ihr die hier zu findende Präzision nicht immer gelungen ist (vgl. GW 3, S. 457, bzw. Anhang S. 183). So geht sie in einem fiktiven Selbstgespräch, »Die Schwierigkeit, unerbittlich zu sein. Interview mit sich selbst«, ironisch-unironisch mit sich ins Gericht. Auf den Vorwurf, sie lasse in ihrem Schreiben gelegentlich Unerbittlichkeit vermissen, antwortet sie:

»Ich würde das auch denken. Deswegen käme es mir auch nie in den Sinn, mich zu den großen Schriftstellern zu rechnen, die alle, entweder in der Form oder im Inhalt oder in beidem, unerbittlich sind. In der Form kann ich mich aus der Tradition nicht lösen, und was den Inhalt betrifft, kommt mir fast immer, wenn ich richtig zuschlagen will, mein Erbarmen mit den Menschen in die Quere« (GW 7, S. 779).

Autopoetologische Äußerungen

In einem wirklichen Interview aber, dem bekannten »Werkstattgespräch« mit dem Schriftsteller Horst Bienek von 1961, erläutert Kaschnitz ihre Vorliebe für die »kleine Form« der kurzen Erzählung: »Obwohl man auch hier alles von seinen Gestalten wissen muß (auch ihre ganze Vorgeschichte und Nachgeschichte) über den Rahmen der Erzählung hinaus, braucht man doch nicht alles sagen und kann immer vom selben Blickpunkt ausgehen« (GW 7, S. 750). Und in erhellender Weise charakterisiert sie die Eigenart ihrer Erzählungen: »Vielleicht haben meine Figuren doch so etwas wie einen gemeinsamen spezifischen Raum. Sie sind nicht besonders, das heißt nicht alle ähnlich geartet, aber sie stehen alle unter der Einwirkung rationalistisch nicht zu erklärender Mächte, gegen die sie ankämpfen oder denen sie sich beugen oder an denen sie zugrunde gehen« (GW 7, S. 751).

Der Umschlag der Handlung ins Surreale

Ein weiteres Merkmal der Kaschnitz'schen Kurzgeschichten ist ihr plötzlicher, meistens aber sich ganz allmählich ereignender »Umschlag« ins Surreale, der ihre Figuren als wenig von der Realität gesteuerte Wesen erscheinen lässt. Häufig sind sie eher Spielball unerklärlicher, unheimlicher, irrationaler Kräfte oder Urerfahrungen: »Die abwegigste Erscheinung muß im Leser alle Saiten seiner Empfindung zum Mitschwingen bringen, das sonderbarste Geschehen muß etwas enthalten von den ewigen Rhythmen, denen jedes Menschenleben unterworfen ist« (GW 7, S. 591). Die Figuren – und mit ihnen die Leserinnen und Leser – werden plötzlich angerührt von etwas Tiefem, Ungekanntem, Bezaubernd-Beängstigendem (vgl. z. B. »Lange Schatten«). Sie fallen aus der Normalität (z. B. »Zu irgendeiner Zeit«), sehen sich mit mysteriösen Mächten konfrontiert (»Der Tunsch«,

»Jennifers Träume«, »Der Bergrutsch«, »Vogel Rock«), verlieren den Boden unter den Füßen (»Eisbären«), werden durch ihre Ahnungen gerettet (»Der Bergrutsch«) oder in andere Dimensionen ihrer Existenz geführt – oftmals, ohne es gleich zu spüren, wie die Hauptfigur in »Zu irgendeiner Zeit«. Dort heißt es gleich zu Beginn: »Zu irgendeiner Zeit und auf irgendeine Weise muß man es erfahren. [...] Daß die Existenz des Menschen eine tragische ist« (113,2–7), und – so wird der Gedanke fortgeführt – »daß das tragische Leben das einzig menschenwürdige und darum auch das einzig glückliche ist« (121,11–12). Der Protagonist dieser Erzählung, der diese Erkenntnis zunächst nicht wahrnehmen kann oder will, hat ›danach‹ weitergelebt »wie er bisher gelebt hatte, jedenfalls beinahe so. Erst viel später hat er sich daran erinnert, daß er in jener Nacht den Paukenschlag gehört hat, den jeder von uns einmal hört und mit dem das eigentliche Leben beginnt« (122,1–4).

Das Besondere aber an Kaschnitz' Art des Erzählens ist, dass dies Surreale, dies Grauenvolle, was den Figuren scheinbar von außen widerfährt, häufig als Emanation des eigenen Inneren dargestellt wird (so z. B. in »Zu irgendeiner Zeit«, »Das dicke Kind«, »Der Tunsch«, »Vogel Rock«). Die Figuren begegnen Spiegelungen des eigenen Ichs, ohne dass sie dessen sofort gewahr werden (»Das dicke Kind«, »Zu irgendeiner Zeit«). Dies macht sichtbar, wie sehr der Widerstand gegen die Selbstbegegnung Ausdruck eines Selbsthasses sein kann. So sah es zumindest die Autorin: »Ich halte die Geschichte ›Das dicke Kind‹ für meine stärkste Erzählung, weil sie am kühnsten und am grausamsten ist. So grausam zu sein, konnte mir nur gelingen, weil das Objekt dieser Grausamkeit ich selber war« (GW 7, S. 751; vgl. auch Uwe Schweikert, »Das eingekreiste Ich. Zur Schrift der Erinnerung bei Marie Luise Kaschnitz«, in: *Materialien*, S. 58 ff.). Andererseits kann der Widerstand Anzeichen einer ausgeprägten »Unbedarftheit« sein (vgl. den »einfältigen Zustand« [121,34] des Protagonisten in »Zu irgendeiner Zeit«), immer aber macht Kaschnitz deutlich, dass das Beängstigende ganz wesentlich in uns selber steckt, ein unentwirrbares Konglomerat aus Realität und Einbildung. So erfährt in »Zu irgendeiner Zeit« die Hauptfigur in einem Zustand der Entrückung,

»daß einer in der Welt sich selbst, aber ein anderer in sich selbst die Welt erkennen könne, auch [. . .], daß alles nur eines sei, Draußen und Drinnen, Stein und Pflanze, Leben und Tod« (121,6–9).

Auch die Erzählung »Der Tunsch« handelt von schwer erklärbaren Phänomenen. In ihr befragt der konsternierte Kriminalbeamte, der den mysteriösen Tod eines – »studierten« – Sennen aufklären soll, die übrigen Knechte nach den näheren Umständen des Falls. Diese behaupten nämlich, Schuld an dessen Tod trage der so genannte »Tunsch«, eine – auf ihr Drängen hin – von ihm selbst geformte Teigpuppe, die für ihn in der Einsamkeit des Almlebens eine tödliche Lebendigkeit gewonnen habe: Sie hätten den Sennen mit der Puppe sprechen hören. »Ob denn alle Teigpuppen gelehrtes Zeug redeten« (104,35), fragt der von den Erklärungsangeboten der einfältigen Knechte enervierte Beamte leicht ironisch: »[U]nd die Knechte antworteten nein, es komme eben darauf an, wer die Puppe herstelle, und wenn einer von ihnen das Ding geknetet hätte, so wäre es gewiß wie einer von ihnen geworden, hätte geflucht und gesungen und Karten gespielt« (105,1–5). Bei Peter Sloterdijk heißt es zu der hier anklingenden Doppelgängerproblematik: »Die [. . .] Liaison von Haus und Geist bleibt während des gesamten Zivilisationsprozesses bis in die jüngste Zeit allerorts in Kraft; sie lebt weiter in den modernen Gespenstergeschichten, die noch immer den Zusammenhang von Gehäuse und Beseelung bestätigen« (*Sphären I. Blasen*, Frankfurt/M. 1999, S. 419 ff., hier S. 428).

»Der Tunsch«

P. Sloterdijk

Schon Sigmund Freud (1856–1939) hat in seinem Aufsatz »Das Unheimliche« 1919 (in: *Studienausgabe der Werke*, Bd. IV, *Psychologische Schriften*, Frankfurt/M. 1970, S. 241–274) geschrieben, dieses erwachse aus dem »Heimlichen«, uns besonders Vertrauten, aber Verdrängten: Das Unheimliche sei »jene Art des Schreckens, welche auf das Altbekannte, Längstvertraute zurückgeht« (ebd., S. 244). Kaschnitz' Geschichten bestätigen seine Beobachtung – nicht anders als etwa Henry James (1843–1916), auch er ein Vertreter der amerikanischen Kurzgeschichte, der sich zeitlebens für solche Phänomene interessiert und sie in seiner Novelle *The Turn of the Screw* (1898; dt.: *Schraubendrehungen*, Stuttgart 1970) auf eine äußerst irritierende Weise

S. Freud

H. James

dargestellt hat. Ähnlichkeiten zu Kaschnitz zeigen sich – ungeachtet aller Unterschiedlichkeit in der Schreibweise – darin, dass auch bei James das Eindringen des Unheimlichen in die eigene Existenz eine beunruhigende Erfahrung bleibt, die – anders als meist im Genre der Gespenstergeschichte – nicht aufgelöst wird. Miss Jessel, die weibliche Hauptfigur in *The Turn of the Screw*, wehrt sich – allerdings ohne Erfolg – gegen die Überwältigung durch das Unheimliche: »Hier empfand ich jetzt aufs neue – denn ich hatte es immer und immer wieder empfunden –, wie sehr mein seelisches Gleichgewicht vom Erfolg meines unbeirrbaren Willens abhing: dem Willen, meine Augen so fest wie möglich gegen die Wahrheit zu verschließen, daß ich mit Dingen zu tun hatte, die auf empörende Weise gegen die Natur waren« (ebd., S. 132).

Kaschnitz und James – wie vor ihnen vielleicht allein Heinrich von Kleist (1777–1811) – führen die Figuren in Situationen, in denen ihnen der Erhalt des »seelischen Gleichgewichts« für eine Weile oder für immer abhanden kommt und sie sich unangenehmen Wahrheiten öffnen müssen. Sie bleiben damit in ihrem Umfeld meistens allein, machen die Erfahrung, ihre Erlebnisse anderen nicht vermitteln zu können.

»Vogel Rock«

So entdeckt die Icherzählerin in der Geschichte »Vogel Rock« urplötzlich – sozusagen aus heiterem Himmel: »Kurz vor drei Uhr nachmittags, ein schöner Tag im September, draußen schien die Sonne, also nichts von Dämmerung oder unheimlicher Stimmung« (142,2–5) – einen sie im Laufe der Zeit immer mehr beängstigenden »großen, graubraunen« Vogel in ihrem Zimmer. Dass es sich um keinen normalen Vogel handelt, zeigt sich schon an der Tatsache, dass es ihr nicht gelingt, »den Vogel so, wie er war, aufs Papier zu bringen, und darüber wunderte ich mich sehr« (145,14–15). Es ist ihr auch nicht möglich, sich Freunden, an die sie sich in ihrer Ratlosigkeit wendet, mitzuteilen: »Ich machte im Laufe des Abends noch zweimal, aber vergeblich den Versuch, von meinem Erlebnis zu erzählen« (148,19–21). Die Protagonistin macht die Erfahrung, gerade die entscheidenden Erlebnisse nicht adäquat beschreiben zu können.

Diese Affinität von Marie Luise Kaschnitz zur Topographie des Unbewussten, diesem letzten Endes unzugänglichen »dunklen Kontinent«, zeigt nahezu ihre gesamte Prosa. Ihre autobiographische Erzählung *Haus der Kindheit* (1956) ist ein besonders eindrucksvolles Beispiel für diesen Prozess der »Auto-Analyse« (Schweikert, »Das eingekreiste Ich«, a.a.O., S. 66). »Manchmal« – so heißt es in der 73. Eintragung von *Haus der Kindheit*, worin das erzählende Ich sich, gegen viele Widerstände ankämpfend, mit der eigenen Geschichte konfrontiert sieht – »kommt mir das Haus der Kindheit vor wie ein Bergwerk, in dem ich immer tiefer hinabsteige, dem Herzen der Erde zu« (GW 2, 326). So verwundert es nicht, dass man dem Text vielfach eine Beeinflussung durch die Psychoanalyse unterstellen wollte, die Kaschnitz allerdings bestreitet: »Ich habe mich immer von persönlichen, gefühlsmäßigen Eingebungen leiten lassen. Es hat mich sehr überrascht, als beispielsweise einige Psychiater meinten, ich müßte eine Psychoanalyse durchgemacht haben, sonst hätte ich diese Geschichte nicht schreiben können. Tatsächlich habe ich zur Zeit der Niederschrift dieses Buches weder einen Psychologen noch einen Psychiater näher gekannt, auch hatte ich damals keinerlei nähere Kenntnisse der Psychoanalyse« (GW 7, S. 972).

»Auto-Analyse«

Es ist interessant, dass es dennoch von Kaschnitz zahlreiche »Traum-Texte« gibt (vgl. z. B. in: *Orte*, in: GW 3, S. 552 f., oder in: *Wohin denn ich. Aufzeichnungen*, in: GW 2, S. 415 ff.), die meistens von Ängsten und Schutzlosigkeit berichten. »Den blanken realistischen Anblick läßt Marie Luise Kaschnitz gewissermaßen nicht gelten, sie liest der Oberfläche vielmehr ihre Zeichen ab: Unebenheiten, Narben oder kleine Wunden oder kaum merklich entzündete Flächen, die auf ein anderes, verschüttetes Geschehen in der Tiefe deuten« (Sabina Kienlechner: »Über Archäologie und Grundbesitz. Beobachtungen zum topographischen Schreiben bei Marie Luise Kaschnitz«, in: *Materialien*, S. 47). Die Geschichte »Eisbären« ähnelt den Prozessen von Traum und psychoanalytischer Erinnerung und Auseinandersetzung vielleicht am meisten (vgl. aber auch »Das dicke Kind« und

»Eisbären«

»Nesemann«). Auch sie ist die Objektivierung eines inneren Geschehens: der ambivalenten, bedrängenden Erfahrungen von Ehe und Liebesbeziehungen.

Geschlechterbeziehungen

Die Erzählungen, die sich mit dem Thema Geschlechterbeziehungen beschäftigen (z. B. »Eisbären«, »Der Spaziergang«), drücken vielfach – im Gegensatz zu vielen der autobiographischen Aufzeichnungen – eine Atmosphäre latenter Feindschaft und des Misstrauens aus. Das in jeder engeren Beziehung schwankende Gleichgewicht zwischen Offenheit und Verbergen, zwischen Lüge und Wahrhaftigkeit lässt Kaschnitz in »Eisbären« in eine quälende Spannungssituation münden, die auch für den Leser nur schwer erträglich ist. Die Situation des Paares treibt einer Zuspitzung zu, in der die gnadenlos bohrenden Fragen des Mannes als eine jede Lebensmöglichkeit »erstickende« (127,30) Energie erscheinen, die dem Partner keinen Ausweg mehr lässt. Und das Bezeichnende an der Art der Darstellung des hier geschilderten Konflikts ist, dass auch er wieder nahezu allein aus dem Erleben der Frau – ihren Erwartungen, Ängsten, Schuldgefühlen – erwächst, also wie eine Projektion wirkt. Die Frau zermartert sich in der Ambivalenz zwischen dem Wunsch, sich rückhaltlos zu öffnen, und der Unmöglichkeit, die Wahrheit zu sagen. Sie tut dies in der Vermutung, dass der andere diese Offenheit nicht ertrüge – und weil sie keine dem zerstörerischen Prozess zwischen sich und ihrem Mann Einhalt gebietende Form des Umgangs zu finden vermag. »Sie war traurig, daß sie nicht die Wahrheit sagen durfte, die doch viel schöner war, als alles, was ihr Mann von ihr hören wollte« (130,3–5).
Wie sehr solche Verzweiflungen und Blockaden auch dem eigenen Verhalten entspringen können, zeigt u. a. der Schluss der

»Der Spaziergang«

erst aus dem Nachlass veröffentlichten Geschichte »Der Spaziergang«, in der sich der Hass der sich vernachlässigt fühlenden Frau am Ende in nichts aufzulösen scheint.
Kaschnitz' Erzählungen zeichnen sich – nach Ezra Pound (1885–1972) ein Zeichen für die Qualität von Kunst (vgl. dazu GW 7, S. 753.) – durch große Genauigkeit aus; diese basiert auf einem

eindrucksvollen psychologischen Wissen und einer profunden Kenntnis von sich selbst. In der Geschichte »Lupinen«, in der die mutigere der beiden jüdischen Schwestern die geplante Flucht aus dem Transport zum KZ nicht mitmacht, sondern im Zug sitzen bleibt, während die ängstlichere den Absprung wagt, heißt es: »Aber das kann sich niemand vorstellen, wie schnell so etwas geschehen muß, und den Hasenfuß überkommt in solchen Fällen eine wilde Entschlossenheit, und der Tapfere bleibt einfach sitzen, starr und steif« (95,14–18). Auch davon, dass ›Geringfügigkeiten‹, Unachtsamkeiten, unglückliche Zufälle (wie das Fehlen des Schlüssels in »Ein Tamburin, ein Pferd«) von tödlicher Wirkung sein oder die Menschen in ausweglose Situationen treiben können, zeugt neben anderen Geschichten auch der Schluss von »Lupinen«: Nachdem die äußere Gefährdung, in der Wohnung des Schwagers entdeckt zu werden, für das versteckt gehaltene jüdische Mädchen durch den Einmarsch der Alliierten im Grunde vorbei ist, führt die Grobheit seines sexuellen Übergriffs zu einer Verletzung, die die junge Frau in den Tod treibt.

»Lupinen«

Pubertät

In einem Brief der Annette von Droste-Hülshoff (1797–1848) an ihren Mentor Anton Mathias Sprickmann (1749–1833), in dem sie ihm von einer »Schwäche« berichtet, die seit Kindheitstagen in ihr gewesen sei, nämlich ihre Sehnsucht nach dem ›ganz anderen‹, heißt es: »[I]ch schreibe Ihnen diese unbedeutenden Dinge nur, um Sie zu überzeugen, daß dieser unglückselige Hang zu allen Orten, wo ich nicht bin, und allen Dingen, die ich nicht habe, durchaus in mir selbst liegt, und durch keine äußern Dinge hereingebracht ist, auf diese Weise werde ich Ihnen nicht ganz so lächerlich scheinen, mein lieber nachsichtsvoller Freund, ich denke, eine Narrheit, die uns der liebe Gott aufgelegt hat, ist doch immer nicht so schlimm, wie Eine, die wir uns selbst zugezogen haben« (in: *Sämtliche Briefe. Historisch-kritische Ausgabe*, hg. v. Winfried Woesler, München 1996, S. 27; Brief vom 8.2.1819).

A. v. Droste-Hülshoff

Auch Kaschnitz artikuliert in ihren Geschichten und autobiographischen Skizzen, die von Kindheit und Jugend handeln (»Lange Schatten«, »Nesemann«, »Jennifers Träume«, *Orte*), immer wieder den hohen »Grad von Empfindlichkeit und Schutzlosigkeit« (GW 7, S. 781) und das »verzweifelte Glücksverlangen« (GW 3, S. 434), das gerade diese Entwicklungs- und Umbruchsphasen des Lebens kennzeichnet.

»Lange Schatten«

Obwohl man der Erzählung »Lange Schatten« ihre Entstehungszeit (1959) anmerkt, ist sie noch immer eine ausgezeichnete Pubertätsstudie: »Langweilig, alles langweilig, die Hotelhalle, der Speisesaal, der Strand, wo die Eltern in der Sonne liegen, einschlafen, den Mund offenstehen lassen, aufwachen, gähnen, ins Wasser gehen, eine Viertelstunde vormittags, eine Viertelstunde nachmittags, immer zusammen« (52,2–6). Dieser Text – ebenso wie die Erzählung »Nesemann«, aus der das folgende Zitat stammt –, vermittelt eine Atmosphäre von unausgefüllter Angespanntheit, die den Hauptfiguren kaum erträglich ist und ihre Nerven bloßlegt: »Dabei vergeht die Zeit und vergeht auch nicht, weil nichts geschieht« (»Nesemann«, 38,10–11). Ein Schleier von Melancholie und Ungeduld liegt schon über dem Erleben der Jugendlichen, der ihnen den Zugang zu dem, wonach sie sich sehnen, versperrt und sie mit einer latenten Aggressivität erfüllt. »Wenn man allein ist, wird alles groß und merkwürdig« (53,9–10), denkt Rosie, die Hauptfigur in »Lange Schatten« und trennt sich für eine Weile von der ›Plage‹ Familie. Ihr Blick ist unbestechlich, aber das Ausbrechen aus der für sie unerträglich gewordenen Welt der Erwachsenen gelingt ihr – bei aller Unsicherheit – nur durch eine gehörige Portion Aggressivität.

»Nesemann«

Aggressivität ist auch Thema der Geschichte »Nesemann«, in der kindliches Glücksverlangen in seinem Zusammentreffen mit Geschwisterrivalität (ein wichtiges Thema der Kaschnitz!), egoistischen Wünschen, dem Reiz des Unerlaubten und Verrat selbst im Kind schon einen »Abgrund von Schlechtigkeit« (GW 7, S. 685) aufscheinen lässt, den Kaschnitz als Merkmal des Menschen auch in ihrer Büchner-Preisrede anspricht. Aber der Blick auf diese Tatsache wird ironisch gebrochen. Als die kindliche Icherzählerin in »Nesemann« ihrer Langeweile ein Ende zu setzen versucht, indem sie den Gärtner beauftragt, zur Abwechslung eine Grube für sie und ihre Geschwister zu graben, heißt es: »Und ich bin jetzt ganz wach und fange an zu befehlen, und ich kann das so gut wie meine Mutter, und meine helle Stimme klingt wie die Stimme meiner Mutter, und der Riese zuckt zusammen, wenn er sie hört« (39,5–9). Mit großer Leichtigkeit, fast Beiläufigkeit, richtet Kaschnitz den Blick auf unheilvolle Kreisläufe – bedingt durch das mimetische Verhalten – zwischen den Generationen.

Die Kurzgeschichte im Spiegel autopoetologischer Äußerungen

Kaschnitz über die Kurzgeschichte

Doch nun noch einmal zur Kurzgeschichte. In einem 1950 entstandenen Vortrag äußert Kaschnitz sich zu Wesen und Form der Gattung folgendermaßen: »[. . .] was man von dieser Kunstform verlangte, war das Besondere im Gegensatz zum Allgemeinen, die Einheit im Gegensatz zur Vielfalt des Geschehens. *Eine* Gestalt im Brennpunkt der Strahlen, *ein* Ort, *eine* Landschaft als Schicksalsträger, *ein* begrenzter Zeitraum, das sind die Beschränkungen, die, fast im Sinne der antiken Tragödie, geübt werden müssen und die der Darstellung besondere Kraft verleihen. In solcher Beschränkung gilt es dennoch, das Ganze zu erfassen« (GW 7, S. 590 f., Anhang S. 163 f.). Dies Erfassen des »Ganzen« aber versteht Kaschnitz nicht im Sinne einer Fähigkeit, »den Sinn des Ganzen zu überblicken« oder »die volle Entwicklung eines Charakters darzustellen« (GW 7, S. 591 f.). Es sei die Aufgabe, »im Einzelgeschehen wirklich das Ganze des Universums und in der Einzelgestalt wirklich den Menschen an sich zu enthüllen« (GW 7, S. 594). Kaschnitz' Hinweis auf die Affinität der Kurzgeschichte – und der ihren im Speziellen – zur antiken Tragödie kommt also nicht von ungefähr, erstaunt aber dennoch bei einem Genre des 20. Jahrhunderts. Er erhält aber nach dem bisher Ausgeführten auch eine große Plausibilität.
Kaschnitz betont außerdem noch die Entwicklungslinie von der »alten Novelle« (GW 7, S. 590) mit ihrer ›ungeheuren Begebenheit‹ zur modernen Kurzgeschichte. Auch in letzterer sei »der Paukenschlag ein fast unüberhörbarer, er besteht eher in der Unerbittlichkeit des Fortgangs und gleicht einem dunklen Vibrieren der Atmosphäre, das der ewigen Ohnmacht des einzelnen entspricht« (GW 7, S. 593).

»Ja, mein Engel«

Dies exemplifiziert sie in einem weiteren knappen Text über die Kurzgeschichte (von 1964) an ihrer Erzählung »Ja, mein Engel«, die ihrer Aussage nach die »Tragödie des Alterns« darstellt. In diesem Zusammenhang verweist sie auch auf die Veränderung ihrer erzählerischen Mittel. Die Hauptfigur der Erzählung, eine alte Frau, wird wie viele alte Leute »von der auf die natürlichste Weise selbstsüchtigen neuen Generation in die Enge, aus dem Eigenen und schließlich aus dem Leben getrieben – und glaubt sich doch, in einem fast grotesken Mißverstehen, bis zu ihrem letzten Atemzug geliebt: nur der Leser durchschaut die Grausamkeit der einfachen Vorgänge, [. . .] – solche indirekte Art der Darstellung gerade in der Kurzgeschichte hat es mir seit einiger Zeit angetan. Die großen Lebensvorgänge sind mir wichtiger als die Eigenschaften des Individuums – wie in ›Ja, mein Engel‹ treten auch in andern meiner neuen Geschichten die persönlichen Eigenschaften der Menschen und ihre persönliche Tragik hinter die allgemeine Tragik des menschlichen Daseins zurück« (GW 7, S. 774 f., Anhang S. 169 f.).

Neben der Indirektheit nennt Kaschnitz noch die Verknappung (GW 7, S. 930) der Texte als weiteres Merkmal ihres Altersstils, charakteristisch sei auch, dass »in den spätesten Geschichten aus dem Erzählen ein Berichten wird, eine Chronik bestimmter Vorfälle und Entwicklungen, oft in fingiertem Brief -und Tagebuchstil verfaßt« (GW 7, S. 855; vgl. auch »Jennifers Träume«). Dies korrespondiert mit der Tatsache, dass die große Zeit der Kurzgeschichte Mitte der 1960er Jahre vorüber war und sie von Gattungen wie dem Protokoll und der Reportage abgelöst wurde.

Die Kurzgeschichte und die autobiographischen »Aufzeichnungen«

Kaschnitz selbst liefert für die Veränderungen in ihrem Schreiben keine Erklärungen, sondern konstatiert sie nur: »Bewußt schreibe ich jedenfalls nicht kürzer, es wird einfach so« (GW 7, S. 930). Es ist interessant, wohin diese Entwicklung geführt hat, denn Kaschnitz' späte Prosa ist ja ganz wesentlich durch autobiographische Skizzen gekennzeichnet: 1955 *Engelsbrücke*, 1956 *Das Haus der Kindheit*, 1963 *Wohin denn ich*, 1966 *Be-*

Autobiographische Skizzen

schreibung eines Dorfes, 1968 *Tage, Tage, Jahre*, 1970 *Steht noch dahin* und schließlich 1973, ein Jahr vor dem Tod der Autorin, *Orte*. Hierzu schreibt sie: »Als eine ewige Autobiographin, eine im eigenen Umkreis befangene Schreiberin, werde ich, wenn überhaupt, in die Literaturgeschichte eingehen, und mit Recht. Denn meine Erfindungsgabe ist gering. Ich sehe und höre, reiße die Augen auf und spitze die Ohren, versuche, was ich sehe und höre, zu deuten, hänge es an die große Glocke, bim bam« (GW 3, S. 827). In dieser selbstironischen Aussage ist das ernsthafte Moment unüberhörbar. Kaschnitz wusste, dass ihre künstlerische Produktivität in hohem Maße der Nähe zum eigenen Erleben bedurfte und dass infolgedessen die autobiographische Aufzeichnung letztlich vielleicht die ihr am meisten gemäße Form war.

Unter den autobiographisch geprägten Aufzeichnungen, die Marie Luise Kaschnitz 1973 unter dem Titel *Orte* veröffentlicht hat, gewähren viele Einblick in die Beziehung zu ihrem Mann, dem Archäologen Guido von Kaschnitz-Weinberg, und zwar in die Zeiten eines mehr oder minder ungetrübt scheinenden Glücks wie auch in die schwelenden Konflikte (vgl. z. B. GW 3, S. 552 f., Anhang S. 181 f.) und in die seelischen Belastungen, die seine schwere Krebserkrankung und sein Tod auslösten (GW 3, S. 445, 509, 552 f., Anhang S. 176, 180, 181 f.).

Der folgende Text aus *Orte* bezieht sich auf einen Traum, den Kaschnitz offenbar mehrmals hintereinander in den frühen Ehejahren in Rom hatte. »Wie der Mond uns auf die Betten schien in unserem Schlafzimmer in der Via Sardegna, und Glyziniendüft kam von der Hauswand herein. In meinem Traum, einem bestimmten, in der Mitte der zwanziger Jahre geträumten Traum, werde ich aber nicht vom Licht des Mondes, sondern von der Stimme meines Mannes geweckt. Komm jetzt, sagt er, steh auf, komm mit. – Wieso denn, wohin denn, sage ich, mitten in der Nacht? – Komm, wiederholt mein Mann und ist schon aus dem Bett. Ich laufe ihm nach auf den kleinen Vorplatz, dann ins Wohnzimmer, das aber seltsam verändert ist, mit fremden Möbeln verstellt. Obwohl mein Mann kein Wort mehr sagt, weiß ich doch, daß er die Absicht hat, sich das Leben zu nehmen, und daß er von mir erwartet, daß ich ihm folge in den Tod. Aber warum denn, denke ich, sind wir denn nicht glücklich, lieben wir uns nicht? Mein Mann sieht mich ernst an, er tritt ans Fenster und greift nach meiner Hand. Sollte, denke ich, alles ein Irrtum gewesen sein, nur ich glücklich, und du gar nicht, natürlich komme ich mit dir, wenn du es willst. Ich bin aber entsetzt bei dem Gedanken und sträube mich, ich will leben, noch nie ist mir das Leben so begehrenswert erschienen. Daraus, daß wir so dicht am Fenster stehen, schließe ich, daß mein Mann die Absicht hat, sich und mich hinabzustürzen, eine Todesart, die mir immer besonders widerwärtig erschienen ist. Ich weiß aber, daß ich meinem Mann mit meinem Jawort vor dem Altar auch das Jawort zu unserem Tod gegeben habe. Ja, ja, ja, sage ich, obwohl mir sehr übel zumute ist und es mir leid tut, daß ich so jung sterben soll. Bei meinem letzten verzweifelten Ja wache ich auf, wir liegen in unseren Betten und halten uns bei der Hand. Ich wage am nächsten Morgen nicht, meinem Mann den Traum zu erzählen, ich tue es erst, als er sich wiederholt, nach dem zweiten- oder drittenmal. [. . .]« (GW 3, S. 552 f.; vgl. auch Anhang, S. 181 f.).

Dieser so persönliche, die konkrete Ausgangssituation keineswegs verschleiernde Text macht zugleich deutlich, wohin Kaschnitz' Schreiben sich entwickelt. Es geht in den autobiographischen Skizzen nicht darum, einer schamlosen Schlüssellochperspektive Tür und Tor zu öffnen. Ihr autobiographisches Schreiben zeichnet sich paradoxerweise sogar durch eine Bewegung der Distanz aus. Das individuelle Leben wird zum Gefäß, zum ›Ort‹ für ein Allgemeines. Der Titel *Orte* wird auf diese Weise lesbar als das ›Wo‹, an dem Erfahrungen gemacht werden: Das Ich besucht nicht nur Orte, sondern wird selbst zum Ort, ist der Ort, die Durchgangsstation von Erlebnissen, Gefühlen, Intensitäten. Der »Wechsel von Unliebe und Liebe, Angst und Vertrauen, Behauptung und Hingabe« wird von Kaschnitz »als ein Abbild des ganzen Lebens« (GW 2, S. 374) begriffen – und erkennbar gemacht.

Das Ich als Ort von Erfahrungen

In den Kurzgeschichten zeichnet sich diese Entwicklung ab, aber die Aufzeichnungen haben – so scheint es – noch viel stärker die Möglichkeit, die vielfältigen Facetten eines Ichs darzustellen, vielleicht, weil sie, anders als die Kurzgeschichte, weniger gattungsspezifischen Vorgaben unterliegen und daher auch weniger dem Gebot der Abrundung nachkommen müssen.

Dies lässt sich am Beispiel der oben wiedergegebenen Passage aus *Orte* und der Erzählung »Eisbären« veranschaulichen. In beiden reagiert eine Frau jeweils auf die Impulse und Befehle ihres Mannes in einer Mischung aus höchster Sensibilität und Abwehr, wie in einer Art Automatismus des Fragens, Folgens, Sicheinstellens und -einfühlens. Kaschnitz kannte – so wird in *Wohin denn ich* deutlich – die Mechanismen des »Dienenwollens« und Sich-unterordnens: »Es gibt Menschen, die leicht zu überreden, man muß schon sagen, zu überfahren sind, weil es ihnen an der nötigen Geistesgegenwart fehlt. Die mit überzeugender Stimme geäußerten Worte, es muß sein, rufen in ihnen uralte und verdächtige Instinkte der Selbstaufgabe und des Dienenwollens wach. Nach der Notwendigkeit solchen Dienens fragen sie erst später, wobei ihnen freilich dann auch schon die ersten Bedenken kommen« (GW 2, S. 390). Der Traum als literarische Folie ermöglicht es Kaschnitz, Zuwendung und Abwendung im Umgang des Paares miteinander in selbstverständlichem Nebeneinander darzustellen, in einer Gleichzeitigkeit also, die die Ambivalenz von Gefühlen als das Normalste von der Welt erscheinen lässt. Die Erzählung dagegen macht, da sie abgeschlossenere Figuren und Handlungsabläufe gestaltet, Blockierungen – z. B. durch Bewusstseinsprozesse – sichtbar. Obwohl Kaschnitz natürlich auch hier nicht Charaktere im eigentlichen Sinne darstellt, wird in der Geschichte in viel stärkerem Maß an Identitätsvorstellungen im Sinne einer konsistenten Person festgehalten: Die innere Ambivalenz einer Figur – der Frau in diesem Fall – entäußert sich hier in den ›fest‹ umgrenzten Gestalten von Mann und Frau. Hierdurch und durch die Nähe der Erzählerin zur Perspektive der Frau entsteht eine latente Bewertung der Figuren, von der die autobiographischen Texte als solche eher frei sind. In unserem Beispiel übernimmt allerdings der erklärend-kommentierende Rahmen eine ähnliche Funktion: »Wir führen lange Gespräche darüber, wer die Schuld an einem Traum trägt, der Träumer oder sein Traumgegenstand, und mein Mann wehrt sich gegen meine Absicht, ihm die Schuld zuzuschieben, heftig genug. Ich bin aber überzeugt, daß in ihm, auch oder gerade in glücklichen Zeiten, ein starker Todeswille lebte, und wie hätte er mich zurücklassen mögen, da wir uns doch als ein einziges Wesen empfanden« (GW 3, S. 552 f.; vgl. auch Anhang, S. 181 f.).

Die in *Orte* immer wieder zu beobachtende Tendenz, am Ende einer Aufzeichnung eine sehr genau und konkret dargestellte Situation in ein Allgemeines, eine Art Kommentar zu überführen, ist immer wieder der Schritt weg von darstellerischer »Unerbittlichkeit«. So zeigt sich auch im vorliegenden Fall der Wunsch, den im Traum enthaltenen Widerspruch aufzulösen (vgl. Anhang S. 171,13–14: »Die Welt soll in Ordnung sein, ist aber nicht in Ordnung [. . .]«). Gleichzeitig aber hat sich in diesem Text auch eine Zeitspanne von 50 Jahren sedimentiert. Was im ›ursprünglichen‹ Traum als unerklärliche Bedrohung und unerträgliches Kontroll- bzw. Dominanzbedürfnis des Mannes erlebt wurde, wird erst viel später, aufgrund einer Fülle von weiteren Erfahrungen, anders, nämlich als »starker Todeswille«, lesbar.

Im Schreiben – so notiert Kaschnitz in einem ihrer privaten Notizhefte ihr künstlerisches Ziel – muss »das Allerpersönlichste das Unpersönlichste werden«. Eine solche ›Transformation‹ – und damit Kaschnitz' Schreibverfahren in den Aufzeichnungen – lässt sich an einem weiteren Text aus *Orte* darstellen: »Zu meinen Zwangsvorstellungen gehören noch heute gewisse Marterinstrumente, wie z. B. die berüchtigte Bogerschaukel, die ich – unter Zwang – sogar aufzeichne, das komplizierte Gestell, und darin, mit dem Kopf nach unten, das Opfer, einen Körper, ein Gesicht, das unwillkürlich meine eigenen Züge annimmt, meine Augen, groß aufgerissen, aber eigentlich erkennbar doch nur für mich« (GW 3, S. 439). Das »Allerpersönlichste«, hier die Zwangsvorstellungen und Ängste, erwachsend aus einer hohen Sensibilität gegenüber der Gefahr, die menschliche Bestialität – vergangene wie potentielle – bedeutet, wird im künstlerischen Produkt zum »Unpersönlichsten«, indem die Angst, man selbst könne einmal das Opfer sein, zur ›Unkenntlichkeit‹ im Sinne eines Übersteigens des Individuellen geworden ist: »[. . .] das Opfer, [. . .] ein Gesicht, das unwillkürlich meine eigenen Züge annimmt, [. . .] aber eigentlich erkennbar nur für mich«.

Transformation

Im Jahr 1973, also im Jahr der Veröffentlichung von *Orte*, schrieb der französische Philosoph Gilles Deleuze (1925–1995):

G. Deleuze

»Es ist etwas sehr Merkwürdiges, etwas im eigenen Namen zu sagen, denn es geschieht ganz und gar nicht im Augenblick, wo man sich für ein Ich, eine Person oder ein Subjekt hält. Im Gegenteil: ein Individuum erwirbt einen wirklichen Eigennamen erst am Ende der härtesten Depersonalisierungsübung, wenn es sich den Vielheiten, von denen es von einem zum anderen Ende durchzogen wird, den Intensitäten, von denen es durchlaufen wird, öffnet« (*Kleine Schriften*, Berlin 1980, S. 13).

Prozess der Depersonalisierung

Marie Luise Kaschnitz wurde ein solcher Prozess der Depersonalisierung durch den Tod ihres Mannes aufgezwungen. Alle späten Texte kreisen um die Erfahrung dieses Verlustes, der einen drohenden Selbstverlust heraufbeschwor und die Möglichkeit des Verstummens in sich barg. Aber das Gegenteil ereignete sich (vgl. *Dein Schweigen – meine Stimme*, 1958). Im Verlust der klaren Identitäts- und Ortsbestimmung, der gewohnten Selbst-Definitionen findet Kaschnitz vielleicht erst ihren dichterischen »Eigennamen«. Der qualitative Sprung, der sich hin zu ihren späten autobiographischen Texten vollzieht, zeugt davon, dass die paradoxe Erfahrung, von der Deleuze spricht, in ihren Texten mehr und mehr Gestalt gewinnt.

Der feste Grund, nach dem wir gern suchen, gleicht besonders in Kaschnitz' späten Texten einem Abgrund, besitzt jedenfalls doppelten Boden. Fast fühlt man sich an eine Passage aus »Das dicke Kind« erinnert, in der die Hauptfigur beim Einbrechen im Eis, also in einer subjektiv als Todesgefahr erlebten Situation, die Erfahrung einer Selbstbefreiung macht. »Ich muß gleich sagen«, kommentiert die Erzählerin, »daß dieses Einbrechen kein lebensgefährliches war. Der See gefriert in ein paar Schichten und die zweite lag nur einen Meter unter der ersten und war noch ganz fest« (34,5–8). Die Figur erreicht im Einbrechen eine neue Dimension ihrer Existenz.

Ortlosigkeit

Damit wird die Ortlosigkeit als Chance dargestellt, neue Beheimatungen und »Eigennamen« zu finden. Kaschnitz hält diesen für sie typischen, sich auf Leben und Werk beziehenden Widerspruch am Ende von *Wohin denn ich* fest: »[Cesare] Paveses Handwerk des Lebens ist am schwersten erlernbar, für mich das Handwerk des Alleinlebens, mein alter Grundsatz, immer das Nächstliegende möglichst gut zu machen, verfing da nicht mehr, was liegt fern, was liegt nah, wenn der eigene Ort nicht mehr bestimmbar ist. Mein Alter hatte die Faszination des Auf-der-Erde-Seins nicht beeinträchtigt, aber es hatte mir auch keine Sicherheit gegeben, ich war noch immer unmündig, stand noch immer nicht auf festem Grund. Obwohl doch nun wirklich keine Zeit mehr zu verlieren war, hätte ich auch diese Zeit wieder verlorengeben müssen, gab sie aber nicht verloren, sondern beschloß sie festzuhalten, in Worten festzuhalten als eine der leidenschaftlichen und am Ende doch nicht ganz fruchtlosen Bemühungen, aus denen unser Leben besteht« (GW 2, S. 554).

Literaturhinweise

1. Ausgaben

Gesammelte Werke in sieben Bänden, hg. von Christian Büttrich und Norbert Miller, Frankfurt/M. 1981–1989 [abgekürzt: GW]

Band I: *Die frühe Prosa*, 1981
Band II: *Die autobiographische Prosa I*, 1981
Band III: *Die autobiographische Prosa II*, 1982
Band IV: *Die Erzählungen*, 1983
Band V: *Die Gedichte*, 1985
Band VI: *Die Hörspiele. Die biographischen Studien*, 1987
Band VII: *Die essayistische Prosa*, 1989

Tagebücher aus den Jahren 1936–1966, hg. von Christian Büttrich, Marianne Büttrich und Iris Schnebel-Kaschnitz. Mit einem Nachwort von Arnold Stadler, Band 1 und 2, Frankfurt/M. 2000

2. Forschungsliteratur

Asta-Maria Bachmann, »Marie Luise Kaschnitz: ›Lange Schatten‹«, in: Werner Bellmann (Hg.), *Interpretationen. Klassische deutsche Kurzgeschichten*, Stuttgart 2004 (RUB 17525), S. 232–239

Anita Baus, *Standortbestimmung als Prozeß. Eine Untersuchung zur Prosa von Marie Luise Kaschnitz*, Bonn 1974

Ruth-Ellen Boetcher-Joeres, »Mensch oder Frau? Marie Luise Kaschnitz' Orte als autobiographischer Beweis eines Frauenbewußtseins«, in: *Der Deutschunterricht* 38, 1986, S. 77–85

Dagmar von Gersdorff, *Marie Luise Kaschnitz. Eine Biographie*, Frankfurt/M. 1992

Dirk Göttsche (Hg.), *»Für eine aufmerksamere und nachdenklichere Welt«. Beiträge zu Marie Luise Kaschnitz*, Stuttgart/Weimar 2001

Heidi Hahn, *Ästhetische Erfahrung als Vergewisserung mensch-*

licher Existenz. Kunstbetrachtungen im Werk von Marie Luise Kaschnitz, Würzburg 2001

Petra Huber-Sauter, *Marie Luise Kaschnitz und das Ich. Die autobiographische Prosa*, Saarbücken 2008

Marie Luise Kaschnitz, hg. von Uwe Schweikert, Frankfurt/M. 1984 (suhrkamp taschenbuch materialien 2047 [abgekürzt zitiert: *Materialien*])

Sabina Kienlechner: »Über Archäologie und Grundbesitz. Beobachtungen zum topographischen Schreiben bei Marie Luise Kaschnitz«, in: *Materialien*, S. 43–57

Andrea Kreutzwald, *Das Unsagbare zum Ausdruck bringen. Die Sprache der mythologischen Bilder, Motive und Figuren im Werk von Marie Luise Kaschnitz*, Trier 2007

Johannes Östbö, *Wirklichkeit als Herausforderung des Wortes. Engagement, poetologische Reflexion und dichterische Kommunikation bei Marie Luise Kaschnitz*, Frankfurt/M. u. a. 1996

Elsbeth Pulver, *Marie Luise Kaschnitz*, München 1984 (Autorenbücher 40)

Dies., »›... eine Tänzerin aus dem Geschlechte Jubals, wie der hochmütige Kain‹. Zum Motiv des Tanzens und Springens im Werk von Marie Luise Kaschnitz«, in: *Materialien*, S. 93–118

Brigitte Raitz (Bearb.), *»Ein Wörterbuch anlegen«. Marie Luise Kaschnitz zum 100. Geburtstag.* Mit einem Essay von Ruth Klüger. Marbach 2001 (Marbacher Magazin 95/2001)

Nikola Rossbach, *»Jedes Kind ein Christkind, jedes Kind ein Mörder«. Kind- und Kindheitsmotivik im Werk von Marie Luise Kaschnitz*, Tübingen 1999

Walter Schönau, »Zum Geschwistermotiv im Werk der Marie Luise Kaschnitz«, in: *Phantasie und Deutung. Psychologisches Verstehen von Literatur und Film. Frederick Wyatt zum 75. Geburtstag*, hg. von Wolfram Mauser u. a., Würzburg 1986, S. 253–265

Uwe Schweikert, »Zur Schrift der Erinnerung bei Marie Luise Kaschnitz«, in: *Materialien*, S. 58–77

Ders., »Marie Luise Kaschnitz: Das dicke Kind«, in: *Interpretationen. Erzählungen des 20. Jahrhunderts*, Band 2, Stuttgart 1996 (RUB 9463), S. 41–55

Ders., »Marie Luise Kaschnitz: ›Vogel Rock‹«, in: Werner Bellmann (Hg.), *Interpretationen. Klassische deutsche Kurzgeschichten*, Stuttgart 2004 (RUB 17525), S. 274–285

Ders., »Marie Luise Kaschnitz: ›Beschreibung eines Dorfes‹«, in: Claudia Benthien/Inge Stephan (Hg.), *Meisterwerke. Deutschsprachige Autorinnen im 20. Jahrhundert*, Köln/Weimar/Wien 2005, S. 201–216

Inge Stephan, »›Vom Ich in der Fremde‹ – Fremdheitserfahrungen in der Beziehung. Überlegungen zu den beiden Erzählungen ›Der Spaziergang‹ und ›Die Pilzsucher‹ aus dem Nachlaß von Marie Luise Kaschnitz«, in: *Materialien*, S. 151–170

Dies., »Männliche Ordnung und weibliche Erfahrung: Überlegungen zum autobiographischen Schreiben bei Marie Luise Kaschnitz«, in: Inge Stephan/Regula Venske/Sigrid Weigel, *Frauenliteratur ohne Tradition? Neun Autorinnenporträts*, Frankfurt/M. 1987

Ulrike Suhr, *Poesie als Sprache des Glaubens. Eine theologische Untersuchung des literarischen Werkes von Marie Luise Kaschnitz*, Stuttgart 1992

Helga Vetter, *Ichsuche. Die Tagebuchprosa von Marie Luise Kaschnitz*, Stuttgart 1994

Was willst du, du lebst. Trauer und Selbstfindung in Texten von Marie Luise Kaschnitz, hg. von Marlene Lohner, Frankfurt/M. 1991

Quellennachweise

1. Erzählungen

Der Spaziergang; Rätsel Mensch
Aus: *Gesammelte Werke*. Herausgegeben von Christian Büttrich und Norbert Miller. Vierter Band. *Die Erzählungen*. Insel Verlag Frankfurt am Main 1983, S. 782–787, 869–879. Der Abdruck erfolgt mit freundlicher Genehmigung des Insel Verlags.
Das dicke Kind; Nesemann; Der Bergrutsch
Aus: *Gesammelte Werke*. Herausgegeben von Christian Büttrich und Norbert Miller. Vierter Band. *Die Erzählungen*. Insel Verlag Frankfurt am Main 1983, S. 58–66, 129–135, 136–144 [zuerst erschienen in: *Das dicke Kind und andere Erzählungen*. Scherpe Verlag, Krefeld 1952]. Der Abdruck erfolgt mit freundlicher Genehmigung des Scherpe Verlags.
Lange Schatten; Die übermäßige Liebe zu Trois Sapins; Schneeschmelze
Aus: *Gesammelte Werke*. Herausgegeben von Christian Büttrich und Norbert Miller. Vierter Band. *Die Erzählungen*. Insel Verlag Frankfurt am Main 1983, S. 168–175, 205–216, 331–342 [zuerst erschienen in: *Lange Schatten. Erzählungen*. Claassen Verlag, Hamburg 1960]. Der Abdruck erfolgt mit freundlicher Genehmigung des Claassen Verlags.
Ein Tamburin, ein Pferd; Lupinen; Der Tunsch; Zu irgendeiner Zeit; Eisbären; Ein Mann, eines Tages; Vogel Rock
Aus: *Gesammelte Werke*. Herausgegeben von Christian Büttrich und Norbert Miller. Vierter Band. *Die Erzählungen*. Insel Verlag Frankfurt am Main 1983, S. 372–376, 386–393, 394–404, 427–435, 436–444, 553–560, 561–569 [zuerst erschienen in: *Ferngespräche. Erzählungen*. Insel Verlag Frankfurt am Main 1966, S. 5–10, 21–29, 30–41, 66–75, 76–85, 207–215, 216–225]. Der Abdruck erfolgt mit freundlicher Genehmigung des Insel Verlags.
Jennifers Träume
Aus: *Gesammelte Werke*. Herausgegeben von Christian Büttrich und Norbert Miller. Vierter Band. *Die Erzählungen*. Insel Ver-

lag Frankfurt am Main 1983, S. 646–653 [zuerst erschienen in: *Vogel Rock. Unheimliche Geschichten.* Suhrkamp Verlag Frankfurt am Main 1969, S. 81–91].

2. *Anhang*

2.1 *Autobiographische Prosa*

Ich hab' mein Sach; Ich einst im Buchsbaum; Nein, gewiß habe ich niemals; Erinnerungen an Neapel; Ich, auf meinem Bett; Ich gehöre nicht zu den Witwen; Wien, Leopoldstadt und Tanzen; Es ist sieben Uhr abends; Der schmale Korridor; Die Zeit danach; Schrecken der Kindheit; Ich habe Nebel gern; Ich bekam einen Brief; Wie der Mond uns auf die Betten; Wie ich einmal mit dem englischen Fräulein
Aus: *Gesammelte Werke.* Herausgegeben von Christian Büttrich und Norbert Miller. Dritter Band. *Die autobiographische Prosa II.* Insel Verlag Frankfurt am Main 1982, S. 426, 434, 438, 445, 457, 471, 475, 480, 493, 509, 522, 541, 551, 552–553, 575 [zuerst erschienen in: *Orte. Aufzeichnungen.* Insel Verlag Frankfurt am Main 1973, S. 16, 24, 28, 36, 48, 62, 66, 71, 84, 102, 115, 135, 145, 146–147, 169]. Der Abdruck erfolgt mit freundlicher Genehmigung des Insel Verlags.
Ein Vater vor sechzig Jahren
Aus: *Gesammelte Werke.* Herausgegeben von Christian Büttrich und Norbert Miller. Dritter Band. *Die autobiographische Prosa II.* Insel Verlag Frankfurt am Main 1982, S. 736–740 [zuerst erschienen in: »Die Väter«. Berichte und Geschichten. Hg. von Peter Härtling. S. Fischer Verlag Frankfurt am Main 1968, S. 79–82]. Der Abdruck erfolgt mit freundlicher Genehmigung des Insel Verlags.

2.2. *Autopoetologische Aussagen*

Lesung 1951; Die Möglichkeiten der Kurzgeschichte
Aus: *Gesammelte Werke.* Herausgegeben von Christian Büttrich und Norbert Miller. Siebenter Band. *Die essayistische Prosa.*

Insel Verlag Frankfurt am Main 1989, S. 590–594, 774–775. Der Abdruck erfolgt mit freundlicher Genehmigung des Insel Verlags.

Entstehungs- und Textgeschichte sowie Wort- und Sacherläuterungen zu den einzelnen Erzählungen

1. *Der Spaziergang*

Entstehung: zwischen 1927 und 1931; Erstdruck: GW 4, S. 782–787.

2. *Rätsel Mensch*

Entstehung: zwischen 1948 und 1955; Erstdruck: GW 4, S. 869–879.

3. *Das dicke Kind*

Entstehung: 1946 (vgl. den bei Gersdorff, S. 176, zitierten Brief Dolf Sternbergers vom 22.9.1946 an Kaschnitz); Erstdruck: *Die Gegenwart* 6, 1951, H. 18, S. 18–20.

Die autobiographische Erzählung gestaltet ein Erlebnis Kaschnitz' aus ihrer Kindheit, die sie in Potsdam und Berlin verbrachte (vgl. in diesem Band auch S. 164 und 181). Im »Werkstattgespräch mit Horst Bienek« hat sie 1961 geäußert: »Ja, das dicke Kind bin ich selbst. Die Schwester ist meine Schwester Lonja, der See ist der Jungfernsee bei Potsdam. Wir haben dort in der Nähe gewohnt. Wir sind viel Schlittschuh gelaufen, und ich bin auch einmal eingebrochen, aber – wie das dicke Kind – nur einen Meter tief. Ich war auch ein braves, schläfriges, viel essendes Kind, aber eben eines mit vielen Ängsten und eines, das bei jeder Gelegenheit zu heulen anfing.« Und: »Ich halte die Geschichte ›Das dicke Kind‹ für meine stärkste Erzählung, weil sie am kühnsten und grausamsten ist. So grausam zu sein konnte mir nur gelingen, weil das Objekt dieser Grausamkeit ich selber war« (GW 7, S. 743 bzw. 751). Kurz vor ihrem Tod beantwortete sie die Frage von Wilhelm Schwarz, ob diese Erzählung in Anlehnung an die Schriften C. G. Jungs (1875–1961) oder an das Märchen »Das häßliche Entlein« von Hans Christian Andersen (1805–1875) entstanden sei: »Ich würde eher sagen, daß das eine Pubertätsgeschichte ist, entstanden auf der Grundlage meiner eigenen Biographie. Von einem anderen Einfluß kann ich da gar nichts sagen. C. G. Jungs Schriften habe ich damals nicht gekannt, und an das Andersen-Märchen habe ich nicht gedacht. Kann man denn nicht etwas ganz selbst erfinden, sozusagen notwendigerweise?« (GW 7, S. 973; vgl. auch Schweikert 1996, S. 41–55; dort S. 49 auch die Abbildung eines Fotos, das Kaschnitz als Kind beim Schlittschuhlaufen zeigt)

28.17 **Im Wassermann**: Kaschnitz ist im Tierkreiszeichen des Wassermanns geboren (31.1.1901); die Antwort des Kindes weist auch auf sein Einbrechen im See voraus (vgl. 34,16).

30.34 **Meine Schwester**: Gemeint ist die »bewunderte und beneidete ältere Schwester« (GW 3, S. 741) Helene, genannt Lonja (1898–1964), die schon als Kind Gedichte schrieb und später als Lonja Stehelin-Holzing mehrere Bücher veröffentlichte. In einer der Aufzeichnungen des Bandes *Tage, Tage, Jahre* schreibt Kaschnitz über die »anmutige Tänzerin auf dem zugefrorenen Jungfernsee in Potsdam«: »Furchtlosigkeit, körperliche Anmut und Gewandtheit, diese Eigenschaften meiner um zwei Jahre älteren Schwester haben sich mir eingeprägt, wahrscheinlich, weil ich von diesen allen nichts besaß, vielmehr dick, träge und ängstlich war, die Kopfsprünge ins Schwimmbecken, die die Schwester wagte, nie gewagt hätte und mich beim ersten Blitz und Donnerschlag unter die Bettdecke verkroch« (GW 3, S. 30). Zum Thema der Geschwisterrivalität im Werk Kaschnitz' vgl. Schönau 1986, S. 259.

31.11–12 **Sie singt, was [. . .] sie macht Gedichte**: Die als Sportlerin, Sängerin, Schachspielerin und Dichterin gewandte Lonja war das Vorbild, »nach dem die jüngere Schwester ihr Ideal-Ich gestaltete« (Schönau 1986, S. 259).

33.4–5 **die Tänzerin**: Tanzen ist in der poetischen Bilderwelt Kaschnitz' ein Bild für die der irdischen Schwerkraft entgegengesetzte Fliehkraft der Kunst (vgl. Elsbeth Pulver, in: *Materialien*, S. 93–118).

35.16 **ein altes Bildchen**: Man vgl. die Abbildung 5 – ein Foto der Vierzehnjährigen – in: Gersdorff 1992.

4. *Nesemann*

Entstehung: vor 1952; Erstdruck: *Das dicke Kind*, 1952.
Auch diese Erzählung gestaltet offensichtlich eine Kindheitserinnerung der Autorin (vgl. in diesem Band auch S. 163).

5. *Der Bergrutsch*

Entstehung: vor 1949; Erstdruck (unter dem Titel »Die Frana«, dem ital. Wort für Mure, Bergrutsch): *Die Wandlung* 4, 1949, S. 501–507.

6. *Lange Schatten*

Entstehung: vor 1960; Erstdruck: *Merkur* 14, 1960, S. 448–453.
Die Erzählung geht auf ein Erlebnis während eines Ferienaufenthaltes zurück, den Kaschnitz mit ihrer Tochter Iris und deren Freundin Elisabeth Freiin von Fürstenberg vom 7. bis 29. Juni 1959 in San Felice am Monte Circeo verbrachte (vgl. TB 2, S. 1170).
Pan: Der griech. Hirtengott, der für sein Flötenspiel bekannt 56.10
war, hatte zahllose Liebesaffären, v. a. mit Nymphen – worauf Kaschnitz in dieser Begegnung anspielt.

7. *Die übermäßige Liebe zu Trois Sapins*

Entstehung: vor 1960; Erstdruck: *Lange Schatten*, 1960.
Auch dieser Geschichte liegt eine Jugenderinnerung Kaschnitz' zugrunde. Gemeint ist der Höllhof, ein Schwarzwälder Bauernhof nahe Durbach, der den Großeltern mütterlicherseits als Jagd- und Ferienhaus diente und in dem Kaschnitz als Kind oftmals ihre Ferien verbrachte (vgl. GW 3, S. 534 f. bzw. S. 689 f.). Über den Brand des Höllhofs heißt es am 10. August 1937 im Tagebuch: »Im Heuboden war Feuer ausgebrochen, und der ganze hintere Teil des Hofes bis zur Küche brannte schon. Die Feuerwehr aus Offenburg kam, konnte aber nicht löschen, weil kein Wasser da war. [...] Es brannte den ganzen Nachmittag, und

alle konnten nichts anderes tun als zusehen. [. . .] Ein Stück Kinderheimat ist aus der Welt verschwunden –« (TB 1, S. 172).

66.1 **Windsbräute**: Alter Ausdruck für Sturm oder Wirbelwind; im Aberglauben die durch Frauen verkörperte mythologische Verbildlichung dieser Erscheinungen. Die allgemein verbreitete Auffassung der Windsbraut ist die eines bösen Dämons oder einer Hexe (*Handwörterbuch des deutschen Aberglaubens*, hg. von Hanns Bächtold-Stäubli, Bd. 9, Berlin 1941, Sp. 636–640). Sie war ein beliebtes Sujet in der Malerei des Fin de Siècle und des Jugendstils wie etwa bei Giovanni Segantini (1858–1899) oder Oskar Kokoschka (1886–1980). Guido von Kaschnitz-Weinberg hat seine Braut an ihrem eigenen Hochzeitstag seine »Windsbraut« genannt: »Eine Windsbraut war ich an dem lauen Dezembertag, der der Tag meiner Hochzeit war. Es gibt da eine Photographie, mein Schleier weht von der Treppe zum Brunnen hin, ein paar Meter weit« (GW 3, S. 626). Später gehörte Kokoschkas Gemälde, das im Basler Kunstmuseum hängt, zu den gemeinsamen Lieblingsbildern. Spuren der Windsbraut finden sich mehrfach im Werk. In ihrem Vortrag »Liebeslyrik heute« (1962) erwähnt sie das Bild Kokoschkas, »auf dem diese Windsbraut sich, in einer Muschel durch die Wolken treibend, an ihren ernsten und traurigen menschlichen Geliebten schmiegt. Da ist das dämonische Wesen noch eine Frau, hat noch einen irdischen Leib und volle Lippen und schließt die Augen in gieriger Sehnsucht« (GW 7, S. 279 f.). Im Nachlass befinden sich Notizen und Entwürfe eines möglicherweise nach dem Tod von Guido von Kaschnitz-Weinberg geplanten Hörspiels, in dem eine Windsbraut eine Rolle spielt. In einem der Dialogentwürfe sagte die »Fremde«: »Vielleicht mag ich die Erde nicht. Ich mag sie nicht anfassen, die Erde, ich mag sie nicht an den Füßen und unter den Nägeln, ein Bild hab ich einmal gesehen da war eine Frau darauf die flog durch den Himmel im Arm eines Wolkenmannes und lächelte so selig dabei« (zit. n. *Marbacher Magazin* 95, 2001, S. 103).

70.30–31 **Fliegenden Holländers**: Durch die Erzählung »Die Memoiren des Herrn von Schnabelewopski« von Heinrich Heine (1797–1856) und die Oper *Der fliegende Holländer* von Richard Wagner (1813–1883) bekannt gewordene Sage des Geisterschiffs, die in zahlreichen Versionen in der volkstümlichen Überlieferung verbreitet ist.

8. Die Schneeschmelze

Entstehung: vor 1960; Erstdruck: *Lange Schatten*, 1960. Kaschnitz hat den Stoff unter demselben Titel 1963 als Hörspiel bearbeitet (GW 6, S. 525–539): »In der andern Form stimmt selbst der in der Erzählung oft seitenlang verwendete Dialog nicht mehr« (TB 2, S. 837). Das Hörspiel wurde am 15. Dezember 1963 vom Süddeutschen Rundfunk gesendet. In einem Nachlass-Typoskript mit dem Titel »Antworten für Frauenfunk Köln« (um 1969) schreibt sie über die Erzählung: »Ich bin überrascht, daß Sie in meiner ›Schneeschmelze‹ eine überströmende Hoffnung entdecken. Die Eheleute, die das angenommene Kind nicht genug geliebt haben, sind – oder werden im Laufe des Abends – doch nur zur Sühne bereit. Sie decken das Vergangene auf, sie fürchten sich vor der Vergeltung, aber dann plötzlich verstecken sie sich nicht mehr und schließen sich nicht mehr ein. Was immer kommen wird, soll gut sein, und wäre es auch der Tod. Das ist Vertrauen, aber doch nicht eigentlich Hoffnung. Es ist aber ein reales Vertrauen – wie ja auch die Befürchtungen vorher durchaus real waren« (GW 7, S. 882).

9. Ein Tamburin, ein Pferd

Entstehung: vor 1966; Erstdruck. *Ferngespräche*, 1966. In einem kurzen Text, der am 1. Dezember 1966 vom *Deutschlandfunk* gesendet wurde und in dem die Autorin ihr Buch *Ferngespräche* vorstellt, betont Marie Luise Kaschnitz das »Übersinnliche, nicht ganz Geheure« dieser Erzählung, wobei »die Glöckchen und der unheimliche Pferdekopf« eine wichtige Rolle spielen (GW 7, S. 855).

Entstehung: vor 1966; Erstdruck: *Lange Schatten*, 1966.
Diese Geschichte über die Judenvernichtung im »Dritten Reich« ist eine der wenigen Erzählungen Kaschnitz', die ein geschichtliches und zudem explizit politisches Sujet zum Thema hat. In einem kurz vor ihrem Tod geführten Gespräch mit Wilhelm Schwarz hat die Autorin ihre Haltung während der Zeit des Nationalsozialismus kritisch beurteilt: »Während des ›Dritten Reiches‹ war ich sehr feige und habe infolgedessen keine wirklichen Schwierigkeiten gehabt« (GW 7, S. 974). Eine Skizze zu dieser Erzählung findet sich im Tagebuch 1960: »*Zwei Schwestern, Jüdinnen*, werden abgeholt, der Mann der einen bleibt zurück. Die Schwägerin sprang aus dem fahrenden Zug, kam wieder, er versteckte sie in einem Schrank. Dort blieb sie 2 Jahre lang, wurde von seiner Lebensmittelkarte miternährt – er konnte nicht hamstern, weil das aufgefallen wäre. Nach 2 Jahren ging sie zum 1. Mal auf die Straße und warf sich vor einen Zug« (TB 2, S. 684). In dieser Skizze fehlt der entscheidende Moment der psychologischen Unterfütterung der Handlung und ihres tragischen Endes noch vollständig.

94.2–3 **das Lager in Polen [. . .] der namenlose Tod**: Die meisten Vernichtungslager, in denen die maschinelle Tötung der aus ganz Europa verschleppten Juden stattfand, befanden sich auf dem Gebiet des ehemaligen, 1939 von Deutschland annektierten Polen.

95.23 **arisch und blond**: In den antisemitischen, so genannten »Nürnberger Gesetzen« vom 15. September 1935, dem »Gesetz zum Schutz des deutschen Blutes und der deutschen Ehre«, wurden Ehen mit Juden verboten. Der Nachweis der »arischen« Abstammung wurde Voraussetzung für jede öffentliche Anstellung. »Blond« galt als ein Zeichen »arischer« Herkunft.

95.26–27 **den Arm [. . .] zum Gruß ausstreckte**: Der so genannte »Hitler-Gruß« wurde mit der »Machtergreifung« am 30. Januar 1933 zum allgemeinen Brauch im öffentlichen zivilen Leben.

95.27–28 **englischen Sender hörte**: Die am 7. September 1939 in Nazideutschland in Kraft getretene Verordnung über außerordentliche Rundfunkmaßnahmen verbot das Hören ausländischer Sender. Zuwiderhandlungen galten als »Rundfunkverbrechen«, die mit Zuchthausstrafen zu ahnden waren. Für die Weiterverbreitung abgehörter Nachrichten von »Feindsendern« konnte sogar die Todesstrafe verhängt werden.

zwei gelbe Sterne: Am 19. September 1941 wurden die Juden 95.34
laut Polizeiverordnung angewiesen, »sichtbar auf der linken Brustseite der Kleidung« und »fest angenäht« einen gelben Davidstern zu tragen. Der sechszackige Stern war schwarz umrandet und trug in schwarzen, die hebr. Schrift parodierenden Buchstaben die Aufschrift »Jude«. Diese öffentliche Stigmatisierung führte den Prozess der sozialen Ausgrenzung fort und signalisierte zugleich den Beginn der planmäßigen Deportation in die Vernichtungslager im Osten. In den besetzten Gebieten Polens waren der»Judenstern« und andere Methoden der diskriminierenden Kennzeichnung bereits 1939 eingeführt worden.

Partei: Gemeint ist die Nationalsozialistische Deutsche Arbei- 96.9
terpartei (NSDAP), seit dem Gesetz gegen die Neubildung von Parteien vom 14. Juli 1933 als Staatspartei die einzig zugelassene Partei im »Dritten Reich«.

braune Uniform: Die unter dem Kürzel SA bekannt geworde- 96.10
nen paramilitärischen »Sturmabteilungen« der NSDAP – 1920 als parteieigener Ordnerdienst zum Schutz von Veranstaltungen, Einsatz bei politischen Werbeaufmärschen und gewaltsamen Auseinandersetzungen mit politischen Gegnern gegründet – wurden wegen ihrer Uniformen auch »Braunhemden« genannt. Mit dem Braun wollten sie sich vom kommunistischen Rot, vom faschistischen Schwarz und vom Grau völkischer Gruppen absetzen; später wurde das Braunhemd wegen seiner Erdfarbe mit der Blut-und-Boden-Ideologie verbunden.

Karte: Gemeint ist die mit der Kriegswirtschaft am 28. August 96.23
1939, vier Tage vor Kriegsbeginn, eingeführte Lebensmittelkarte, die für jeden Erwachsenen genaue Lebensmittelrationen vorgab.

Zellenabenden: Gemeint sind die regelmäßigen Versammlun- 97.2
gen der lokalen Parteiunterorganisation. Die so genannte »Zelle« war eine Organisationseinheit der NSDAP, gebildet aus vier bis acht Blocks, die jeweils 40 bis 60 Haushalte umfassten, geführt vom »Zellenleiter«, der dem Ortsgruppenleiter unterstellt war.

97.12–13 **Es geht alles [...] geht alles vorbei:** Dieses Lied von 1942 gehört zu den so genannten »Trost-« bzw. »Durchhalteschlagern« während der Kriegszeit (Melodie/Text: Fred Raymond [1900–1954]/Max Wallner/Kurt Feltz [1910–1982]). Das Lied wurde deshalb so populär, weil es als Eröffnungslied einer regelmäßigen Abendsendung im Soldatensender Belgrad fungierte. Der vollständige Text lautet: »Es geht alles vorüber / Es geht alles vorbei. / Auf jeden Dezember / Folgt wieder ein Mai. / Es geht alles vorüber / Es geht alles vorbei. / Doch zwei, die sich lieben, / Die bleiben sich treu. / Auf Posten in einsamer Nacht / Da steht ein Soldat und hält Wacht / Träumt von Hanne und dem Glück / Das zu Hause liegt zurück. / Am Himmel die Wolken, sie ziehen, / Ja, alle zur Heimat dahin. / Und sein Herz, das denkt ganz still für sich, / Dahin ziehe einmal auch ich.«

97.19 **die ersten Bomben:** Die Flächenbombardements durch die engl. Luftwaffe begannen am 28./29. März 1942 mit dem Angriff auf Lübeck.

98.17–18 **die Amerikaner waren in der Normandie gelandet:** Die alliierte Invasion an der Normandieküste begann am 6. Juni 1944.

11. Der Tunsch

Entstehung: zwischen 1960 und 1966; Erstdruck: *Ferngespräche*, 1966.

Den Stoff zu dieser Erzählung notierte sich Kaschnitz bereits 1946 am Ende des Schweiz-Tagebuchs: »Der Tunsch (Alpengeist, von Sennern aus Müßigkeit, Langeweile oder Geilheit gemacht) aus Lumpen, Holz, Käsmasse; weibliche Kleidung, Namen. An den Tisch gesetzt. Mit essen mit jassen [Karten spielen] mit beten. Zunge dazu eingesetzt. Gefüttert, ins Maul gemolken, auf einmal wird er lebendig. Ißt mehr als ein Mensch, wird träge und herrisch. Beim Fortziehen heißt er den Senner zurückbleiben, die Knechte sehen ihn von fern, zum Dämon ausgewachsen, auf dem Dach der Hütte stehen und die Haut des Senners zum Trocknen ausspannen« (TB 1, S. 321). Die Notiz über die Puppe, die zum Dämon wird, paraphrasiert einen längeren Absatz aus einer unveröffentlicht gebliebenen volkskundlichen Arbeit ihrer Schwester Lonja. 14 Jahre später, 1960, wiederholt sie die Notiz im Tagebuch: »Der *Tunsch*, eine aus Käse geknetete Puppe, wird von den Sennern einer Berner Alp mit gestohlenem Weihwasser getauft. Der Tunsch belebt sich, beginnt zu essen und spielt mit dem Senner Karten. Am Ende der Alpzeit heißt der Tunsch den Senner oben bleiben, während die Knechte zu Tal fahren. Die sehen von einer Wegbiegung, wie der Tunsch die abgezogene Haut des Sennen auf dem Dach ausbreitet« (TB 2, S. 664). In ihrem Mainzer Akademievortrag »Das Tagebuch. Gedächtnis. Zuchtrute. Kunstform« (1965) erwähnt sie diese Erzählung als eine von mehreren Beispielen für den Weg von der Tagebuchnotiz zum literarisch gestalteten Text. Hier gibt sie vor, sie habe das Motiv »aus einem Lexikon des Aberglaubens« (GW 7, S. 300) abgeschrieben. Im *Handwörterbuch des deutschen Aberglaubens* allerdings kommt es nicht vor. Nach dem Problem des Okkulten in Geschichten wie »Der Tunsch« gefragt, hat sie Wilhelm Schwarz 1974 geantwortet: »Einen parapsychologischen Sinn habe ich da nie gesehen. Ich habe immer das Rätselhafte gesehen, es hat mich überall angezogen, nicht zur Deutung, sondern zum Aufzeigen« (GW 7, S. 971).

12. *Zu irgendeiner Zeit*

Entstehung: 1964; Erstdruck: *Merkur*, 18, 1964, S. 1160–1166.
Daß die Existenz [. . .] eine tragische ist: Diese Notiz findet sich 113.7
im September 1963 im Tagebuch: »L. über B., ganz richtig: sie sieht die tragische Existenz des Menschen noch nicht« (TB 2, S. 862). Sie findet sich auch unter den im Vortrag »Das Tagebuch. Gedächtnis. Zuchtrute. Kunstform« (1965) zitierten Eintragungen. Dort führte Kaschnitz über diese Keimzelle der Erzählung »Zu irgendeiner Zeit« aus: »Von all diesen Eintragungen ist nur eine im Sinne meiner Arbeit auf einen fruchtbaren Boden geraten, und zwar die Notiz, L. sagt von R [sic!]. Die ist mir nachgegangen, immer wieder habe ich mich darüber besonnen, wann eigentlich und wodurch eigentlich der Mensch erfährt, daß seine Existenz eine tragische ist. Ich habe, aber erst ein Jahr nach dieser Eintragung, eine Geschichte geschrieben, in der ein zufriedener und oberflächlicher junger Jurist den Nachlaß einer Malerin aufnehmen muß; aus den von ihm selbst chronologisch

geordneten Bildern errät er die Tragik eines Menschenlebens. Er setzt sich mit ihr nicht auseinander, aber die Erfahrung ist nicht wegzuwischen, und er wird sich ihrer erinnern, wenn er selbst einmal in den Bannkreis des Tragischen tritt« (GW 7, S. 295 f.). Auf die Frage von Wilhelm Schwarz, welche Art Tragik sie meine, wenn sie in dieser Geschichte schreibe, das tragische Leben sei das einzig menschenwürdige und darum auch das einzig glückliche, hat Kaschnitz geantwortet: »Menschenwürdig, eines Menschen würdig, nenne ich das Nicht-Abschieben tragischer Konflikte, die Bejahung von nicht nur glücklicher Liebe, die Bejahung von Krankheit und Tod« (GW 7, S. 973 f.).

116.1–2 **Maréchal-Niel-Rosen**: Diese betörend duftende, hell-goldgelbe Kletterrose, die 1864 von dem französischen Züchter Henri Pradel in den Handel gebracht und nach dem Marschall von Frankreich, Adolphe Niel (1802–1869), benannt wurde, gilt als das Inbild einer Edelrose. Da ihre labilen Stängel die Blüten kaum zu tragen vermögen und sich unter der Last abwärts neigen, ist sie zu einem Symbol der Fragilität, Vergänglichkeit und auch der Dekadenz eines vergehenden Zeitalters, nämlich des Fin de Siècle, geworden.

122.3 **Paukenschlag**: Möglicherweise eine Reminiszenz an das Gedicht »Nachts hören« (1955) von Günter Eich (1907–1972): »Nachts hören, was nie gehört wurde: / Den hundertsten Namen Allahs, / Den nicht mehr aufgeschriebenen Paukenton, /Als Mozart starb, / Im Mutterleib vernommene Gespräche« (in: *Transit. Lyrikbuch der Jahrhundertmitte*, hg. mit Randnotizen von Walter Höllerer, Frankfurt/M. 1956, S. 3). Vgl. auch den in diesem Band abgedruckten autopoetologischen Text *Lesung 1951*.

13. *Eisbären*

Entstehung: 1965; Erstdruck: *Merkur* 19, 1965, S. 1170–1176.

Kaschnitz charakterisierte die Erzählung während der Niederschrift im März 1965 in ihrem Tagebuch: »wie ein Nu-Spiel, Lebende und Toter« (TB 2, S. 914).

129.5–6 **Ludwigstraße hinuntergegangen auf das Siegestor**: Von Leo von Klenze (1784–1864) für König Ludwig I. von Bayern (1786–

1868) in der ersten Hälfte des 19. Jh.s erbaute Münchener Monumentalstraße, die mit dem Siegestor (nach dem Vorbild des Konstantinbogens in Rom) gegen Norden abschließt.

14. *Ein Mann, eines Tages*

Entstehung: 1963/64; Erstdruck (unter dem Titel »Ein Wiedersehen«): *Süddeutsche Zeitung*, München, 7./8. März 1964.
Die Erzählung befindet sich unter den »8 Kurzgeschichten«, die sich Kaschnitz Ende März 1963 »kurz notiert«, dort unter dem vorläufigen Titel »Der unbekannte Soldat« (TB 2, S. 857).

15. *Vogel Rock*

Entstehung: nach 1963; Erstdruck: *Ferngespräche*, 1966.
Eine erste Skizze zu dieser Erzählung findet sich im November 1962 im Tagebuch: »Der Vogel im Zimmer. Groß braungrau mit langem gebogenem Schnabel. Fliegt auf die Schreibkommode, auf die Wäschekommode, auf die Bücher. Von Zeit zu Zeit gegen die Decke, an die er aber nicht anstößt. Einmal hält er sich an der Kette des Deckenleuchters. Findet die offene Fenstertüre nicht, ist zu aufgeregt . . . kackt überall hin« (TB 2, S. 835). Unter dem Titel »Vogel im Zimmer« wird die Erzählung unter den Plänen der »nächsten 8 Kurzgeschichten« im März 1963 im Tagebuch erwähnt (TB 2, S. 857).
Den Namen des seltsam-geheimnisvollen Vogels hat Kaschnitz den *Erzählungen aus den Tausendundein Nächten* entnommen: dem »Bericht von 'Abd er-Rahmân el-Maghribi über den Vogel Ruch« (Vollständige deutsche Ausgabe. Nach dem arabischen Urtext übertragen von Enno Littmann, Frankfurt/M. 1976, Bd. III/2, S. 541–543) und der »Fünften Reise Sindbads des Seefahrers« (ebd., Bd. IV/1, S. 162–165):

Der Bericht von 'Abd er-Rahmân el-Maghribi über den Vogel Ruch

Einst ward ein Mann aus dem Volke des Maghrib [Nordwestafrika] von seiner Reiselust in ferne Länder, durch Wüsten und über die Meere getragen; und da hatte ihn das Geschick zu einer Insel verschlagen. Auf ihr blieb er eine lange Weile; dann aber kehrte er in seine Heimat zurück mit einem Federkiele aus dem Flügel des Vogel Ruch, und zwar eines jungen Tieres, das noch im Ei gesessen und noch nicht aus der Schale herausgekrochen war. Jener Kiel vermochte so viel Wasser zu fassen wie ein Schlauch aus einem Ziegenfell; denn man sagt, daß die Länge des Flügels beim Vogel Ruch, wenn er aus dem Ei auskriecht, hundert Klafter beträgt. Das Volk pflegte sich über jenen Kiel zu verwundern, wenn es ihn sah. Jener Mann aber hieß 'Abd er-Rahmân el-Maghribi, und er war auch bekannt unter dem Namen des Chinesen, da er sich lange in China aufgehalten hatte. Und er pflegte Wunderdinge zu erzählen; dazu gehörte, was er über seine Reise im chinesischen Meere berichtete. – –«

Da bemerkte Schehrezâd, daß der Morgen begann, und sie hielt in der verstatteten Rede an. Doch als die *Vierhundertundfünfte Nacht* anbrach, fuhr sie also fort: »Es ist mir berichtet worden, o glücklicher König, daß 'Abd er-Rahmân el-Maghribi, der Chinese, Wunderdinge zu erzählen pflegte. Dazu gehörte, was er über seine Reise im chinesischen Meere berichtete. Dort war er mit einer Gesellschaft gereist, und sie hatten in der Ferne eine Insel gesichtet. Das Schiff ging mit ihnen bei jener Insel vor Anker, und sie sahen, daß sie groß und ausgedehnt war. Dann ging die Schiffsmannschaft an Land, um Wasser und Holz einzunehmen, und sie hatten Beile, Stricke und Schläuche bei sich; auch jener Mann war bei ihnen. Da sahen sie mitten auf der Insel eine große weiße Kuppel, die hell schimmerte und die hundert Ellen hoch war. Nachdem sie die erblickt hatten, gingen sie auf sie zu, und als sie nahe bei ihr waren, erkannten sie, daß es ein Ei des Vogels Ruch war. Und nun begannen sie mit Äxten und Steinen und Knitteln darauf loszuschlagen, bis sie den jungen Vogel bloßgelegt hatten; der war vor ihren Blicken wie ein festgegründeter Berg. Dann rissen sie eine Feder aus seinem Flügel; aber das konnten sie nur tun, indem sie alle einander halfen, obgleich die Federn des Tieres noch nicht voll ausgewachsen waren. Ferner nahmen sie von dem Fleische des Vogels so viel, wie sie tragen konnten, und trugen es mit sich fort; auch schnitten sie die Wurzel der Feder am Kiele ab. Dann spannten sie die Segel des Schiffes und fuhren die ganze Nacht hindurch mit günstigem Winde dahin, bis die Sonne aufging. Während sie so dahinsegelten, kam plötzlich der alte Vogel Ruch über sie wie eine gewaltige Wolke; der hielt in seinen Klauen einen Stein, der so mächtig war wie ein Felsen und noch größer als das Schiff selbst. Und wie der Vogel gerade über dem Schiff in der Luft schwebte, ließ er den Stein auf das Fahrzeug und die Reisenden, die darin waren, niederfallen. Das Schiff aber, das schnell dahinfuhr, kam ihm zuvor, und so fiel der Stein mit einem gewaltigen Tosen ins Meer. Denn Allah hatte ihre Rettung beschlossen, und er bewahrte sie vor dem Untergange. Die Leute kochten jenes Fleisch und aßen es. Nun waren unter ihnen alte Männer mit weißen Bärten; als die am nächsten Morgen aufwachten, sahen sie, daß ihre Bärte schwarz geworden waren; und keiner von all den Leuten, die von dem Fleisch des jungen Vogel Ruch gegessen hatten, wurde jemals grau. Einige von ihnen sagten zwar, der Grund, weshalb sie wieder jung geworden wären und nun keine grauen Haare mehr bekämen, liege darin, daß sie den Kessel mit Pfeilholz geheizt hätten; doch die anderen behaupteten, das Fleisch des jungen Vogels Ruch sei die Ursache davon gewesen. Und dies ist eins der größten Wunder.

Die fünfte Reise Sindbads des Seefahrers

Ihr wisset, meine Brüder, daß ich, als ich von meiner vierten Reise heimgekehrt war, mich wieder ganz dem Leben in Scherz und Frohsinn und Sorglosigkeit hingab. Da vergaß ich vor lauter Freude über den großen Gewinn und Verdienst alles, was mir widerfahren war, alles, was ich erlebt und erlitten hatte. Und meine Seele flüsterte mir wieder ein, zu reisen und mich in den Ländern der Menschen und auf den Inseln umzuschauen. Als nun dieser Entschluß bei mir feststand, kaufte ich mir Waren, wie sie für eine Seereise geeignet sind, ließ sie in Ballen verpacken und verließ Baghdad. Wiederum begab ich mich zur Stadt Basra, und wie ich dort am Hafen entlang schritt, sah ich ein großes, hohes und schönes Schiff, das mir gefiel. Die ganze Ausrüstung war auch noch neu, und so kaufte ich es. Ich heuerte einen Kapitän und Seeleute, wies meinen Sklaven und Dienern ihren

Dienst dort an und ließ meine Ballen dort verstauen. Darauf kam eine Schar von Kaufleuten zu mir, und die ließen auch ihre Lasten auf mein Schiff bringen, indem sie mir die Fracht und die Fahrt bezahlten. Dann segelten wir so froh und heiter ab, wie wir es nur sein konnten; denn wir versprachen uns glückliche Heimkehr und reichen Gewinn. Wir segelten von Insel zu Insel und von Meer zu Meer; dabei schauten wir uns auf den Inseln und in den Städten um, gingen an Land und trieben Handel. Nachdem unsere Fahrt eine Weile so fortgegangen war, kamen wir eines Tages zu einer großen unbewohnten Insel; dort zeigte sich kein Mensch, öde und verlassen lag sie da, nur eine gewaltig große weiße Kuppel war auf ihr zu sehen. Einige von uns stiegen aus, um sich diese anzusehen; und siehe da, es war ein großes Ei vom Vogel Ruch. Die Kaufleute aber, die dorthin gingen und sich das Gebäude ansehen wollten, wußten nicht, daß es ein Ei des Ruch war, und schlugen mit Steinen darauf. Da zerbrach es, und es floß viel Wasser heraus; und drinnen zeigte sich das Junge des Ruch. Das zerrten sie aus dem Ei hervor, und nachdem sie es geschlachtet hatten, nahmen sie viel Fleich von ihm mit. Ich aber war auf dem Schiffe geblieben und ahnte nicht, was sie taten. Da rief mir plötzlich einer von den Reisenden zu: ›Herr, komm doch und sieh dir das Ei an, das wir für eine Kuppel hielten!‹ Ich ging alsbald hin, um es mir anzusehen, und fand die Kaufleute damit beschäftigt, das Ei zu zerschlagen. Da schrie ich sie an: ›Tut das nicht! Sonst kommt gewiß gleich der Vogel Ruch und zertrümmert unser Schiff und richtet uns zugrunde!‹ Aber sie wollten nicht auf mich hören, und während sie noch mit ihrem Tun fortfuhren, verschwand auf einmal die Sonne vor unseren Augen, und der helle Tag ward zur Finsternis; wie eine Wolke, die den ganzen Himmel verdunkelte, zog es über uns hin. Wir hoben unsere Blicke empor, um zu sehen, was denn zwischen uns und die Sonne gekommen sei; und da entdeckten wir, daß es ein Flügel des Ruch war, der das Sonnenlicht von uns fernhielt, so daß Dunkelheit herrschte. Als aber der Vogel näher kam und sah, daß sein Ei zerbrochen war, fing er an zu schreien; nun kam auch sein Weibchen, und die beiden begannen über dem Schiffe zu kreisen, indem sie dabei mit Stimmen, die lauter als der Donner dröhnten, auf uns hernieder schrien. Da rief ich dem Kapitän und den Matrosen zu: ›Stoßt ab und sucht Rettung in der Flucht, ehe wir des Todes sind!‹ Die Kaufleute stürzten an Bord, und der Kapitän machte eiligst das Schiff los, und wir fuhren von der Insel fort. Als der Ruch bemerkte, daß wir auf dem Meere fuhren, flog er davon und verschwand eine kurze Weile, während wir so schnell wie möglich fuhren, in der Absicht, den beiden Vögeln zu entrinnen und aus ihrem Bereich herauszukommen. Aber da waren sie schon wieder hinter uns und kamen uns näher, und jeder von ihnen hielt einen großen Felsblock in den Krallen. Zuerst ließ das Männchen den Felsen, den es trug, auf uns herunterfallen; aber der Kapitän lenkte das Schiff rasch zur Seite, so daß jener Block uns gerade noch um ein kleines verfehlte. Er sauste ins Meer und unter das Schiff mit solcher Gewalt, daß unser Fahrzeug sich hob und dann wieder so tief hinabschoß, daß wir den Meeresgrund sehen konnten; mit solcher Kraft war der Felsen heruntergekommen. Dann ließ auch das Weibchen den Felsblock, den es trug, herunterfallen; der war wohl etwas kleiner als der erste, aber er traf nach der Bestimmung des Schicksals das Heck des Schiffes und zertrümmerte es, so daß unser Steuerruder in zwanzig Stücke auseinanderflog und alles, was sich auf dem Schiffe befand, ins Wasser fiel. Ich begann um meine Rettung zu ringen, da das Leben doch so süß ist, und Allah der Erhabene bescherte mir eine von den Planken des Schiffes. An die klammerte ich mich, und dann kletterte ich auf sie hinauf und begann mit meinen Beinen zu rudern. Wind und Wellen waren mir günstig auf meiner Fahrt; und da das Schiff in der Nähe einer Insel auf der hohen See untergegangen war, so warf mich das Geschick mit Willen Allahs des Erhabenen an ebenjenes Eiland. Ich kletterte hinauf; doch ich war am Ende meiner Kräfte und fast wie ein Toter, da alles, was ich an Mühen und Qualen, an Hunger und Durst erduldet hatte, furchtbar auf mir lastete. Ich warf mich am Strande nieder und blieb eine lange Weile dort liegen, bis mein Geist sich erholte und mein Herz sich beruhigte. Dann ging ich auf der Insel umher und sah, daß sie einem Paradiesgarten glich; da waren die Bäume mit reifen Früchten behangen, die Bächlein sprangen, und die Vögel sangen und priesen Ihn, der allmächtig und ewig ist. Ja, vielerlei Bäume und Früchte und Blumen jeglicher Art befanden sich auf jener Insel. So begann ich denn von den Früchten zu essen, bis ich satt war, und aus den Bächen zu trinken, bis mein Durst gelöscht war. Und ich pries und lobte Allah den Erhabenen für Seine Güte.« – –

Auf die Frage von Wilhelm Schwarz nach dem Einfluss des Unbewussten auf ihr Schaffen am Beispiel dieser Erzählung hat sie 1974 geantwortet: »Das Unbewußte und die Vision spielen eine enorme Rolle bei mir. Alles, was über unseren Verstand und über unser Alltagsverstehen hinausgeht, war mir immer sehr wichtig. Ich habe ja auch immer Themen gewählt, bei denen ich dem Unbewußten freien Raum geben konnte« (GW 7, S. 971).

147.7–9 **in der Lücke [. . .] die Pappeln stehen**: Topographisches Detail ihrer Frankfurter Wohnung in der Wiesenau 8, das Kaschnitz in ihren autobiographischen Texten mehrfach erwähnt und das auch auf Fotos dokumentiert ist.

148.16 **Käuzchen**: »Der Kauz gilt als ein Unglücksbote, und zwar besonders als Todesbote« (*Handwörterbuch des deutschen Aberglaubens*, Bd. 4, Berlin 1932, Sp. 1188).

148.17 **Seelenvögel**: »Wie im Glauben der Antike so gelten auch im deutschen Volksglauben aller Zeiten die Vögel als geisterhafte, prophetische Wesen, Todesboten, d. h. als in Vogelgestalt erscheinende Seelen von Abgeschiedenen, die einen Überlebenden ins Totenreich nachziehen, abrufen. In Vogelgestalt entweicht die Seele aus dem Mund des Sterbenden« (*Handwörterbuch des deutschen Aberglaubens*, Bd. 7, Berlin 1936, Sp. 1572).

16. Jennifers Träume

Entstehung: vor 1969; Erstdruck: *Der Vogel Rock*, 1969.

Anhang

Lesung 1951

Entstehung: 1950; Erstdruck: GW 7, S. 590–594.
Unser Abdruck bringt nur den Beginn des Textes mit den Ausführungen zur Kurzgeschichte (ein umfangreicherer zweiter Teil des Vortrags widmet sich Fragen der Lyrik). Kaschnitz hat diese Ausführungen offensichtlich im Juli 1950 auf einem Kurzgeschichtenabend der Gesellschaft »Für die Jugend – Pro Juventute« in Mainz gehalten. Nach dem Vortrag hat sie die Geschichten »Das dicke Kind« und »Ich liebe Herrn X« gelesen (vgl. GW 7, S. 1013). Auf diesen Abend bezieht sich wahrscheinlich auch die Tagebucheintragung vom 18. Juli 1950: »Vortrag Ralph Oppenheim, Däne, über die Kurzgeschichte. Referiert Miss Harriet und als Gegensatz zu der einmaligen unerhörten Begebenheit Goethes die Novelle von Tschechow die Stachelbeeren. Das Alltägliche und die alten Träume der Menschen. R. O. ein reizender kleiner Schauspieler, der mit seiner Unkenntnis der Sprache gewaltig kokettiert. Eigene Novelle ironisch-komisch, ich hörte nur den Anfang« (TB 1, S. 326 f.).

der Ausdruck »Short story«: Die Short Story entstand zu Beginn des 19. Jh.s in den USA. Als ihr Begründer gilt Washington Irving (1783–1859), als ihr erster großer Vertreter Edgar Allan Poe (1809–1849). In den Jahren nach 1945 wurde in den drei westlichen Besatzungszonen Deutschlands sowie in der späteren Bundesrepublik eine heftige öffentliche Debatte über die Short Story bzw. ihre dt. Sonderform, die Kurzgeschichte, in Zeitschriften und Zeitungen ausgetragen, die Kaschnitz aufmerksam verfolgt hat. Aus diesem Grund sind die Quellen ihrer Ausführungen in vielen Fällen im Einzelnen nicht nachzuweisen. Vgl. dazu auch: Ludwig Rohner, *Theorie der Kurzgeschichte*, Wiesbaden [2]1976; Leonie Marx, *Die deutsche Kurzgeschichte*, Stuttgart 1985. 163.26–27

Matthew Arnold: Engl. Schriftsteller und Literaturkritiker (1822–1888). 164.19

164.20 **»Auf einen Sitz«**: Kaschnitz spielt hier vermutlich auf die immer wieder zitierte Definition von R. M. Meyer, eine der ersten literaturwissenschaftlichen Erwähnungen der Kurzgeschichte, an: »Die kurze Erzählung, die man auf einen Sitz genießen kann, lenkte zuerst wieder die Aufmerksamkeit der Autoren auf das ganz vernachlässigte Moment der Länge« (R. M. Meyer, *Die deutsche Literatur des 19. Jahrhunderts*, 1900, S. 812) – zit. n. Marx, S. 14.

164.24–25 **landläufige Erklärung**: Vgl. die Zusammenfassung in: *Amerikanische Literaturgeschichte*, hg. v. Hubert Zapf, Stuttgart 1997, S. 122–124.

165.12–13 **nach Saroyans Wort**: William Saroyan (1908–1991), amerik. Schriftsteller. Kaschnitz zitiert Saroyans Stellungnahme zur Kurzgeschichte, die im 9. Heft des ersten Jahrgangs (1946/47) der Zeitschrift *Story* erschien: »Eine Story ist diese Erde, vergrößert auf einem kleinen Raum, etwas das die Gesamtheit dieser Erde, die Gesamtheit des Universums und die Gesamtheit aller Dinge, besonders aber die Gesamtheit des menschlichen Denkens fühlbar macht. Eine Story hat scheinbar einen Anfang, aber in Wahrheit ist sie mehr ein Ende als ein Anfang« (S. 32).

165.29 **Melvilles »Bartleby«**: Herman Melville (1819–1891), amerik. Schriftsteller; seine Short Story »Bartleby the Scrivener« (»Bartleby der Schreiber«) erschien erstmals 1853.

165.30–31 **Geschichte von der Perlenkette von Maupassant**: Guy de Maupassant (1850–1893), franz. Novellist und Romancier – die Novelle »Der Schmuck« erschien in der Sammlung *Le Horla* (1887).

165.32–33 **der »Roten Katze« von Luise Rinser**: Luise Rinser (1911–2002), dt. Schriftstellerin; ihre Kurzgeschichte »Die rote Katze« erschien 1949 in der von Wolfgang Weyrauch herausgegebenen, viel gelesenen und einflussreichen Anthologie *Tausend Gramm* (vgl. Marx, S. 135–139).

165.33–34 **»Killers« von Hemingway**: Ernest Hemingway (1899–1961), amerik. Schriftsteller, dessen Short Stories in der dt. Nachkriegsdebatte um die Kurzgeschichte eine zentrale Rolle spielten; *The Killers* (1927) wurde 1946 von Robert Siodmak verfilmt.

166.14 **Paukenschlag ein fast unhörbarer**: Vgl. den Schlusssatz der Erzählung »Zu irgendeiner Zeit« in diesem Band (S. 122) und die Erläuterung dazu.

»unerhörten Begebenheit«, **die Goethe verlangte**: »Denn was ist eine Novelle anders als eine sich ereignete, unerhörte Begebenheit« (Johann Peter Eckermann, *Gespräche mit Goethe in den letzten Jahren seines Lebens*, hg. v. Regine Otto, München 1984, S. 194 f. – Gespräch vom 29.1.1827). 166.18

Goethes Novellen: J. W. v. Goethes (1749–1832) paradigmatisch die Gattung erfüllende »Novelle« entstand 1826. 166.23

Stifter: Adalbert Stifter (1805–1868), österr. Erzähler; seine Novellensammlung *Bunte Steine* erschien 1853. 166.24

Maupassants »Horla«: Guy de Maupassants *Le Horla*, 1887 in der Sammlung gleichen Titels. 166.30

Ewers' »Spinne«: Hanns Heinz Ewers (1871–1943), dt. Schriftsteller – seine von Poe beeinflusste Novelle »Die Spinne« erschien erstmals 1908 in dem Band mit »seltsamen Geschichten« *Die Besessene*. 166.30

Kindheitsgeschichten von E. Langgässer: Elisabeth Langgässer (1899–1950), dt. Schriftstellerin, die als Autorin wie Kritikerin in der Nachkriegsdiskussion um die Kurzgeschichte eine führende Rolle spielte. Langgässer nannte ihre Kurzgeschichten, die sie 1947 als Zyklus in dem Band *Der Torso* veröffentlichte, programmatisch »Short stories«. 166.35–167.1

Theatrum mundi: Lat., die Welt als Theater – der aus dem Mittelalter und dem Barock stammende Begriff ist eine Abbreviatur für die Vorstellung, dass die gesamte Welt und das Leben der Menschen als ein von Gott gelenktes Theater verstanden wird, in welchem der Einzelne seine Rolle zu spielen hat. Hugo von Hofmannsthal (1874–1929) hat ihn 1922 im Titel seines Stückes *Das Salzburger große Welttheater* wiederaufgenommen. 167.11

»Du musst dein Leben ändern«: Schlusszeile des Sonetts »Archaischer Torso Apollos« von Rainer Maria Rilke (1875–1926) aus dem 1908 erschienenen Band *Der Neuen Gedichte anderer Teil*. 167.29

Die Möglichkeiten der Kurzgeschichte

Entstehung: Der Text entstand 1964 aus Anlass des von der Zeitschrift *Westermanns Monatshefte* verliehenen Georg-Mackensen-Literaturpreises für die Erzählung »Ja, mein Engel«; Erstdruck: *Westermanns Monatshefte* 105, 1964, H. 9, S. 18. Der Titel wurde von den Herausgebern des vorliegenden Bandes gewählt.

169.3–4 **der besonderen Begebenheit der alten Novelle**: Die Definition der Novelle als »Begebenheit« geht auf Ludwig Tieck (1773–1853) zurück, der die Form in Deutschland durchgesetzt hat. Im »Vorbericht zur dritten Lieferung« seiner *Schriften* (Band 11, Berlin 1829) schreibt er: »Eine Begebenheit sollte anders vorgetragen werden, als eine Erzählung; diese sich von Geschichte unterscheiden, und die Novelle nach jenen Mustern [d. i. Boccaccio, Cervantes und Goethe] sich dadurch aus allen andern Aufgaben hervorheben, daß sie einen großen oder kleinern Vorfall in's hellste Licht stelle, der, so leicht er sich ereignen kann, doch wunderbar, vielleicht einzig ist« (S. LXXXVI).

169.11–12 **in meiner Erzählung »Ja, mein Engel«**: Erstveröffentlichung in *Westermanns Monatshefte* 105, 1964, H. 10, S. 5–12; danach in dem Sammelband *Ferngespräche* (1966); jetzt in: W 4, S. 589–604. Man vgl. auch die im Anschluss an die Sendung der RIAS-Reihe *Prominente zu Gast. Schulklassengespräch*, am 20. Februar 1965 mit Schülern der Rückert-Oberschule, Berlin-Schöneberg, niedergeschriebene Tagebuchnotiz: »[D]ie Schüler saßen im Halbkreis, jede Reihe hatte ein Mikrophon, das sie sich gegenseitig wegrissen – sie waren lebhaft und gut vorbereitet, diskutierten auch oft miteinander. Sie hatten zunächst die Geschichte Ja, mein Engel herausgesucht, da interessierte sie vor allem, ob ich schlecht von der Jugend dächte, sie nahmen die Geschichte sehr persönlich, und ich mußte erklären, daß die Grausamkeit der jungen Leute in der Geschichte eine ganz legale, die des Lebens selber ist. Es wurden noch viele Formfragen erörtert. Die lustigste, nach Vorlesen eines Satzes von mir, wenn man legitimiert wäre, so stilistisch schlechte Sätze wie diese zu schreiben, wenn man sich das erlauben dürfe, was jeder Lehrer rot anstreichen würde« (TB 2, S. 911).

169.13–14 **Einheit der Zeit [...] einer des Ortes**: Die drei Einheiten des Orts, der Zeit und der Handlung – meist fälschlicherweise auf die *Poetik* des Aristoteles (~384 v.Chr.-~322 v.Chr.) zurückgeführt – gehören seit dem ausgehenden 16. Jh. zu den Grundforderungen der normativen Gattungspoetik des Dramas. Die Einheit des Orts bedeutet, dass während der Handlung eines Stücks kein Szenenwechsel stattfinden darf; die Einheit der Zeit strebt die Übereinstimmung von Spielzeit und gespielter Zeit an; die Einheit der Handlung fordert die Geschlossenheit und Konzentration des Ablaufs unter Verzicht auf Episoden und Nebenhandlungen.

Autobiographische Prosa

Sie enthält – mit Ausnahme von »Ein Vater vor sechzig Jahren« – Auszüge aus dem 1973 erschienenen Band *Orte. Aufzeichnungen*. In den 1960er Jahren beginnt die autobiographische Prosa die fiktive Erzählprosa im Schaffen langsam zu verdrängen. Immer wieder setzt Kaschnitz sich jetzt mit Erinnerungen an ihre Kindheit und Jugend sowie an die gemeinsam mit ihrem Mann bis zu dessen Tod im Jahre 1958 verbrachte Lebenszeit auseinander. Die hier zusammengestellten, in sich ungekürzten Auszüge sollen die Themen, die in ihren Erzählungen dominieren, von einer anderen Warte beleuchten. Das bewusst Skizzenhafte, ja Fragmentarische – »Hier steht, was mir eingefallen ist in den letzten Jahren, nicht der Reihe nach, vielmehr einmal dies, einmal das, und in eine Ordnung wollte ich es nicht bringen« (GW 3, S. 417) – darf nicht darüber hinwegtäuschen, dass auch diese Texte literarisch stilisiert und formal durchgefeilt sind.

die Geschwister, die Mutter, der Vater: Carola, gen. Mady (1897–1960), Helene, gen. Lonja (1898–1964), Adolf Max, gen. Peter (1904–1983), Elsa von Holzing-Berstett, geb. von Seldeneck (1875–1941) und Max Reinhard von Holzing-Berstett (1867–1936). 171.6–7

»Gott sei Dank [...] Rumpelstilzchen heiß«: Zitat aus dem deutschen Volksmärchen »Rumpelstilzchen« (Brüder Grimm, *Kinder- und Hausmärchen*, hg. von Heinz Rölleke, Stuttgart 1980, Bd. 1, S. 287). 173.22–23

deine Heimkehr: Gemeint ist Guido von Kaschnitz-Weinberg (1890–1958), den Marie Luise Kaschnitz 1925 geheiratet hatte. 174.1–2

vieljährigen Alleinsein: Seit dem Tod ihres Mannes bis zum Erscheinen des Bandes *Orte* waren 15 Jahre vergangen. 174.17

Ich hab' mein Sach auf nichts gestellt: Sprichwörtlich seit dem 175.1

16. Jh., Anfangszeile von Johann Wolfgang von Goethes (1749–1832) Gedicht »Vanitas! Vanitatum vanitas!« (1806).

176.29 **die 6. amerikanische Flotte**: Neapel wurde im September 1943 von der amerik. Armee besetzt.

177.3 **Todesurteil**: Gemeint ist die schwere Krebserkrankung ihres Mannes im Herbst 1958, er wurde in Wien operiert.

178.17 **A thing of beauty**: Gedicht von John Keats (1795–1821) aus dem Versepos *Endymion* (1818), dessen Anfangszeilen lauten: »A thing of beauty is a joy forever« (»Schönes gibt ewige Freude«). In ihrem Essay »Rettung durch Phantasie« schreibt Kaschnitz: »Eine Sehnsucht nach Schönheit war indes auch in uns noch lebendig – in erinnere mich, daß ich die Zeile ›A thing of beauty is a Joy forever‹ in mein Tagebuch schrieb. Die Zeile stammt von Keats, der kein Altertümler war und der wußte, daß jede Zeit ihre eigene Schönheit und ihre eigenen Schrecken verkörpern muß« (GW 7, S. 995).

180.1 **nach seinem Tode**: Guido von Kaschnitz-Weinberg starb am 1. September 1958.

186.11 **In Ostpreußen war es**: 1932 bis 1937 war ihr Mann Professor an der Universität Königsberg.

186.15 **Rio**: Im Sommer 1962 unternahm M. L. Kaschnitz eine Reise nach Brasilien.

187.1 ***Ein Vater vor sechzig Jahren***: Kaschnitz schrieb diesen Bericht für die von Peter Härtling (*1933) herausgegebene Anthologie *Die Väter. Berichte und Geschichten* (1968): »Das Ansinnen, für eine der jetzt so beliebten Anthologien etwas über meinen Vater zu schreiben, erschreckt mich über alle Maßen. Während ich, auch in diesen Aufzeichnungen [*Tage, Tage, Jahre*], in aller Unbefangenheit die Wesensart meiner schönen Mutter geschildert habe, scheint der Vater sakrosankt, jede Kritik an ihm unerlaubt, jedes Eindringen in die Hintergründe seiner Persönlichkeit ein Sakrileg. Wenn der Sinn der geplanten Zusammenstellung der sein soll, das Kind-Vater-Verhältnis dreier heute lebender Schriftstellergenerationen aufzuzeigen, mag schon mein Zurückschrecken vor dieser Aufgabe symptomatisch sein. Der Vater ein Gott, dessen Zorn man noch immer fürchtet, wenn man auch vor kurzem seinen hundertsten Geburtstag gefeiert oder wenigstens zur Kenntnis genommen hat, wenn die Schrift auf seinem Grabstein bereits verblichen ist und von seinem Knochengerüst vielleicht nichts mehr aufzufinden wäre. Dabei ist es ganz unwesentlich, ob dieser Vater im Leben ein strenger oder gar ein zorniger Mensch war, da er hier nicht für sich, sondern für das Kind-Vater-Verhältnis am Anfang dieses Jahrhunderts steht« (GW 3, S. 278). Vgl. auch die autobiographischen Texte GW 3, S. 135–138, 279, 487 und 766 f.

- Die Dreigroschenoper. Kommentar: Joachim Lucchesi. SBB 48. 170 Seiten
- Kalendergeschichten. Kommentar: Denise Kratzmeier. SBB 131. 196 Seiten
- Der gute Mensch von Sezuan. Kommentar: Wolfgang Jeske. SBB 25. 214 Seiten
- Der kaukasische Kreidekreis. Kommentar: Ana Kugli. SBB 42. 189 Seiten
- Leben des Galilei. Kommentar: Dieter Wöhrle. SBB 1. 191 Seiten
- Mutter Courage und ihre Kinder. Kommentar: Wolfgang Jeske. SBB 11. 185 Seiten

Georg Büchner
- Danton's Tod. Kommentar: Joachim Hagner. SBB 89. 200 Seiten
- Lenz. Kommentar: Burghard Dedner. SBB 4. 155 Seiten

Paul Celan. »Todesfuge« und andere Gedichte. Kommentar: Barbara Wiedemann. SBB 59. 186 Seiten

Annette von Droste-Hülshoff. Die Judenbuche. Kommentar: Christian Begemann. SBB 14. 136 Seiten

Joseph von Eichendorff. Aus dem Leben eines Taugenichts. Kommentar: Peter Höfle. SBB 82. 180 Seiten

Theodor Fontane
- Effi Briest. Kommentar: Dieter Wöhrle. SBB 47. 414 Seiten
- Irrungen, Wirrungen. Kommentar: Helmut Nobis. SBB 81. 258 Seiten

Max Frisch
- Andorra. Kommentar: Peter Michalzik. SBB 8. 166 Seiten
- Biedermann und die Brandstifter. Kommentar: Heribert Kuhn. SBB 24. 142 Seiten
- Homo faber. Kommentar: Walter Schmitz. SBB 3. 301 Seiten

NF 279b/2/4.19

Johann Wolfgang Goethe
- Egmont. Kommentar: Helmut Nobis. SBB 127. 184 Seiten
- Faust I. Kommentar: Ralf-Henning Steinmetz. SBB 107. 298 Seiten
- Götz von Berlichingen. Kommentar: Wilhelm Große. SBB 27. 243 Seiten
- Die Leiden des jungen Werthers. Kommentar: Wilhelm Große. SBB 5. 222 Seiten
- Wilhelm Meisters Lehrjahre. Kommentar: Joachim Hagner. SBB 85. 700 Seiten

Grimms Märchen. Kommentar: Heinz Rölleke. SBB 6. 136 Seiten

Peter Handke. Wunschloses Unglück. Kommentar: Hans Höller. SBB 38. 131 Seiten

Christoph Hein. Der fremde Freund. Drachenblut. Kommentar: Michael Masanetz. SBB 69. 236 Seiten

Hermann Hesse
- Demian. Kommentar: Heribert Kuhn. SBB 16. 233 Seiten
- Narziß und Goldmund. Kommentar: Heribert Kuhn. SBB 40. 407 Seiten
- Siddhartha. Kommentar: Heribert Kuhn. SBB 2. 192 Seiten
- Der Steppenwolf. Kommentar: Heribert Kuhn. SBB 12. 306 Seiten
- Unterm Rad. Kommentar: Heribert Kuhn. SBB 34. 275 Seiten

E. T. A. Hoffmann
- Das Fräulein von Scuderi. Kommentar: Barbara von Korff-Schmising. SBB 22. 149 Seiten
- Der goldene Topf. Kommentar: Peter Braun. SBB 31. 157 Seiten
- Der Sandmann. Kommentar: Peter Braun. SBB 45. 100 Seiten

NF 279b/3/4.19

Ödön von Horváth

- Geschichten aus dem Wiener Wald. Kommentar: Dieter Wöhrle. SBB 26. 168 Seiten
- Glaube Liebe Hoffnung. Kommentar: Dieter Wöhrle. SBB 84. 152 Seiten
- Jugend ohne Gott. Kommentar: Elisabeth Tworek. SBB 7. 195 Seiten
- Kasimir und Karoline. Kommentar: Dieter Wöhrle. SBB 28. 147 Seiten

Franz Kafka

- Der Prozeß. Kommentar: Heribert Kuhn. SBB 18. 352 Seiten
- Das Urteil und andere Erzählungen. Kommentar: Peter Höfle. SBB 36. 188 Seiten
- Die Verwandlung. Kommentar: Heribert Kuhn. SBB 13. 134 Seiten
- In der Strafkolonie. Kommentar: Peter Höfle. SBB 78. 133 Seiten

Gottfried Keller. Kleider machen Leute. Kommentar: Peter Villwock. SBB 68. 192 Seiten

Heinar Kipphardt. In der Sache J. Robert Oppenheimer. Kommentar: Ana Kugli. SBB 58. 220 Seiten

Heinrich von Kleist

- Penthesilea. Kommentar: Axel Schmitt. SBB 72. 180 Seiten.
- Der zerbrochne Krug. Kommentar: Axel Schmitt. SBB 66. 186 Seiten
- Prinz Friedrich von Homburg. Kommentar: Andrea Neuhaus. SBB 105. 155 Seiten

Wolfgang Koeppen. Das Treibhaus. Kommentar: Arne Grafe. SBB 76. 290 Seiten

Gotthold Ephraim Lessing

- Emilia Galotti. Kommentar: Axel Schmitt. SBB 44. 171 Seiten

NF 279b/4/4.19

- Minna von Barnhelm. Kommentar: Maria Luisa Wandruszka. SBB 73. 172 Seiten
- Miß Sara Sampson. Kommentar: Axel Schmitt. SBB 52. 170 Seiten
- Nathan der Weise. Kommentar: Wilhelm Große. SBB 41. 238 Seiten

Molière. Der eingebildete Kranke. Kommentar: Andrea Neuhaus. SBB 123. 118 Seiten.

Robert Musil. Die Verwirrungen des Zöglings Törleß. Kommentar: Oliver Pfohlmann. SBB 130. 290 Seiten

Novalis. Heinrich von Ofterdingen. Kommentar: Andrea Neuhaus. SBB 80. 254 Seiten

Ulrich Plenzdorf. Die neuen Leiden des jungen W. Kommentar: Jürgen Krätzer. SBB 39. 157 Seiten

Rainer Maria Rilke. Die Aufzeichnungen des Malte Laurids Brigge. Kommentar: Hansgeorg Schmidt-Bergmann. SBB 17. 299 Seiten

Joseph Roth. Hiob. Roman eines einfachen Mannes. Kommentar: Heribert Kuhn. SBB 112. 268 Seiten

Friedrich Schiller
- Kabale und Liebe. Kommentar: Wilhelm Große. SBB 10. 175 Seiten
- Maria Stuart. Kommentar: Wilhelm Große. SBB 53. 220 Seiten
- Die Räuber. Kommentar: Wilhelm Große. SBB 67. 272 Seiten
- Wilhelm Tell. Kommentar: Wilhelm Große. SBB 30. 196 Seiten

Arthur Schnitzler
- Lieutenant Gustl. Kommentar: Ursula Renner-Henke. SBB 33. 162 Seiten

NF 279b/5/4.19

- Traumnovelle. Kommentar: Andrea Neuhaus. SBB 113. 139 Seiten

Shakespeare
- Hamlet. Kommentar: Jürgen Krätzer. SBB 132. 240 Seiten
- Macbeth. Kommentar: Heribert Kuhn. SBB 138. 218 Seiten
- Romeo und Julia. Kommentar: Werner Frizen und Detlef Klein. SBB 115. 232 Seiten

Theodor Storm. Der Schimmelreiter. Kommentar: Heribert Kuhn. SBB 9. 199 Seiten

Martin Walser. Ein fliehendes Pferd. Kommentar: Helmuth Kiesel. SBB 35. 164 Seiten

Frank Wedekind. Frühlings Erwachen. Kommentar: Hansgeorg Schmidt-Bergmann. SBB 21. 148 Seiten

Peter Weiss
- Abschied von den Eltern. Kommentar: Axel Schmolke. SBB 77. 192 Seiten
- Die Ermittlung. Kommentar: Marita Meyer. SBB 65. 304 Seiten
- Die Verfolgung und Ermordung Jean Paul Marats. Kommentar: Arnd Beise. SBB 49. 180 Seiten

Christa Wolf
- Der geteilte Himmel. Kommentar: Sonja Hilzinger. SBB 87. 320 Seiten
- Kein Ort. Nirgends. Kommentar: Sonja Hilzinger. SBB 75. 158 Seiten
- Medea. Kommentar: Sonja Hilzinger. SBB 110. 255 Seiten

NF 279b/6/4.19